宗利华 ——

著

佳城

山東文藝出版社

目　录

第一章　日　记

1

丁一打进电话来的时候，我正在跟一个叫雯雯的女作家讨论一个很有意思的话题——关于我胸前的那第三颗"乳头"。实话说，在此之前，我只知道那个乳头状的东西不知什么时候起就在我胸口上了，根本没想到还有更隐秘的内容躲藏在其后。雯雯趴在我的身边，手上拿着一把小尺子，很仔细地进行一番测量后，居然有了一个重大发现：这颗极具玄妙色彩的"乳头"，跟一个正常男人该有的那两颗之间的距离，分别都是七厘米！

"你看啊方子曰，绝对一点儿都不差的！你说以前我怎么就没注意到呢？"显然，女人为这个重大发现激动不已，"七是个很神秘很吉祥的数字，这你该知道的。一星期有七天，北斗星有七颗，太阳光折射出七种颜色。"

"还有七个音符。"我随口做了下补充。

她连连点头："对呀，对呀，《圣经》里头说的第七日，叫作圣日。还有七宗罪，贪婪、色欲、饕餮、妒忌、懒惰、傲慢、暴怒。"

"嗯，有一部很经典的电影就叫这名字。"我不禁暗暗佩服起雯雯超强的记忆力来，我就一直记不清这七条罪的具体内容，"我可没有那么多罪状，七宗罪里头我顶多占着两条。"

"哪两条？"她斜着眼睛看我。

我不慌不忙地说："一是色欲，一是懒惰。好色这一条我不能否认，一个正常男人都不可能否认这个。至于懒惰，我自己心里也很有数，这屋里甚至这床上的所有东西都可以作证，是不是？没办法，家里没个女人就是不行。"

没想到，女人红嘴唇一撇，说："什么呀，你这个人还有傲慢，还有贪得无厌！你是什么样的人我再清楚不过。什么货色的女人你都来者不拒，还说不贪婪？"

"你把我看成什么人啦？"我说，"何况，我哪里具备那样优越的条件？一来我不是手握重权的官员，没有大把大把的灰色收入供我挥霍。我在这座城市任何一家饭店里，都没有签字权。你说我哪里能伺候得起那么多女人？再说啦，我没有会赚钱的大脑，不是那种腰缠万贯的大老板。我就一个作家，往好了说也就是个三流作家，靠写点儿东西赚一点点可怜的稿费混口饭吃。"

"可在我心目中，你已经是个大师啦！"

她这话让我感到稍稍有点儿羞愧。从另一个角度说，一个人还知道羞耻，那说明此人还没坏到一定份儿上，脸皮还没有足够的厚度。我赶紧说："不过，你真是发现一个好问题。我以前的那两个女人，都没观察得这般仔细。"

女人轻轻一笑："这说明什么？说明她们不在乎你呀！或者说，那两个女人实在是太粗枝大叶啦！一个女人真正喜欢一个男人，会在乎他身上所有细节的，她会想方设法探求男人身体里里外外的秘密。喂，方子曰，你说，我是不是比她们中间任何一个，包括你那些情人们，都要聪明一些啊？"

这话又引起我的警惕。我眨巴一下眼睛，小心翼翼地试探："你不会是想嫁给我吧？"

雯雯面色一沉，却趴下身子，用嘴唇轻轻触碰一下我胸口那颗形迹可疑的"乳头"，脸上瞬间堆满愁容："这个我还真没想好。再说，要嫁你这边儿，总得把那边儿离了吧？事情总得一件一件地办。"

我稍稍放下了心。现在，我对女人怀有一种莫名其妙的恐惧，尤其是对想跟我结婚的女人。或者换个说法，我是害怕了结婚，估计是患上了所谓的恐婚症。

我叹息一声，故作深沉："这事儿必须慎重，得考虑清楚才行。你知道的，我有过两次失败的婚姻，到现在我都没弄明白，那两段婚姻为什么如此失败！简直惨不忍睹。一男一女，好聚，却不好散，折腾，闹，鸡飞狗跳地闹，咬牙切齿地闹，到最后，两人都遍体鳞伤。"

"你放心，我不会跟你闹。我是说，如果咱俩结了婚的话。但有一条，你要有了别的女人，就赶紧告诉我。别把我当成傻子一样瞒着，我最恨的就是这种。"见我不作回应，她眨巴一下眼睛，略一沉思，忽然笑起来，"哈，你胸口这东西长得真是怪呀！我就没见过这样儿的。"

我正想问她都见过什么样子的，手机却在枕头旁边振动起来。

正是画家丁一。

"你过一会儿再打进来，好不好？"我悄声说，"我正参加一个研讨会，讨论一个重大课题。"

丁一的口气十万火急，还夹杂着一丝哭腔："研讨个鸟啊方子曰！你说实话，是不是正忙着让女人欣赏你胸口那丑陋的肉瘤子？"

"你怎么知道的啊？丁一，你最近改行研究周易了吗？"

丁一呸呸两声："赶紧的，赶紧下楼，下楼！我就在你小区大门口外头！"

"我都跟你说过多少遍啦，咱们说话文雅一点儿，都在艺术圈儿里混着呢。你跟我解释一下，什么叫作丑陋的肉瘤子？我跟你说，这叫奇人异相。说不准这是我的福气之所在。我还想改天找个大师好好看一看呢！"我理所当然认为丁一这小子又想要弄我。以前，这种事儿也没少发生过。他把车停在我院子里，连声催着我下楼，等我一上他的车，好比上了贼船，接下来，去哪儿干什么去，完全由他说了算。有一次他居然把我拉到千里之外的大草原上，要我去那里帮着他卖画。结果，半个多月后我一进家门，发现客厅里的灯一直亮着，我还以为家里进了贼。

丁一倒不像是开玩笑："我遇到麻烦了，你下来帮帮我。"

"是不是让警察给逮住啦？"我哧的一声笑了。

丁一信誓旦旦："我敢对着我老婆发誓，这一回绝对不是！"他把声音稍稍放低说："我出车祸啦！撞到人啦！"

我咬着牙，嘴里发出咝的一声叫。因为女作家俯下身子，冷不丁用牙齿狠狠地咬了一下我那"乳头"。

"咦？"丁一说，"不至于吧方子曰，我就出个小车祸，你慌成这样干啥？"

我伸手把雯雯的脑袋轻轻一推，说："有个女人，她在咬我！千真万确！"

丁一顿时话语轻柔起来："哦，这就是你说的重大课题？咬哪儿了亲爱的？真的很疼吗？你把手机给那位可爱的女士，我请她等十分钟以后再继续咬你，十分钟以后，她咬你哪儿哪怕直接咬死你，我也不管。不过现在你必须先下来，帮我壮壮胆子。"

"你是不是把人给撞死啦？那样我肯定不去，我不能助纣为虐。"

"要是撞死了人，我早就报警或者跑了去投案自首啦！我老人家还用树桩子一样站在这里给你打电话？人是肯定没撞到，不过，倒是轧死了人家一只鹦鹉。"

我哈哈大笑："鹦鹉？你说你轧死了一只鹦鹉？该多少钱，你赔人家不就行了？一只破鹦鹉，哪怕金子做的也不顶你店里一幅画钱吧？"话音未落，手机那边突然传来医院急救车苍凉而过的声音。我很惊讶："老丁，一只鹦鹉有这么值钱？还要打医院的急救电话啊？"

"刚才那辆急救车啊？这跟我们这边儿没关系。好像车上是个孕妇，肯定快生了。——你知道吗？这鹦鹉的主人是个老头儿，一个乌黑乌黑的老头。"

我哧地一笑："自古至今，年轻人哪有养鹦鹉的？"

我想站起来去拿杯水喝，雯雯却抱住我，不让我动。

丁一继续嘟囔："这个老头可不是一般的老头，他看上去有点儿诡秘，有点儿神经质。他那个眼神儿，怎么说呢？子曰，你见过失恋的老鹰的眼睛吗？"

"我没见过。"我坦白承认，"不失恋老鹰的眼睛我也没见过。"

"那眼神里头，有一股子邪劲儿，有刀光剑影在里头，真是可怕，可怕得很。你听我说啊，事情本来是这样的，我是打算来拉着你，咱们去山上吃野兔子去。没想到，刚拐过你家小区门前这个弯儿，不知怎么回事儿，嘡的一下，蹭到老头的自行车上啦！我根本就没看清，他那个破鸟笼子怎么就钻到我的车底下。下车以后，我先去看看车脸儿，没事儿呀。再看那老头，人好好地站在那里，好像也没事儿。可是，老家伙一句话，把我彻底给吓晕了！你猜他说什么？"丁一故意卖关子，我等着他说。果然，丁一先沉不住气："他非常忧郁地说，小子，你把一个孩子给轧死了！"

"你说什么？"这次我也是很吃惊，"难道他孙子的名字叫鹦鹉？"

丁一又是呸呸两声："车底下明明就是个破鸟笼子嘛。鸟笼子里头，明明就是一只脏不拉几的烂鹦鹉。老方我问你，你会把你孙子塞一个破鸟笼子里头养着？"

"我连儿子都没有，哪里来的孙子？"我觉得这事儿越来越好笑。

"我就打个比方嘛。再说，你有没有儿子，有的话到底有几个，都分布在祖国大江南北的哪个区域，这谁能说得清楚啊！"

　　我终于坐起身来，伸手去抓杯子，嗓子干得要冒烟。"我真的很忙老丁，咱们不闹了。你有什么事儿还是赶紧说吧，要不我就扣掉电话。"

　　丁一顿时嗓门高起来："姓方的，你要敢给我扣电话，我等会儿拿把刀子去阉了你！你知道那黑老头还说了句什么话吗？更吓人！"

　　"哦？"这倒把我胃口吊起来。

　　"他说他是警察。"

　　"丁一啊丁一，你总算把话绕到正题上啦。说吧，需要我带多少钱去赎你？顺便提醒你一句，上次的五千，你还没还我。"

　　丁一说："人要讲良心的，你为那事儿前前后后拿走我几幅画我心里没数啊？"

　　我说："那些画，是你说好送给我的。"

　　"咱们先不讨论这个，还说这老头儿。不管我好说歹说，他就是傻乎乎地蹲在地上，堵在我车前头，像一个上访大户。不客气地说，他端详那只死鹦鹉的样子，真像是他爹被轧死了。你说，这可咋办？"

　　"你不是经常说，没有钱摆不平的事儿吗？"我一边说，一边想，看来丁一说的是真事儿。

　　丁一悄声说："钱对付女人行，对付警察，而且还是老警察，我心里真没底儿。何况人家根本不跟你对话，你磨破嘴皮子，人家蹲在那里不理不睬。"

　　我嘟囔说："你知道的，我也怕警察。"

　　"人多力量大啊。再说，我就在你家大门口，你能见死不救？"

　　我站在那里接电话，雯雯早已开始穿衣服。她一边穿，一边抱怨我重友轻色。我关上手机后说："就是那个丁一，大胡子画家，你也认识的。在这城市里我就这么一个好朋友，我俩就差穿一条裤子了。兄弟有难，我不能不帮。"其实，我也很清楚，她也必须走了，再不走她就会迟到。她的老公是一家生产优质不锈钢管的公司老总，前几天去香港洽谈生意，此刻已在返程飞机上，她必须前去机场迎接。在目前和往前数的数年间，这女人奢华的衣食住行，都得依赖那老总生产的不锈钢管，所以，前往机场迎接一下，非常有必要。出门以前，我一本正经地跟她说："你听我的，去买九十九朵玫瑰，轻轻捧在手上，当那个皮球一走出候机大厅，你一定要迈着小碎步，跑到他的面前，含情脉脉把花递上去。"

女人抬脚就要踢我，我没让她踢到。

"姓方的，我警告你，你要再这样嬉皮笑脸，我跟你急！"

我赶紧向她道歉。我俩一前一后，走出楼道，她钻进停在院子里的一辆跑车，隔着玻璃抛一个飞吻出来，我一把"抓住"放在嘴边。恰好她正有个电话打进来，于是，她在车里接起来，顿时眉飞色舞。我本来想送走她再去见丁一，看她聊得起劲儿，就扭头往大门口走去。

当我转身往前走的那一瞬，内心深处就已经有一股子难以言说的复杂情绪，海藻一样漂浮上来。我问自己，你一个四十多岁的老男人了，还在玩这类小孩子把戏，觉得很有意思吗？很好玩吗？与其说那是一丝后悔，不如说是一种莫名其妙的沮丧，或者压抑。好像转瞬之间，所做的一切都毫无意义。难道，你的生命就在这种无意义的事情上一天天耗个干净？我仰起头，去看那上午的太阳，它把我逼得迅速把头低下。院子里的一切景物，顿时变得有点不太真实。

神情略显沮丧的丁一和他那辆气派十足的越野车，果然就在离小区大门口不远的地方。

丁一左手抓着手机，右手插进裤兜，正四处张望，但看不出有多么着急。车前蹲一个老头，老头旁边，躺着一辆破自行车。自行车筐旁边的车轮子下面，果然有一个被轧扁的鸟笼子。鸟笼子里面，恐怕就是那只倒霉的鹦鹉吧?

我先和丁一点头示意,然后,在那老头儿身边蹲下来。我得把语气尽量放得轻柔些,我得赋予我的话语以无边的同情和悲悯,甚至我还带有表演性质地轻轻叹息一声,像是诗朗诵前酝酿情绪。

"这只鹦鹉,是您老人家的心爱之物吧?"

老头儿的面色果然黝黑无比,尽管他只给了我半张脸孔看。丁一站在那里打了那么久的电话,他居然还沉浸在痛苦之中,可见这只鹦鹉对他来说真的意义非凡。老头儿额角的皱纹紧紧聚拢,没有一丝一毫想要理睬我的意思。过了好半天,他才轻轻一摇头,说出了一句话:"难道,这就是天意?"

我暗暗发笑,莫非这老头被撞傻了吗?

黑老头慢慢直起腰身,顿了一顿,又伸手去扶自行车。丁一赶紧过来帮忙。我也顺口说:"老爷子,您可千万别生气,别上火。改天,让我这朋友再去买一只更聪明伶俐的鹦鹉赔给你。"

就在那时,老头儿转过脸来面朝我。

啊哟!那张脸,黑得可真是太扎实啦!真像从非洲移民过来的。上面的皱纹横七竖八,毫无章法可循。不过,老头儿眼睛一眯,顿时有一道犀利的精光直逼过来,无形中就给人一股子压力!看来,丁一这次说得很靠谱。这老家伙要么是警察,要么做过黑帮老大。

"不必。"他语气冰冷冷的,"老子以后再也不养鹦鹉啦!"

"咦?"我试着打破僵局,"我怎么瞅着您老眼熟呢?"

老头冷笑一声:"我住一楼,你在四楼。"

"原来你们是邻居啊。"丁一插话说,"这不更好说话了嘛。"

我继续问:"咱们真的住一个楼里?不过,我好像以前没怎么见过您呀?您刚搬来不久吧?"

老头说:"一楼那是我闺女的家。我是来看外甥的,刚来没几天。"

他扭头面朝丁一，立刻换上一副警察口吻："你，你过来，把这笼子和鹦鹉随便找个垃圾桶扔掉！再把这里好好清扫一下！我再出来的时候，你别让我看到让我心里添堵的东西。你这人胆子可真肥呀！就你这破技术，也敢开着车满大街晃？我真是佩服你这种人，勇当马路杀手啊！"他摇晃着脑袋，伸手去推自行车。

丁一冲我拱拱手，悄声说："你真是个福星。"

我也压低声音："人家放过你，你就这么算啦？"

我这么说，是突然记起来，我居住的那栋楼的一楼西户，的确住着一个漂亮少妇。每次碰见她我都忍不住打量一眼，再打量一眼。有一回我从楼上往下走，她恰好开门出来，偶然一瞥间，居然从她领口处看到一抹美丽的风景，让我眩晕好半天。老天啊，她怎么可能是这个黑怪物的女儿？一个黑炭头样的老男人，怎么会有皮肤那么细嫩的女儿？我当时想，说不定，我能借着跟黑老头赔礼道歉的机会，跟那个漂亮女人说上几句话呢。熟悉之后，说不定会发生点什么事儿呢。我得承认，这想法有些龌龊。但是，一个不算很老的单身男人琢磨这个，不也是正常的吗？

丁一承诺："改天我买瓶好酒，你替我送给他。"

我急匆匆赶上老头，说："我朋友说，改天要买瓶好酒，向您表示歉意。"老头一声不吭。我继续说："我知道您心里难过，怎么说吧，都是一个养熟的玩物，时间一长总会有感情。"

那老头停下步子，上上下下打量我，突然慢悠悠地说："对我来说，那就是一个孩子！这个三句话两句话说不清楚，你也未必能理解。"

我稍稍惊愕，又连连点头："世界上的一切生灵，都与人有着千丝万缕的关系，能把万物生灵当作自己孩子，这叫大爱。"

"少扯那些没用的。"老头儿轻蔑地说，"你不知道，这只鹦鹉是有故事的。你知道我给它取了个什么名字吗？我叫它小武，武术的武。本来，这一阵子我正在教它学说一句话，这只鹦鹉很聪明，眼看就要学会了，没想到，被那个王八蛋咔嚓一下给轧到车轮子底下。你说，我能不伤心？"

"是啊，你应该生气！"我说，"我再次替他向您道歉。"

"道歉有什么用？还能让那只鹦鹉再活过来？"老头哼一声，又问，"你知道我教这只鹦鹉学一句什么话吗？"

我摇摇头："不知道。"

老头眯着眼睛看远处，说："这个世界如此美好。"

我肯定他的说法："是啊，这世界如此美好，值得我们为之奋斗。"可这跟教一只鹦鹉说话有什么关系啊？我觉得这个黑老头真是有点神道，不会是神经方面出问题了吧？

"我教鹦鹉说的就这句话，"老头说，"这个世界如此美好！"

"哦？海明威的话？"我感觉有点儿诧异！黑老头居然教一只鹦鹉说这样一句话！

老头侧身瞧着我："不错啊，你总算还知道海明威。"我当然能听出他话里的讽刺和挖苦。正想跟他探讨一下海明威那句话，不料，黑老头紧跟着转守为攻："如果我没猜错，你是个作家吧？那个王八蛋，绝对是个画家！"

"您是怎么知道的？"

"那人的身上，有一股子浓重的墨香味儿。左手拇指和食指之间，有一块国画颜料的斑点。至于你，整天待在家里，显然不是上班族。有两次，你从门卫室那里出来，像个傻子一样，晃晃悠悠往回走。我扫了你一眼，你手上拿的应该是一本文学类的刊物，封面上没有那些光屁股光大腿的女人照。还有你的手指头基本还算细嫩，不会是干体力活的。你右手食指和中指上略带微黄，牙齿稍稍发黑，说明你抽烟。你蹲下身子的时候，我闻到一股子香味，是自制卷烟用的烟丝的香精味儿。抽那种烟的除了神经兮兮的女人，就是有点儿怪癖的男人，比方说作家。"

我张张嘴巴："您老人家的观察力挺厉害！"

"这得感谢老天爷赐给我一双好眼睛，到退休了，也不让它们近视，不让它们花眼。你刚才其实很想问我，为什么教一只破鹦鹉说那样一句话，其实这就是答案。我看到了这个世界上的脏乱不堪，我让鹦鹉说这句话，实际上正是对这个时代的嘲讽。当然，还有其他更丰富的含义，那些你没必要知道。随便打个比方，我来这座城市总共还不到两个星期，我就发现有个狗屁作家带上楼去的女人已经换过两次。可见他现在仍然独身一人，还有他对生活显然很不负责任。就在刚才，他蹲下身子，假惺惺地帮朋友说好话前，有一辆黄颜色的跑车开过去。当时这位所谓作家的眼神，至少能证明两件事儿。一，这个男人很花心，这无须鉴定；二，这个男人跟车里面那女人，百分百不是夫妻，关系却很暧昧。再说说你那朋友，你跟那个女人眉来眼去的，你那个咋咋呼呼的狗屁朋友，居然一丝都没察觉，你想想他有多么迟钝。我发现他只在意他自己，撞了人下车后先看自己的车受没受损害，有这样的王八蛋吗？这人一举一动间，都透着一股子浮躁之气。我就纳闷儿，一个作家，一个画家，在任何时代，应该算是有品位的人吧？怎么就能堕落到这程度？"

有一股子凉风从我后背上嗖的一下升起来！

老头不管不顾，继续向前走。

我紧跟上去："老哥，我得跟您好好聊一聊。"老头停下脚步，一回身，却盯着我反问："聊什么？你跟一个退休的老警察，有什么可聊的？"

"我发现，您老人家有大智慧，你身上绝对有故事。"

老人的那张脸仍然紧绷着："我提醒你，忽悠一个老警察，你得格外小心。不过，要说故事，我脑子里，我身上，都装着一大把，说不定，还真是对一个作家有帮助。但是，问题是我干吗要跟你聊？我吃饱了撑的啊？"

我说："说不定，你跟我聊聊以后，你会发现，事情不是这样子的。或许，我这个人身上会有那么一点儿可取之处呢？"

老头歪着脑袋，打量我半天，居然悄无声息地笑了："这么说，我倒真是可以和你聊聊，闲着也是闲着嘛。但只能是我去你那里，我闺女的家不是我家，我不能随随便便带人去。"

我表示，随时都欢迎他大驾光临。老头紧走几步，突然扭回头，稍稍沉默，说："这样吧，等一会儿，我就上楼去。我给你从头到尾讲一讲这只鹦鹉的故事。"

2

等了好半天，那个怪老头儿没上来。我决定登门拜访。门没有关，我敲一敲门，老头做了回应。当我推门进去时，老头正坐在客厅里的沙发上，表情严肃。

"您怎么没上去呀？我把茶都泡好了。"我招呼说。

老头儿移过目光，盯了我看。真奇怪，我又感到了某种压力。但这一次，在老头的眼神里，我读出更多的内容。有一丝忧伤，一丝恍惚，更多的，则是一种我说不出来的痛苦或者纠结。老头儿盯看着面前的茶几说："我在考虑该不该把这些东西交给你。"我顺着他的视线看过去，却见茶几上摆着个塑料袋，里面像是几本书。

"你什么东西都不要带。"显然，我错误地理解了老头的意思。

他轻轻一笑，叹息一声，无端又有一股子苍凉。"这可不是礼品，是一些日记本。我一直盘算着悄悄地把它们扔掉算啦。在我们那座小县城里，我一直下不了决心，带到这里看来还是不行。刚才还想送给你的，现在有些犹豫。"

"为什么要扔掉日记呢？这多可惜呀。"我刚说完，就觉得这话有点儿唐突。日记嘛，总是会牵扯个人隐私的。我跟这个老头儿不过是偶遇，到现在连他的名字都不知道，算是萍水相逢，人家干吗要把自己的隐私给我看到？

突然那么一瞬，老头的脸扭曲一下，满脸的皱纹一舒一展，好似菊花凝绽。他双手五指伸开来，又拳回去，好像这个话题，又一次刺激到他的某一根神经，让他内心很不安。

"因为，"他犹豫片刻才说，"因为，这些日记本里面的内容，老是勾起我对往事的回忆，不管白天黑夜，那些人的脸，那些声音，那些画面，老是来折磨我。你知道吗？这种状态很可怕！让你心里老是空飘飘的，让你失眠，让你头昏脑涨。有时候，它甚至钻到梦里头去折磨你！你做过噩梦吗？许许多多画面叠加在一起，形成一个漩涡，要把你使劲往下扯！就是清醒的时候，也不成。人一旦上了年纪，大脑里面就好像有道电影屏幕，时不时地开始放影像。而那些你一辈子都会刻骨铭心的事儿，就跟烙铁一样，不小心烫你一下。"

我立刻像警犬那样吸了吸鼻子。

这个叫方子曰的所谓作家，已经好久没写出什么新作品。我早就看透，这个人极有可能这辈子都徒有虚名，在文学上，最终也难成大器。现在他整天沉迷于孤芳自赏状态里，沉迷于烟草呀酒精呀这种麻醉之中，并且，周旋于其实不可能属于他的女人之间。他时常焦虑不安，时常空虚无聊，说白了他自己都不敢承认甚至不敢面对自己的失败。因此，他依赖这种无序的生活状态，来舒缓自己麻醉的神经，结果似乎适得其反。偶尔，他也会反省，甚至忏悔。他会意识到那些东西根本救不了他，只能让他更加堕落。

可目前似乎有一个好机会，这个黑老头儿，以及摆在茶几上的厚厚一摞日记背后的故事，能不能刺激一下他沉寂多年的创作灵感呢？

"为什么它会折磨你呢?"我问得小心翼翼。一个人内心的伤疤,是不会轻易展示给人看的。这个我懂。

"记下这些日记的,是一个女人。"

哦,原来不是老头自己的日记。一个女人?一个女人跟一个老警察之间的情感纠葛?一个老警察穷其半生的婚外恋?我的大脑在高速运转,貌似已经缓缓启动那日渐枯瘪的想象力。你瞧,从那时候我想到的问题,就能看得出来,我绝对难以成为一个优秀的作家,因为我的第一意识是猎奇,甚至,猎艳。

老头接下来的一句话,让我兴奋得接近崩溃!

"一个小姐。明白吗?小姐。这些日记,是一个小姐写的。"

小姐这个称呼,似乎已经约定俗成。说白了不过是风尘女子的文雅称呼。一个让老警察放心不下的妓女?我的老天!我突然在心里暗暗感谢丁一。这个家伙不小心开车碾死一只鹦鹉,却把一个饱经沧桑的老警察和一个小姐的日记送到我的面前。小姐,警察,日记本,隐秘的恋情,或者情欲纠缠,一本畅销书的基本元素,貌似已经很齐备。接下来无非就是展开一个作家的细节想象,添油加醋这个我还算在行。我似乎已经看到,这本书占据着书店一进门位置的整面大柜台。它被摆放在各大书店最显眼的位置。在各类图书排行榜上,它都赫然列在首位!著名作家方子曰正坐在一张宽宽阔阔的桌子后面,签名签得手腕都有点儿发硬。电视台文化传播栏目那个漂亮的女主播,好几次我约她吃饭,她都像一条滑溜溜的鱼在我眼前游走,不给我任何靠近的机会。现在她笑吟吟地坐在我的面前:"请问子曰老师,您是如何让这样一部震撼人心的小说面世的?能不能跟读者一起分享这样一个过程的快乐,或者艰辛?"

慢着,慢着,不要急,这个黑老头还没答应给我看那些日记呢。那些看似诱人的日记本,现在还安静地躺在茶几上,它们还不属于我。

老头坐在那里,仿佛正在思考"生还是死"这一类大命题。

我突然有一丝警觉！他是在考虑这一堆文字的价值吗？我听说有些所谓的作家正是这么干的，花钱买原料，买故事，然后，再进行深加工。

我试探着问："老爷子，您舍不得丢掉吧？"

他摇摇头："不是舍不得。那种感觉我说不清。"

"要不，您开个价？"我干脆把话挑明。

没想到，老头猛的一下子抬起头来，两股火焰顺着目光直喷过来！他盯看我数秒，突然抬起一只手！手背上青筋暴突，手指尖在抖。顺着胳膊看过去，老头的嘴唇也在抖。

这个黑怪物终于吐出简短的两个字："出去！"

我呆愣在当地，甚至，觉得整个身体一下子空虚，小腿肚子不由得又颤抖起来。老头坐下去，胸口一起一伏。我站在那里，垂着头，不知该说什么。

过了好久，老头说："这根本不是钱的事儿！"

我连连点头："对不起，我错了！"

他又沉默不语，我一时也找不到话可说。在这个人面前，我那一大堆让人肉麻的玩笑话、恭维话，根本就没法施展。房子里的气息，有些凝滞。有一瞬间，我感觉到我在其时的处境，很像几个月前在某个派出所的时候。后来，我一想到那晚的场景，就忍不住浑身哆嗦。当时，我坐在一张铁椅子上，肯定神情沮丧，肯定像一只被斗败的公鸡。桌子后面有个看上去面皮挺嫩的小警察，带着一丝特色鲜明的微笑端详着我，而我呢，却不敢跟他对视。因为，那个时刻我们俩的角色似乎完全不同。人在失去自由，处于被动位置的时候，是无法做到有尊严的。我的尊严，我在讲台上可以侃侃而谈的那种自信，已经在一个小时前差不多完全丢掉。在那座城市城郊接合部的一辆车里，两个年轻的警察，将我和女作家雯雯当场"擒获"。当时，我俩正在接吻，或者说在做干点什么之前的准备。尽管我们俩属于情人关系，我可以完全不在乎，因为，我是个单身男人，谁也不能限制我谈恋爱的自由。但雯雯不行。她的身份不能暴露，这是关键点。如果制作不锈钢管的那个皮球知道他的妻子跟我在车上做这个，女人的下场会很凄惨。所以，我必须忍气吞声，尽量把这事情遮掩过去。那时的我，很像一个犯人。我放弃了尊严。

此刻，我站在老头面前的样子是不是很像一个犯人？

"我叫老黑。"老头突然开口，"他们都叫我老黑，你也可以这么喊我。刚才，我情绪有点儿失控。"老黑上上下下打量我一眼，似乎为了轻松一下，他咦了一声："你这样子干什么？没必要这样。咱俩本来互不相识。再说，我现在就是个快要入土的老头儿，又不是警察，你也不是犯人，你紧张什么呀？"

是啊，我为什么要摆出一副站在神父面前的样子呢？这个黑炭头，他手上也没拿着一本《圣经》。我跟他，现在，甚至几个小时前，有什么关系呢？他现在不是警察，而我，也的确没犯什么罪。

老黑挥挥手："你把它们都拿走吧，眼不见，心不烦。再说，我这也算是遵从了日记主人的意见。等你从头到尾看一遍，就会发现里面有句话是这么说的：'如果有一天，我记的这些东西到了一个作家手里，说不定他会写出一本精彩的小说来呢。'当然，你如果真对这堆日记有兴趣，就仔仔细细地看，要是没兴趣也就算了，就当帮我一个忙，你找个胡同旮旯烧掉，或者干脆扔进垃圾桶，无论怎样，随便处理掉就行。"

"她真的是这么写过吗？"我又慢慢高兴起来，"照这么说，或许我与这些日记有一些缘分呢。"

"可不是嘛，她就这么说过的。我暂且也把这理解成一种缘分，要不我跑到市里来，怎么偏偏会遇到你呢？不过，我提前警告你，这些日记，未必能给你带来快乐。"

"为什么？"我有点儿不解。

"有些事情，不知道比知道好，不明白比明白好。现实或真相，往往会是很伤人的。反正对我而言是这样的。你们作家的思维开阔些，也许能承受得了。"说实话，那时我真有点儿怀疑老黑是否真的曾经是警察。他说话的口吻，倒像一位大学里的教授。

老黑提起那个袋子递过来。我犹豫片刻，伸手去接。沉甸甸的，像是一段厚重的覆盖着尘埃的历史。

老黑递给我的那一刹那，似乎身心稍稍轻松了，脸上又露出一抹微笑，但倏忽之间就消失了。他转身离开，拿来一张纸，一支笔，迅速写下一串号码递给我，说："这是我的手机号，和县城那边家里的电话号码。今天我就不到你那里喝茶啦。我估计你会很快跟我联系的。"

这就有点送客的意思了。

我走到门口，突然想起个问题："你不是还说，要跟我讲讲那只鹦鹉的故事吗？"

老黑沉吟片刻，摆摆手："现在，我还是不说了。不过，你记清楚，那鹦鹉的名字叫小武。小武的故事的一部分，也在这一包日记里。"

我的好奇心又被吊起来："那个孩子，跟这个小姐有什么关系？"

"你先不要急于提问，回去仔细读读这些日记，从头到尾，一句话也不要漏掉。反正，我认为这里面还是有很多值得琢磨的东西，你还有很多时间——去提问，现在不是时候，你看完再说吧。"

我却仍然意犹未尽："上午你说，难道这是天意？是什么意思？"

老黑说："你这个人，真是沉不住气，老是问这问那的。"他站在那里，掏出一根烟来燃上。"其实，我蹲在那里的时候，脑子里想到很多事情，很多个画面在我眼前闪过去。你说巧不巧？三年前的今天上午，准确地说，差不多就在那只鹦鹉被你朋友碾死的那个时刻——上午十点左右！我当时还看了一下表，几乎一点都不差——三年前的同一个日子的上午十点，有个年轻的死刑犯被押往刑场，枪毙了。这人就是小武!"

"有这么巧?"我的呼吸顿时有点儿急促。

"是啊,就这么巧!所以,我说是天意。我在想,难道这个孩子真是在天有灵?他不愿意看到我继续受折磨?因为,我经常在端详那只鹦鹉的时候,眼前就出现那孩子的脸。所以,我当时除了伤心,还有一丝如释重负的感觉。我累了,真累了。有那只鹦鹉在,我就会时时刻刻想到那孩子。有这些破本子在,我会时时刻刻想到一个三陪小姐。这三年来我就是这么过日子的。现在好了,都扔出去!我也该换个活法了!"

老黑说这番话的时候,我的脑子里已经开始闪现许多疑问,比如,这个很像哲学家的老警察,跟那个死刑犯之间,有什么关系呢?如果没有关系,他怎么会给自己的鹦鹉取名叫小武?比如,这个小姐跟这个小武之间,到底发生了什么?但我没有继续再追问老黑。老黑说得对,看完再说。

3

翻阅那些日记本之初,我完完全全陷入一个迷宫里去。

那个沉甸甸的袋子里,共有十本日记。有的新一点,有的已经很陈旧。可见,记录的时间跨度不小,从侧面可以印证记录这些文字的人,还是有足够的耐心和韧性的。我在多年前也曾经断断续续写过日记,却一直有始无终。那些本子,差不多都是多年前街头杂货店里卖的那种。塑料封皮,纸张略黑。有一本的封面,还是个早就过气数年的香港男歌星。当然,与里面的内容相比,粗糙的外表或许根本不算什么。问题是,你有没有见过这样写日记的?每一本每一页上,都没有日期!你根本不能按时间顺序来排列这些文字。有时候,连续几页全是密密麻麻的字儿,连标点符号都没有,甚至,都懒得分一下段落。有些文字则笔迹潦草，龙飞凤舞的，像是喝醉酒后写下的。当然，也少不了错别字，以及你根本弄不懂的方言，得参照上下文去推断其大意。

好多日记其实是流水账。比如："今天中午，在香（是否应该是湘呢？）菜馆，吃麻辣龙虾一盘，跟小柔一起去的。我俩都喜欢辣。我们开玩笑说，要生孩子，我俩肯定都生闺女，酸男辣女嘛。"比如："今天逛街去了，买袜子一双，三块钱，口红一个，十块钱，避孕套三盒，十块钱，都顶上我一星期的伙食费了。"再比如："昨晚上，我跟小雅干了一场，我抓了她的胸口两把，可能给她抓破了，因为今早上我看到我指甲里面有血。我看这小婊子是活得不耐烦。她居然敢欺负我！"

一个小姐日记里，很自然会涉及男女间的性事。"今晚上来的这个男人真胖啊，跟个篮球一样，肉乎乎的，人怎么能吃成这样子啊？他满嘴都是酒味，他要亲我，我躲到一边儿，不让他亲，我越这样，他就越想亲，男人就是贱啊。他没打我，倒是很好对付……总共加起来还不到五分钟，我还以为这货战斗力很强呢。""我害怕这个胳膊上画着小蛇的男人，我已经遇到他两次，很难缠，很讨厌，上一次的时候他咬了我一口，疼了好几天哪。"

在一本日记的最后一页，有一段文字引起我的注意。

"孩子，其实这些都是写给你的。可我知道，我永远都不会拿给你看，这些日记你这辈子恐怕都看不到。但你得明白，我真的很疼你，爱你，很想你。天底下没有一个当妈的不疼自己的孩子。在这个世界上，你就是我的一切，是我活下去的支撑。这些年我没回去看你，不是不回去，是我回不去，而且我回去后也不知道该怎么面对你。以后你长大了，能理解就理解，不理解我也不怨你。我知道你肯定会恨我，把你一个人丢在家里，我也很难过。当你什么都明白了，你就会更恨你妈，你会嫌弃你妈，因为你妈是坏女人，你妈脏。"

看来，这个小姐应该还有一个女儿。

但是，有一句看似前后矛盾的话，却出现在另一本上。

"这些日记本里，藏着一个秘密。在这个世界上，我希望唯一能看到它并能揭开谜底的人，是我女儿。她从小就那么聪明，我相信她会看出来的。"

那一天，直到房间里完全暗下来，我还坐在书房里，翻看那堆日记。具体内容，或者要从日记里搜索出的故事线索，仍是一团模糊。我找不到任何头绪，从文字表面看，无非是一个风尘女子的流水账。或许，它本身根本没头没尾，杂乱无章。我一度怀疑，这些文字怎么会让一个老警察牵肠挂肚呢？我甚至还稍稍有点儿沮丧，这一堆破烂，对我能有什么用处呢？

很奇怪的是，在那个下午，没有人来打扰我。没有电话打进来，没有敲门声，甚至，窗外嘈杂的声音，我都完全忽略。也就是，我过了一个难得寂静的下午。甚至有一瞬间我突然意识到，这个下午似乎跟以往有点儿不一样。也就在那一瞬间，我觉察到房间里弥漫着一股子暧昧诡秘的气息。难道，因了这些日记本的存在，我的书房，我的整个房子，就慢慢换成另一种味道？或者说，当我伸出双手打开一本本日记的时候，一些粉红色的复杂无比的气息，会慢慢飘逸出来，以缓慢的姿态，充溢进我屋子里的每一个角落？

我想我必须给老黑打个电话，解决一个最基本的问题：日记主人的名字。我居然忘记了问这个。

"跟你说实话，我拿不准。我就知道她叫小琴。"兴许是因为在电话里，老黑的语气很和蔼，"知道吗，像小琴这种女人，警察很难搞到她们的真名字。在这个世界上有些人会刻意隐藏自己的一切信息。做这一行的女人，个顶个滑溜得像一条条鱼。如果你见过小琴，你就会明白。她绝对就是那种被人称作小妖精的一类女人，满嘴里几乎没一句实话，一举一动，都具有挑逗性和诱惑力。做那种生意，修炼到那种境界的女人，一般手头都有好几张假身份证。你很难从她们嘴里获悉真实姓名，除非她心甘情愿跟你配合。"

"哪个琴？小提琴的琴，还是芹菜的芹？"

"有一页日记上，曾涉及过她的名字，我猜你可能还没读到。有一个男人问她叫什么，这女人说：'我叫小琴。'男人几乎一字不差地问了一遍你刚才的那句话，小琴是这样回答的：'都年老色衰了，什么琴也弹不出好动静来。'所以，我想应该是小提琴的琴吧。不过，这也很难说。当年，我们给她记笔录的时候，她告诉我叫李小琴。我查了好半天，也没找到。后来，她又说叫马小琴。再后来，她干脆耍赖，说她忘记自己叫什么了。"

"原来，警察也有没办法的时候。"

老黑开起玩笑："是啊，你得相信，现在的警察跟当年军统特务完全不一样，为了获取一个小姐的名字，你不可能上夹板、辣椒水，或者，老虎凳。"

"那就奇怪了，你们根据什么认定她们犯了法？"

"你问了个好问题。但我不得不告诉你，小姐们犯的可不是什么大罪。而且你还得相信，我们办理这种案子，都有一整套很丰富的经验。"

"我知道，你们的惯例就是只罚嫖客，不罚妓女。"我冷笑一声，顿时想起我跟雯雯倒霉的经历。那一次，我搜索了所有能联系到的朋友名单，终于找到一个朋友，那朋友又找到派出所的所长，这才把我们俩放出来。我说："反正，男人被你们抓到，为了顾及名声，最好的办法就是自认倒霉。该交的钱赶紧交上，然后，躲得远远的。"

老黑嘿嘿一笑："你好像很了解行情嘛！要想不被罚，就不要去做啊。"

我可不想跟一个老警察玩这种一不小心把自己绕进去的游戏。"这个小琴，好像有个女儿，有她的消息吗？"

"是的，那堆日记里，关于她女儿的文字出现的次数还不少。你可能还没看到，她女儿失踪了，现在究竟身在何处，是另外一个谜。"

我抓抓头皮："我看了整整一下午，结果头昏脑涨。"

老黑说："要彻底把顺序搞清楚，肯定会花些工夫，但大体的时间顺序，是能弄清的。"

"怎么弄清？连页码都没有。"

老黑呵呵一笑，说："我本来以为，一个作家会很有逻辑思维的。"我立刻反应过来，他应该知道更为简便的办法。果然，老黑说："在每一本日记的第10页，都有个数字。"

我顺手抓过一本来，在第10页的左下角，发现一个数字，6。另外几本，数字都在这一页的不同位置，有一本是在页面中间。

"是你做的记号，还是那个叫小琴的女人？"

"当然是日记的主人。你瞧，这女人有些特色，对不对？我猜她是故意这么干的。从墨迹上看，页码应该是后来添加的。笔画很清晰，很有力，说明她写下数字的时候，脑子很清醒，肯定没喝酒。我估计，这个女人在许多日子里，也是反复在看这些日记。你从那些本子损坏的程度，就能看出来。你仔细看还会发现，她脑子里有很多奇怪的想法，说不定这些页码，就是某一天某一个瞬间，她突然心血来潮才按照时间顺序加上的。"

"我真没注意这些。"我轻轻摇头，"要不，你先给我讲讲小琴的故事？"

"这些日记，当然不能完全记录下小琴的人生轨迹。因为，很多故事，是在这些文字之外的。我建议，你来我们这座小县城，我给你列一个名单，你必须每一个人都去采访一下，把整个事件做一下还原。这个其实也不影响你继续研究日记。当然，我自己也有大把大把的时间来接待你。反正，我现在是闲人。另外，在这个世界上除了小琴自己，我不知道还有谁对她更了解呢。"

我的兴致高涨起来："要不，我现在就赶过去？"

老黑哈哈大笑："先别急，再看看日记。每一句话，都不要忽略掉。我虽然看过好多遍，也解开过一些谜团，比如说日记的时间顺序问题，可有些谜，直到现在我都解不开。小琴说的那个隐藏在日记本里的秘密，我绞尽脑汁，也想不明白是什么。不过，你能和我一样对一个小姐感兴趣，我挺高兴的。"

我突然想起一个问题："这个女人现在在哪里？能不能想办法见到她？"问出口后，我突然觉得很可笑。老黑明明已经给了我答案。如果能见到小琴本人，凭老黑的聪明，还犯得上绞尽脑汁去猜谜？

果然，老黑慢悠悠地说："要见她本人？不可能了。"

"为什么？"

"因为，她死了。"

"死了？"老黑的这句话，顿时让我书房里的那股子怪异气息更加浓郁。我举着手机，又打量一眼书桌上那堆日记本，自言自语："死了？也就是说，这是一堆遗物！一个死去的妓女留下的遗物！"

"是啊，死了，死在天堂口。"老黑的话幽幽地传过来。

我下意识地问："怎么死的？也是被枪毙的？"

老黑说："子曰，我发现我跟你说话的时候，你注意力很不集中。你没听清刚才我说的那个地名。我认为那是个很关键的词儿。"

"你刚才说什么？"

老黑几乎是一字一顿："我说，小琴死在了天堂口。"

"天堂口？什么意思？是个城市名，还是一个具体的地点？"

"是个地名。就在我们这座县城的城郊接合部，在一片很广阔的农田里。仅仅这个地点，我认为也值得你花费好长时间去研究它。发生在那里的一系列事情，很有些佛教里的轮回色彩，直到现在我都没琢磨透。佛教里似乎还说禅悟、顿悟，反正对这个问题我顿悟不了。有些事情简直不能去琢磨，诡秘极了。"

"老黑，你不要再卖关子。这女人怎么死的？"

"怎么死的？跟那只鹦鹉有关。简单一句话概括，就是那个叫小武的孩子杀死了小琴，然后小武被判刑，被枪毙。"

"那个孩子？被枪毙是因为这个？"

"听得出来，你对这个故事越来越感兴趣。至少，你的确已经拥有一个好素材。写小说，我绝对外行。如果老黑有这本事，就不会把日记送给你，反正退休在家没事儿干，可我写不出来呀。我也不清楚，这些东西对一个作家究竟意味着什么。可我真的希望你能好好地写一写这个故事，去还原一下这个杀人案，去挖掘一下两个当事人的心路历程，别整天地去搞那些乱七八糟的玩意儿。我提供一些建议，仅做参考，你绝对不能是猎奇，不能胡编乱造，这是冷峻的，甚至有些残酷的现实。小琴这个女人一生命运是怎样的？这种人是可恨，可气，还是可怜？我们应不应该给这样一个女人以怜悯？小武这孩子为什么要杀人？是因为激情犯罪，还是长期精神压抑所致？这都是我一直思考的。"

"这是一些好问题。"我总算捕捉到了故事的主线。

"还有一件事情我要告诉你，我虽然从来没见过小琴的女儿，对小琴此前的故事也是一无所知，可我见过小琴的老母亲。哪一个小姐会带着自己老母亲出来做这种生意？这是不是有点儿特殊？"

"带着母亲出来做妓女？"

"妓女这个词儿，我一直觉得它别扭，一直回避使用它。"——我猜测老黑在电话那端皱起了眉头——"可事实的确如此，在天堂口，那个很荒僻的地方，就在我辖区内，小琴开了家路边店，靠出卖自己的身体和灵魂挣钱来养活她们母女俩。"

我觉得又一条线索浮出水面："那她母亲在哪儿？"

"你说那个老女人？她倒没死，可现在跟一个死人差不到哪里去。她听不见，看不到，也不怎么爱说话，基本上是个废人。不过，我告诉你啊子曰，关于这个老女人我其实也有很多疑问。她到底是不是真是一个又聋又盲的人，我在有些时候居然不敢确定。"

"这话什么意思？"

"有些细节很诡异，以后你见到她，就会明白我说的是什么意思。我跟你说这个的目的，是想提醒你，恐怕这是一个寻找真相的过程。你愿意去寻找吗？或者说，你愿意和老头儿一起去寻找吗？"

我盯看着屋顶，发了好半天的呆。

"我很愿意！"我听到我对自己说。

第二章　我

1

我觉得自己变成了一个破译密码的老特工。

我在每一个本子上勾勾画画，画三角，打问号，做下许多我自己能懂的特殊标记，目的就是要弄清楚某些事情之间的关系。

有一段时间，或者仅仅是某个瞬间，我会突然发现，我的心态正在发生着某种变化。实话说，这并不明显，当然不是脱胎换骨的那种变化，是潜移默化的。但这个变化的确存在，它模模糊糊呈现在我对身边事与物的看法上。比如此前我以为是天经地义的事儿，现在觉得是完全错的，或者有一种令我警惕的怀疑。比如同一件事情，我在此前的处理方式，跟现在就会截然相反。

有些时刻，我为那些日记本里的某些细节近乎抓狂。因为，在你的眼前，分明出现某些清晰的画面，让你觉得肮脏不堪，觉得恶心，或者让你感觉很愤怒，让你忍不住拍案而起。

有些时刻，我会精神抖擞地投入到寻觅过程里去，从字里行间，努力去还原真相。而更多的时候，我会坐在书房里，眼睛瞪着天花板，往往，一坐就是整个下午，或者半个夜晚。我开始从另外一个角度，去判断这个世界，去反思我自己半生的荒唐。我弄不明白，到底是这些时而粗糙时而细致入微的文字，对我产生不可思议的影响，还是跟老黑持续不断的沟通和联系过程中得到的信息，在逐渐改变着我。

直到有一个夜晚突然到来，一切发生大改变。

每个人的身上或内心深处，肯定都有一些或大或小的隐秘伤疤。有些伤疤，是躲藏在某个角落里，郁郁绽放的。往往在你尝试遗忘，甚至稍稍貌似成功将其忘掉的时候，一个不经意的事件，又轻巧地把一层幕布揭开，让你立刻看到那朵冷艳残酷的花朵，令人疼痛的记忆就会再次剧烈袭击过来，你的伤痛自然就会又加深一层。而你此前有意无意的躲避，瞬间就变得毫无意义。

我身上的某块旧伤疤，就是被那日记里几页纸的文字（更准确地说是一句话）打开的。

在读那几篇日记的某个夜晚的某个时间之前，这个叫方子曰的作家，就似乎隐隐约约有了某种预感，觉得有一些关于他的事情，会在日记里出现。这种感觉当然非常奇怪，且无法解释。至今，恐怕我都不能用文字准确表述出当时的感觉。你对要发生什么还一无所知，但是恍恍惚惚间，你却有所察觉，你觉得你会很快身在其中。就像你正行走在大街上，恍然站住时，觉得你现在所处的场景，曾经出现在以前的某个梦境里。你开始心慌意乱，你被一种莫名其妙的压抑感缠绕，你内心纠结，抑郁，想哭，却哭不出来。

那一天，从午后到黑夜降临的那段时间，我甚至像被关在笼子里的一只鸟一样，蹦来跳去。一整天，我都没有下楼去，也从来没想出一个下楼的理由。有那么一段时间我靠在书橱上急促地呼吸着，像一条被晾到岸上的鱼。我曾经尝试开过窗子，大口大口呼吸。可城市里混杂污浊的气息，瞬时间就将我淹没掉，简直让我窒息。

傍晚时分，丁一曾打过电话来邀我去喝酒。

他说："市电视台文化版块的那位女主播也会到场。"

我拒绝得很干脆："不去！"

"为什么呢？我知道你对她一直很有感觉。她现在也还单身，说不定，你有机会。"

"老子现在对一切都没感觉。"

丁一显然对我如此反应毫无防备："喝高了吧方子曰？这才几点，就喝高了？"

我一连串地说："我很清醒，非常清醒！"

丁一呵呵大笑："那就不要这样子跟我说话。你以前可不这样。"

我稍稍调整一下情绪，说："老丁，我准备干点正事儿，我要写一部真正的作品，没工夫陪你喝闲酒。"

"恭喜恭喜！你又找到了创作感觉，不错。可是，这也不耽误咱们泡女人喝酒啊！就当休息嘛。"

我莫名其妙问一句："老丁，你有没有觉得，我们这日子过得很荒唐，很空虚？"

"荒唐？空虚？什么意思？你要脱胎换骨，痛改前非，重新做人？"丁一笑得很有内容，"方大作家，你真的把自己当艺术大师了吧？或者，当救世主？"我听到他对身边的人说："世界末日是不是真要来临？咱们的小说家方子曰，他要换个活法了！"

手机里传来一阵刺耳的笑。我听到有人把桌子拍得啪啪作响。

"管你信不信，反正，我今晚不想喝酒。"我说。

"那好吧，你继续思考人生。"

接下来，我还接到另一个电话，是雯雯打来的。她再次提出那个要求，要我给她的小说新作写一点什么，登在市里的晚报上。

"亲爱的，你不觉得，我写出一种利刃切割身体般的后现代感觉吗？"

说实话，许多天以后我对自己当时说的话做了反思，我觉得我不应该那样伤害她，不应该那样直截了当反问她。

但我当时没忍住。

"你是指里面那些性描写吗？树上的，悬崖上的，松树林里的那一层松针上面的？"

我猜，我的作家情人没弄明白我这些问话的意图。她试图跟我更深入探讨："子曰，你不认为，我小说里面的那些性描写都很干净吗？我可不是在写黄色小说。我认为，无序，恰恰就是有序，这是对立但很统一的事实存在，这正是我们这个时代的质地和细部纹路。"

我紧皱着眉头："别把自己当成一个评论家好不好？不要在半空飞着，要站到地面上来。咱们心里都很清楚，我们这个时代并不完全这样。"

"我也没有说是完全这样，但是不是现实？"

"你根本没弄明白什么是现实。"

女作家似乎觉得很委屈："你今天是怎么了亲爱的？你好像在批评我哦。以前，你总是鼓励我的。"

我说："你的小说，不过是赤裸裸地照抄你的现实生活。听明白了吗？你个人的，不是别人的。你是在描写你自己生活的杂乱无序，或者说，你自己的性格分裂，心理亚健康。我们整天张口闭口就是后现代，结构主义，新叙事，无意识流走，心理解析。这些词儿从我们的嘴里像一个又一个烟圈冒出来。你告诉我，你真正弄懂这些词语什么意思了吗？其实，它恰好证明，我们有多么无聊，多么空虚，多么焦虑，我们的想象力有多么贫乏！"我估计，那时候的我，有点儿歇斯底里。

女人沉默良久，居然抽泣着用方言喊起来："他妈的方子曰，你教训谁啊？你以为老娘不懂这些道理，是不是？是不是呀？谁几斤几两，谁不知道谁啊？你个王八蛋！你以为你自己真有多大魅力？我跟你说，你连三流作家都算不上。你知道吗？我心甘情愿跟你在一块，说白了也就是个暂时的心理安慰。我没弄明白什么是现实？那你告诉我，现实是什么？现实是不是锅碗瓢盆，柴米油盐？退一步讲，我要求不高，这些最基本的东西你能给我吗？假如我真的跟了你，你赚的那点儿钱连我一个星期都养不起！"

我嘿地一笑："看来，我的话很管用，瞧瞧，现在的你多么真实！"

女作家沉默半天，忽又软下来："对不起，我知道你好累。我也累啊！可在这个世界上谁活得不累？我需要你的拥抱，现在。"

我也沉默了一会儿，说："我今天真的不想出门。"

女人说："你不用出门，我去你那里。"

我说："还是改天吧。"

那时的我，还不知道我不想出门的原因，居然是在等待几页纸的故事。或者说，那个情节，那个赤裸裸的属于我的现实，在冥冥之中约束住我的手脚。

我重又坐到书橱前的椅子上，半躺下，随手抓起桌子上的一本日记，从中间翻开一页。于是，那句话像一道闪电一般灿然滑过！

"哈，这个男人竟然有三个乳头。"

千真万确，我的脑袋里面嗡的一声响！我眨巴一下眼睛，似乎想要印证一下，这是真的还是在梦境里？事实告诉我，这确实是真的，那一行字，就出现在小琴日记里。而这句话已经证明，我——这个叫方子曰的作家，真真正正地参与到这个故事里了！

我噌的一下子站起来！

那一本日记掉在地上，悄无声息。我瞪大眼睛，张开嘴巴，大声呼吸好一阵子！这才慢慢蹲下身子，慢慢跪在地板上，伸出一根手指，翻阅地上的日记本。

"他居然问我一个这样的问题！你读过后现代主义的书吗？他肯定

不知道，身边这个光溜溜的女人，连初中都没有读完。这女人只是长得模样还算周正，还算顺眼，床上功夫也还凑合，心里，脑子里，简直就是一堆烂棉花，一点儿干货都没有。"这个叫小琴的女人，还写到她接下来的反应。当时她把一口烟雾喷到那男人的脸上，轻飘飘地嘟囔一句："狗屁！"男人居然很高兴，说："你很有悟性嘛，这就是对后现代主义的最好阐释。"

我拿起地上的日记本，反复地打量着那段文字，或者说机械地什么都不想地扫描着那些文字。

这一切非常恐怖！简直让人压抑，让人发疯！

我突然用尽全身力气，狠狠地把那本日记扔出去！那日记本落在阳台上，兀自打开着。接下来，我又扑到写字台边，抓起桌面上的烟灰缸，一下子摔出去。烟灰缸在地板上发出一声脆响！玻璃碴四下飞溅。

那段时间，我根本不知道自己在做什么。我的头脑发热，神情恍惚。我冲着天花板发出一声鬼哭狼嚎！"怎么回事儿？根本就不可能，不是她，肯定不是她！怎么会是她呀？这个骗子，这个大骗子！"

直到现在，我一想到接下来我那一系列动作，还是会浑身升起尖锐而刺激的疼痛！我当时肯定像一个疯子。这个突然而至的消息把我彻底摧毁。我以前的两个女人——我的两任前妻，她们忍受不了我的地方，肯定也包括这一点儿。试想，有哪一个女人愿意陪一个动不动就歇斯底里的疯子虚掷年华呢？

我记得，当时我顺手抓起桌子上一把剪刀，刺啦一声撕开上衣！盯看着胸前那个肮脏的、丑陋的肉瘤子，牙齿咬得咯咯作响。接下来，我听到咔嗒一声脆响！顿时，浑身上下一阵轻松。我亲眼看见鲜血从那个部位涌出来。我缓慢地躺到地板上，用一包卫生纸徒然地堵着那个汩汩的泉眼。

尖锐的疼！

尖锐的疼！

没过多久，我感觉到了恐惧。尽管，我感到了片刻的带有自虐色彩的轻松，但疼痛感让我很快就意识到，如果我继续躺在那里，我会流血而死，而我并不想死。我给丁一打电话。我说："我快要死啦！"那一边的声音非常混乱。

丁一笑呵呵地说："亲爱的，你是不是又想喝酒了？"

我强忍疼痛，大吼一声："我不是开玩笑！你快来救我！"

大约十分钟后，丁一打开我家的门。他有我家钥匙。一个单身男子的家，理所应当成为狐朋狗友们的周末俱乐部。当我不在家的时候，或者，即便是在家的时候，丁一或别的熟悉的朋友，也会带着某个女人到我这里来，借我的另一间卧室用一用。丁一走进屋子，仍然嬉皮笑脸吹了一声口哨："难道，我们的大作家真的要自杀吗？"然后，我看到丁一呆愣在门口，眼睛直勾勾地盯着躺在地上的我，好半天才吼道："他妈的，你真把剪刀捅进自己肚子去啦？狗日的，你可真有本事啊，真就捅进去啦？"丁一跌跌撞撞奔跑过来，手忙脚乱掰去我的手。

我已经有气无力。我说："没那么严重，我只不过给自己做了个小小的手术。我把那个丑陋的肉瘤子一不小心给切掉了。"

"自己切的？你自己切的？"丁一根本就不信。

我紧咬牙关，疼得说不出话来。

丁一蹲下身子，朝我一声大吼："赶紧趴到我背上！"

我的眼泪都快淌出来："我怎么趴啊？你不知道伤在胸口吗？"

丁一嘟囔说："你忍一忍。反正，我抱不动你！你可真行啊方子曰，自己给自己动手术，你以为你是白求恩啊？"

丁一呼哧呼哧喘息着，背着我就往楼下跑。我像一个英雄那样，高昂着头颅，尽量不让胸口顶到丁一后背上。但很快我就看到，他的后背被我的血染红一片。是的，我的血，很新鲜，很灿烂！

不一会儿，我们到了楼下的社区卫生所。

里面的那个女人我很熟。她四十岁上下，姓张，人很丰满，乳房很大，屁股也不算小。有一回她给我检查身体，不知道是故意还是不小心，一只手忽然触碰到了我的下身。那片区域顿时紧张起来。女人看我一眼，自言自语说："至少证明两点儿，一，老太太还有点儿魅力；二，作家果真是很敏感的，不但思维敏感，身体的敏感度也不低。"我当时说："是啊是啊，你哪是老太太，你还相当有魅力。"可开玩笑可以，来真的我是绝对不敢的。她老公是武警，脸色黝黑，非常彪悍。

这一次，她一边给我处理伤口，一边扭着头笑问："啊呀，作家同志，这是被谁家的女人咬下来的？"丁一在一边儿嘿嘿地笑。

我看着天花板，好半天才说："被一个三陪小姐。"

这句话简直让那一对狗男女笑翻了。

女人说："子曰同志，你千万要注意哦。女人的牙齿很锋利的。幸亏咬的地方是这里，要是咬掉别处，我跟你说，医学专家也没办法的。"

他们不知道，我的心里在悄然流泪。他们当然更不知道，我是真的被一个小姐咬掉了那个乳头。"你轻点啊大姐，我疼！"我说。

"疼吗？真的疼吗？"她紧跟着吐出两个字，"忍着！"

2

我提着那一袋破本子下了楼。那样子看起来一定鬼鬼祟祟的。不是我故意那样做，而是胸口实在太疼。那副架势，估计有点像多年以前我从医院里提回另一袋异样东西的时候。

鬼才知道，当年的我怎么会相信，那东西会对一个男人的身体有好处。有段时间，我的身体非常虚，经常莫名其妙冒虚汗。坐在我办公桌对面的老太太估计早已盯我好几天。那天，她苦口婆心开始教训我。她是南方人，声音细腻婉转："子曰呀，你这个样子，不行的哦。就是铁打的身子，也得节约力气。房事多了，人是一定会垮的。哦哟，你看看你的脸色，都成茄子啦？一个男人最需要保养什么？是肾。也就是你们北方人所说的腰子。我看你得赶紧补一补，这样下去怎么得了。"我问："大姐，怎么补？"老女人神秘起来："我儿媳妇在医院妇产科。我让她搞个好东西给你吃吃。管用的。"我问是什么东西，还要从妇产科去搞。她的样子像是吐出一个接头暗号："胎盘！"我立刻想吐。老太却说："你不知道的，那东西现在是抢手货。花好多钱，都不见得买到。市长、市委书记都去搞来吃呢。"我居然信她的话，也花了笔钱，让她那水桶一样的儿媳妇搞到一个。可那一天，我提着那袋东西上楼的时候，却再也忍不住。我伏在楼扶手上，高声呕吐。后来，我果断地转身下楼，捏着鼻子，把那袋东西扔进垃圾桶。

现在，我捂着胸口，蜷缩着身子，用同样的动作，把那袋日记本刺啦一下子扔进垃圾桶。

我拍拍手，心情轻松地上了楼。打开门，直奔厨房而去。我在锅里煮了一些面条，准备大吃一通。我的确是饿了。

丁一离开前，居然硬要拉我去喝酒！说喝一点儿高度白酒，是能起到消炎作用的。还说："就这么一点儿小伤口，别拿它当回事儿！再疼的时候，想想人家爬雪山过草地的日子是怎么过的。"我拒绝了他的好意，虽然我知道，丁一已经觉察到我情绪不对，担心我再出什么意外。我说："你有没有善心啊姓丁的？我可是刚刚没了一颗乳头呢！"同时我警告丁一："千万别跟那帮家伙说这事儿，否则，我拿剪子把你那儿咔嚓一下，让你做太监去！"刚说完那句话，我的胸口部位立即尖利地疼了一下。

突然记起，这句话原本出自小琴日记里的。

吃过一碗面，我站到窗前，打量着眼前这座既熟悉又陌生的城市。

然后，慢慢把目光收回来，盯看着楼下那个垃圾桶。

一个戴白口罩着蓝大褂的女环卫工，左手提着一个塑料袋，右手举着一个铁钩子，正慢慢走近它。我的目光紧紧地盯着那个女人。现在她一伸手，掀起垃圾桶的盖子。尽管我站在五楼的窗子边，鼻子里却立刻闻到一股子臭味儿。女人在用钩子翻找"宝物"。我目不转睛，自言自语："这一次你要发财了。你会捡到一大堆废纸。"果然，女人伸进手去，再抽出来，正是那个袋子。她低下头，打开来看了一眼。我面带微笑，注视着那女人提着那些本子向大门外走去。

可就在那一瞬间，我的胸口又剧烈地疼起来！

我呆了一会儿，突然扭回头，跑进客厅，跑到门口，迅速推开门，摁着楼梯扶手往下跑！跑出楼道，院子里已经空无一人！我又向大门外跑去！终于，我看见了那个女人。她正把袋子向一辆三轮车上扔去。车子上堆满了废纸箱、啤酒瓶、易拉罐、塑料、纸壳子，以及，花花绿绿的广告传单。

我喘着粗气跑到她的跟前，说："那袋子是我的。"

女人的嘴巴鼻子都在口罩后面，只留两只眼睛，是三角眼。女人问："你要干什么？"

"那个袋子里面，有几个本子，那是我的，我要拿回去。"

女人却说："那是我刚在垃圾桶里捡的。"

我说："我知道是你捡的，我在楼上都看见了。可那是我刚才扔的，现在我不想扔了。"

女人说："这我不管，我只管收垃圾。我是给你们物业上缴过费用的。"

"我的东西，我拿回去还不行？"我的声音高起来。

"你喊什么啊？"谁知这女人并不怕我，"谁能证明，这是你的东西？"

我弯着腰，捂着胸口："我能证明，那里面是十本日记。"

"想拿回去吗？你得买！"女人终于说到正题。我这才发现自己的确很弱智。我急忙拿出钱包，掏出十块钱递过去："怎么样？够了吧？"

女人的三角眼鲜活地动了几下："大哥啊，以后你家里有什么东西要扔，直接喊我就行。我就在这一片儿转，整天都在的。"

我满脸堆笑："你这样子，我怎么认得出来？"女人把口罩脱下，却是一张麻子脸。我大吃一惊，忙说："我记住你了，以后我处理垃圾就找你。"

转眼之间，那袋日记又兴高采烈地躺在我的书桌上。

我甚至能感觉到，那个叫小琴的女人正站在房间的某个角落。这个该死的女人，她抱着胳膊，幸灾乐祸："怎么样啊方大作家？事情过去很久了，是不是？或许，你早就把我忘得无影无踪。但这不证明，事情就这么结束。你做过的事儿，怎么抹，你都抹不去！"

有些事儿，真的是让人难以捉摸！

譬如，我胸前的那颗"乳头"，或者丁一说的"丑陋的肉瘤子"，的确生得怪异，去得也既干脆利落又万分诡秘。女测量员雯雯说的七宗罪，现在看来，竟然是很有些道理的。难道对我来说"7"不是什么吉祥数字？难道它要逼迫我必须面对什么？逼迫我必须去面对那个叫小琴的女人？或者，逼迫我必须去完成这一部连我自己都要变成主人公的小说？

我突然很渴望跟人交流。有一瞬间，我觉得身上很冷。我很孤独。我很无助。我完完全全被这个世界抛弃了。

但我已经拒绝了丁一，拒绝了雯雯。

在那个时刻，显然已不适合再打后者的手机。她要陪同老公和孩子的。关于雯雯的老公，我的确曾见过一次。那是在一家商场的地下超市里，我看到她挽着一个男人的胳膊，迎面而来。我赶忙低头躲过去。那个男人我倒是看仔细了。接下来的一天，和雯雯躺在床上时，我跟她说："你老公那么胖，跟你采取正常位肯定不行的。"女人大吃一惊，反问："你怎么会认识他？"我说："我看到你俩逛商场。他的腰围肯定是裤长的两倍还多。"女人似乎稍稍放心："是啊，你看得很准。"

我开始翻找手机上的通讯录，两百多个号码，结果，居然找不到一个可以聊天的。我不禁问自己："方子曰啊方子曰，你是不是活得很失败？你的那些所谓的朋友呢？你在需要他们的时候，能找谁呢？"

后来，我想到老黑。正在考虑时间是不是已经太晚，会不会打扰他休息，手机却突然叫起来！

天哪，竟真是老黑！难道，他跟那些讨厌的日记本也心有灵犀？

老黑显然没注意到我的情绪，一说起来就止不住："知道吗？本来，我以为你把那些日记拿去，我心里就没什么牵挂了，就把这些事放下了，可是，不行！这几天，我又老是失眠，那些找不到答案的问题，老是来骚扰我。"

"什么问题？"我淡淡地问。

"比如，小琴的老家究竟在哪儿？她肯定不是本地人，外地口音太明显。日记里说是黄河上游，黄河上游那么大，究竟是在哪儿呀？她是城里人，还是农村人？从日记本里看，似乎是农村的。但是你如果见到过她，跟她一打交道，就绝对不相信她来自农村。她很像城里的女孩子，一举一动都像。再比如我第一次遇到她之前，她的生活是什么样子的呢？她为什么从家里跑出来？怎么就做了这个？总会有什么原因的吧？什么原因导致她走上这么一条路的？"老黑居然也有喋喋不休的一面，"我知道，现在在一些城市里大学生都愿意做这个，无非是为了满足虚荣心。有些女孩子干这个就是为了买手机，买电脑，买高档衣服，买奢侈品。而有些，原因是很奇怪的。我曾接触过一个小女孩儿，她不是为了钱，却是为了报复她父母。她父母离了婚，各自去找情人。可小琴是为什么呢？我跟小琴打过那么多交道，直到她死后我才发现，这女人真是太狡猾，几乎是滴水不漏。她几乎什么有价值的信息都没透露给我。"

我打断老黑："对这样一个女人，你怎么如此念念不忘呢？你跟她之间，有什么关系吗？"我得承认，说这话的时候，我确实有些心理阴暗，或者有些变态。

老黑顿了顿，似乎这话让他惊愕。但是他慢吞吞地说："你们作家经常用这种思维来写小说吗？一个男人，一个女人，非得有那种关系才对吗？"

我说："我只是不太理解，一个警察，干吗对一个妓女如此感兴趣。"

"我以为你能理解的。我之所以念念不忘，正因为我是警察。"

"世界上有很多很多妓女，难道，每一个警察都应该对她们每一个人的人生经历感兴趣？"

老黑声音突然高起来："因为，你他妈的不是警察！你没当过警察，你不知道，一个真正的警察，心里会思考什么。"

他咔的一声扣掉电话。

我举着手机呆愣半天，才恍然顿悟，自己的情绪还是没稳定下来。我急忙打回电话去。显然，老黑在电话机旁并没走远，还没等我表达歉意，他就说："不了解一件事情之前，最好不要轻易做出结论。这一点儿上你跟我犯了同样的错误。很多时候我就觉得，作家是一群不可理喻的人。你们假装超越生活之上，但实际上，每个人照样还是在地上走。还有，你刚才又连续用了两次妓女这个词儿，我听着很别扭。"

我神情沮丧，甚至说话都没有底气："今晚上我非常烦躁。我发现，我的生活简直糟透了。我活了大半辈子，所有的时光都是虚度，做过的所有事情，现在看来都毫无价值。你瞧，我的生活里没有时间观念，白天跟晚上颠倒。我的内心里一片苍白和空虚。"

"哦?"老黑说,"我对你还缺乏更深的了解。从你这几句话,我是不是可以这么问,你现在急需救赎?是不是一个神父站在你面前,你马上就会开始你的忏悔?"

"或许是那样。实话说,我一直希望这城市里有家像样一点的心理诊所。我刚才差点儿做了一件荒唐事儿。我想把那些日记本扔掉。"

老黑沉默,半天后才问:"你对这个女人的故事不感兴趣了?"

我也犹豫片刻:"不,恰恰是太感兴趣,突然感到压抑,突然反观现实,觉得这没有任何意义。老黑你说,即便是我写一部小说,有什么意义?你们警察都做不到让这种现象消失,一部小说能做到什么?"

"我记得跟你说过,这些日记未必给你带来快乐。果然是这样。难怪我今晚上特别心慌。"老黑说,"我现在对你有点儿失望。你实在写不了,也不要扔掉那些日记。我现在发现,那些东西对我来说有无比重要的价值!没有它们,我更没法安生。你把那东西直接拿给我女儿吧,我抽空去取回来。不过,我觉得,你是一个作家,不应该目光如此短浅。你怎么能指望靠一部小说来展示什么意义呢?小说能改变世界吗?不可能的。我们的生活不是好莱坞大片,任何个人的力量都微乎其微。还是那个问题,你愿不愿意跟我一起去寻找?"

"我不太敢肯定。"我说。

"懦夫!"老黑丢下两个字,扣了电话。

3

尽管"懦夫"这两个字狠狠地刺伤了我,但接下来的几天,我还是尽量阻止自己去翻那些日记。当然,我没有归还给老黑。

可如何保管这些破本子,对我来说是一种折磨。那个夜晚,我把日记放进书房一角一个破纸箱子里。当我躺到床上时，突然听到箱子里清晰地传出窸窸窣窣的声音。我打开灯，把那箱子搬到卫生间，还没等我回到卧室，就听到水管滴滴答答很密集地闹钟一样响起来。后来，我把那箱子放到门外鞋橱的最底层，等我关闭房门，回到客厅，耳朵里似乎传来了敲门声。

最后，我还是像摆放供品一样，把那堆本子放在书桌的正中间。

看来，这一页注定不能轻松地揭过去的。

既然如此，我就必须面对，我就必须老老实实承认，在我的生活里，的确出现过这样的一个女人。她在昨天，在我的记忆里。我甚至差不多早把她忘得一干二净。许多年来，她一次也没有钻进我的梦里，一次也没有在我的记忆中出现。这并非证明，她在我此前的人生之旅上就无足轻重，而是证明我是一个善于淡忘过去的男人，是一个不负责任的男人。

很多看似无足轻重的人，或事，往往会决定你的一生走向。而有些事情，当你如同抽蚕丝一样把它们扯起来时，你会发现，原来它只是跟你玩了个躲猫猫游戏。它藏在你记忆深处的某个角落，当它呈现在你面前跟你打招呼的时候，你会恍然大悟！你会问："啊呀，这么多年，你去哪儿了？"

好像就是在笛子酒吧。它差不多是这座城市最早出现的酒吧之一。现在，虽然年老色衰，但仍然不失风韵。

包括我在内，这座城市里几个自命不凡的作家、诗人，在那一段时间都喜欢那样子的聚会。每个人喝酒都很豪爽，很快就会进入微醺的状态。有时，我坐在一边儿冷眼观察，会想，这帮子人实际上在这座城市里什么都不算，个顶个一事无成。看似一个个孤傲着，深邃得不可见底，实际上，活得很自卑，活得很猥琐，差不多都是可怜虫。在另外任何一个人群里头，我们都小心翼翼，都没有话语权。因此，我们需要一种迷离的状态来壮胆子，以便在大庭广众之下，也能大声交流我们的文学梦想，或情结。在酒精的力量下，每个人都认为自己的理念曲径通幽，而且旗帜鲜明地站在时代思想的最前沿。

有个可爱的家伙，酒过三巡后，两只眼睛就像被火焰烤过一样。他喜欢重复这样的话："这个世界上，根本没人能读懂我的文字！也不可能有！但我自己会坚守不变，我一个人在静静地吞噬自己的生命，就让我在孤独中静静死去好了。"听起来很煽情，似乎也不乏某种悲凉，或曰豪迈。我很奇怪，为什么有些女孩子偏偏会喜欢这样的男人。难道，她们骨子里偏爱一种颓废情结？在生活中，酒醒的时候，这位小说家却胆小如鼠。他害怕周围的每一个人，每一个声响，跟谁说话都低声下气。或者干脆这么说吧，生活在这样的世界上，对他来说毫无疑问是一种折磨。他找不到自己在现实生活中的准确定位。

小琴出现的时候，我们正在谈论死亡。

我们探讨起这样的宏大命题，就像谈论邻家可爱的待嫁小姑娘。每个人都把死亡上升到哲学高度。我们一致认为，死亡，比活着更容易。

就在那时，一个女孩儿（真的，那时候的她，就是一个娇嫩的女孩儿），摇晃着手里的酒杯飘过来。天已渐凉，我们都穿上了厚毛衣，这女子却穿着吊带短裙。她的褐色头发披散到肩上，胸罩露了半边儿，洁白的胸部半隐半现。

"你们好像在谈论一个很深奥的话题。死，还是活着？"女孩儿的话，跟她的胸部一样具有挑战意味。

我看看身边的人，似乎没有一个人主动出阵迎战。

我说："美女对这个话题感兴趣？"

女孩儿眨巴着眼睛："不是感兴趣，是很感兴趣。我刚从死神那边儿回来，我想我多少有一点发言权。"说着，她大大方方地把手腕伸在我们每个人面前。我先是看到她涂了桑葚色的细长指甲，然后看到那瓷白的手腕内侧，有一道清晰的疤痕。

一位男作家悄悄地把手放到了桌子下面。

"看见了吗？我用你们男人刮胡子我们女人刮腋毛的那种刀片儿，唰的一下子割开这一根血管。"女孩子面带微笑，似乎那只是一个寻常游戏，"那个时刻，我看着我身上的血往外渗。真是很奇怪，那一刹那间居然一点儿都感觉不到疼。"

一帮子作家、诗人，面面相觑。

女孩儿继续发出挑衅："各位，我听你们说，死很容易，活着很难。我现在一点儿都不这么认为，我觉得死和活着都难。要不，咱们就来证明一下，我现在就去拿把刀子，咱们每个人都在手腕上来这么一下？"

我分明感觉到，我左边的男子的那条腿在哆嗦。

事实再一次证明，这帮男人嘴上功夫了得，而一旦面临实战，就彻底软了。所有男士的脸上都是略显尴尬，好像都意识到在这样一个女人面前，谈论生与死的话题，简直比放狗屁还让人难以容忍。我们刚刚还信誓旦旦认定的如此深奥的话题，被坦坦然然伸过来的这只细嫩的胳膊，以及一个挑战性建议，轰炸得七零八碎。

老实说，我也害怕。我也没遭遇过这种阵势。"想跟我们一起喝一杯吗，小姐？"我说。很显然，那个时刻需要有个人解围。

女孩儿说："我要纠正一下你的称呼，现如今，哪还有人拿小姐来称呼一个女孩子？我当然可以陪你们喝酒，前提是我不埋单！"

我快乐地说："谈钱最俗的了，对不对？"

女孩子说："我做什么事情，都要先谈好最根本的问题，那就是钱。"说罢，她在我们的桌旁坐下来。周围的几个男人脸上的表情，简直是如释重负。好像是某种危险或考验已经灿烂地滑过去。

女孩子酒量不大。我在一边冷眼观察，却发现她像一个女皇那么自信。包括我在内，桌子旁边的男人们，反倒越来越缩手缩脚。我们夸夸其谈的本领，在她面前一丝一毫也施展不出来。这女子的每一句话，都暗含机锋，可以化作多层意思，嬉笑怒骂，皆成文章。其敏锐的反应能力，明显超越众位作家们很多很多。接下来整个夜晚，完全是她的独舞，她一个人的表演秀。

我完全相信了，世界上的确有那种称得上妖的女人，她拿一波三折的话撩拨你，拿肢体动作刺激你，拿别有用意的眼神挑逗你，让你自始至终受迫于来自她的压力，同时又难以拒绝那种吸引力。她扭过头，睫毛忽闪忽闪盯你看一会儿，你就会有些不自在。她出其不意，伸出手指，在你脸上，在你耳朵上，在你的鼻子上，蜻蜓点水一样划一下，你就心甘情愿，被这样的动作牵着，被这样的细节抚摸着。女孩子算不得美，甚至，五官上不知何处有一点儿缺憾，但是她鲜嫩，娇艳，妩媚。关键是，她拥有完美的挑逗性和主动进攻的能力，轻飘飘施展一下手段，就足以让这一帮子男人心醉神迷。

等到终于有人意识到太晚的时候，已经是凌晨一点左右。

女孩子站起来，身体摇晃一下，提出另一个问题："你们谁能送我回家？"

几个男人虽说醉意朦胧，但差不多都一声不吭，有几个一起来看我。我的理解，不是他们不想，而是不具备我得天独厚的条件。彼时，我正单身。我的妻子，严格意义上说是第一任前妻，在那场酒之前的半年，就跟我签了分手协议。我们没要孩子，事情进展得看起来很顺利，好说好散，互相都没有过多的留恋，甚至离婚后我们还偶尔在一起吃顿晚餐。兴致有了，也会回到我的小房子过夜。但有很多人都知道，我们那一段婚姻是怎么经营的。我们吵起架来的时候，就像两头狮子，家里所有能摔碎的东西一点不剩。不管怎样，我家里没有女人管着，而那几个男人，都被自己的女人，或者别的男人的女人，搞得惨兮兮的。

我是自告奋勇送她回家的。

可我没想到，那样花枝招展的一个女人，租住的却是城郊接合部一处破败的民房。下出租车的时候我问她："你确定真住在这里？"

她回过头来，说："你以为，我会住在一个面朝大海的豪华别墅里？世界上很多事情都是假的。假的比真的更像真的。我其实就是个冒牌货，你得有心理准备。"

我摇晃着身子，承认她说的话很有哲理。我记得，当时还问了个比较蠢但很实际的问题："你叫什么？"

这个直到今天我才知道叫小琴的女人看了我好半天，才反问："这重要吗？"

"总不能喝了一晚上酒，连你是谁都不知道。"

"没必要，跟你说实话，我就是冲着你们那一桌过去的。目的很简单，就是想让你们花钱请我吃饭，最好，吃完饭再把我送回来。我连搭出租车回来的钱都没有。看到这个包了吗？现在里面一分钱你都找不到。我在街上散步，走到那家酒吧门口，突然想，虽然我包里的钱只能换一杯二锅头，可我非要寻找一顿体面的晚餐不可。现在，你后悔了吗？"

我笑了："你这人倒是很直爽。"

小琴却问："你会把我送到家吗？"

我看不到小琴的眼神，但这句话给了我某种信号，我心里很清楚。

城市蔓延的步伐简直太快，不几年工夫，城郊接合部那一片平房就消失了。代之而起的，是统一面孔的楼房，嘈嘈杂杂的公交车站，从乡下来的小商小贩，形形色色口音各异目光忧郁的男女。城市逐渐淹没村庄，村庄正在迅速萎缩。当然，不管那时，还是现在，城郊接合部仍旧存在。毕竟，城市的胃口还远没有大到完全吞掉整个大地。而那一片城市进行短暂休息，或者不愿继续前行的区域，向来鱼龙混杂，充斥着不可预知的危险。可在当晚，我意识不到这些。头顶上有皎洁的月光，身边有可爱的姑娘。在曲里拐弯的胡同内钻来钻去时，我甚至感觉这非常有诗意。

进了个堆满杂物的小院子，空气中弥漫着一股子异味。四周一圈都是小平房，每个窗口都有暧昧的灯光探头探脑，每个房间里似乎都有人窃窃私语。我跟随小琴进了西边一间屋子。房间很小，但并不凌乱，一看就知道是单身女孩子的房间。在整个过程中，我都陷入一种奇妙虚幻的氛围里。

小琴在屋子里转了一圈，左手抓着两个高脚酒杯，右手抓着一瓶红葡萄酒的瓶口，摇晃着身子过来，问："再喝一杯怎么样？"

"听起来，这个建议不错。"我说。

小琴分别斟了半杯，说："偶遇也是一种缘分，对不对？"她一口喝完那杯酒，又说："除了感觉你这人有点儿夸夸其谈，我觉得你基本上比较可爱。至少你是那帮人里面，第一个跟我打招呼的，尽管整整一晚上你的话并不多。"

"因为你太抢眼！你不给别人机会！"

"真的吗？"小琴将脸凑到我的跟前，跟我近距离地对视一会儿，妩媚地一笑，又迅速挪开。她说："其实，不是我太抢眼，是你们一帮男人心里有鬼。"小琴甩了一下长发，又扭头看着我，眼神里突然之间别有意味了，"你比我想象的要诚实些。今晚你能陪我多久？"

"我回到家，也是一个人。"我实话实说。

"哦？现在还是光棍儿？还是老婆回娘家去了？"

我说："本来有老婆的，离了。"

小琴双手一拍："这个夜晚，真是太完美了！"她转身又去找酒，找了半天却只拿来半瓶白酒："晚上不喝酒我就睡不好觉，所以我这里没有存货的。要不，我出去买？"

我摆摆手，说："天太晚了！再说，喝得也够多啦！"

我们俩居然又喝完了那半瓶，当然，醉得一塌糊涂，随后和衣而卧，互不打扰。事情发生在凌晨，当我醒来的时候，恍然不知自己身在何处。但很快我就意识到，身边躺着一个女人，正发出均匀的呼吸。我的欲望悄无声息地出现了。于是，我轻轻地伏在女人身边，抚摸她的头发，轻轻触吻她的嘴唇。小琴露出很不情愿的表情，在我试着脱她衣服的时候，她虽然闭着眼睛，却一下子探出右手，准确无比地从床头某个位置抓过一件东西来。

"宝贝儿，自己穿好衣服，我可不想给你生孩子。"她轻描淡写地说。

家在外地，农村人，在这座城市某个叫作售楼处的地方工作，那时我所了解的小琴，就只有这么多。我当然想知道她的名字、年龄，或者其他更详细的信息，但她什么都没告诉我。

那夜过后，我再也没去过她租住的房子，后来我甚至想，如果让我再到那一带去，恐怕都找不到那个四合院。好长一段时间，这个女人似乎只是我的一夜情的女主角。事情过去，人就悄无声息消失。有时候，我会觉得那只是一场梦。

后来的一天上午，我刚走进我那时供职的单位大门口，却突然发现，小琴站在院子里一棵梧桐树下，正笑眯眯地看着我。她的脚边上，放着一个黑色旅行包。

"我不小心把你的电话号码弄丢了。"她说。

我笑了："这么漂亮一个女孩儿，站在这样一个包旁边儿，很不般配。"

小琴嘟起嘴唇，用手指指地上那个样子有点丑陋的包："这里面是我的全部家当。还有，我走投无路了。"

"是不是我有责任和义务收留下这个流浪的孩子？"我笑着弯下腰去，一把提起那个包，放在我的自行车后架上，小琴伸一只手扶着，就那样子走出大院儿。

到我租住的地方，一进门小琴就嘟囔说："单身男人的房间，真像个猪窝啊。"我把手里的包砰的一下子扔在地上，然后伸出胳膊，从后面绕过去抱住她。小琴稍作挣扎，说："这可是大白天啊！"

我在她耳朵边说："我喜欢白天。"

小琴扭动着身子，嘟着嘴唇："你们作家身边儿还能缺了女人？"

我说："别人不缺，我缺。"

小琴转回身来，双手挂在我的脖子上，说："我可把丑话说在前头，我不是一个好女人，你得有心理准备。"许多年以后，我才真正弄明白她这句话的含义。可我当时说："正好，我也算不上好男人。你瞧瞧，我家里一无所有，所以我一不怕偷，二不怕抢，三不怕坏女人。"

小琴踢掉鞋子，嘤嘤地问："家里有床吗？"

"要不一起去找找看？"

我们两个人相拥着，沿着去卧室的路线，绕过两双鞋子、一根油条、半块馒头、一只灰色的后脚跟部位破损的袜子，终于抵达床上。严格意义上说，那不算是一张床，是摆在卧室地面上的一张床垫。床上面摆满合着的折了一角的书籍、破旧的棉袄、揉成一团的 T 恤衫，枕头下面还有一只棉拖鞋。

"天哪！这就是作家的床？"小琴哈了一声。

我一边忙着，一边说："作家也是人哪。"

那阵子，我那个窝开始像个家的模样。当天下午我下班回到家的时候，甚至产生一种错觉，以为进了别人家。那段时间，小琴像是一个家庭妇女，穿着廉价劣质的衣服，不化妆，除了给我收拾屋子，买菜做饭，别的什么都不干，也很少出门。对我来说，这样一段有规律的生活，实在很难得。偶尔，我们会一起去参加朋友聚会，当然也邀请那帮子作家到家里来，喝个痛快。他们那时在小琴面前已不再拘谨，都玩笑说这是才子佳人式的奇遇。可没想到，那种日子仅仅持续了半个多月。有一天傍晚，我下班后发现小琴不在家里。一开始，我以为她只是出去买菜，或者，做别的什么事情去了。可接下来，我等了整整一周，她都没有再出现。那时，我才突然意识到，我对这个突然到来的女人，几乎是一无所知。

"看来，我收留了一个急匆匆的过客。"

不过，小琴的不辞而别，并没有带给我刻骨铭心的悲伤。毕竟，我们相识太短暂，还没爱得死去活来。何况，几乎所有见过小琴的朋友都对我提出警告，小心这个女人，她做情人可以，做老婆不合适。

我以为，这个神秘的女人再也不会在我生活里出现。不料，后来我们还进行过最后一次交谈。大约两三个月后的一个深夜，我已经睡熟了，电话的尖叫声把我喊醒，刚接起来，就听到小琴的哭声。

"你，是那个作家吗？"——我立刻意识到，她又喝多了。她似乎在马路边上，我听到一辆消防车的声音呼啸而过。可接下来，小琴的一句话让我一下子清醒了。

"喂，作家，你敢娶我当老婆吗？"

我坐起身来，说："你什么意思？连声招呼都不打，说走就走。现在你跟我说这个？"

"我为什么离开你，以后我会慢慢跟你解释。现在我就问你一句话，你到底愿不愿意娶我？"

"你提的这个问题，我毫无准备。"我那时的感觉，居然像是有一根绳子，要把我捆住。我小心翼翼地问："你是不是又喝多了？你在哪儿，我去接你。"

小琴半天不能说话，听上去她在呕吐。等再说话的时候，却不是回答我的问题，倒像是在苦苦哀求。

"我知道，突然一下子说这个，你很难接受。其实，在这城里头，我就是个没有工作的乡下女人，你别看我花枝招展的，但是除了我这身子，其他什么都没有！可是，我也想过好日子，过安稳日子。只要你答应我，我会把你照顾得好好的，我让你什么都不用操心，一心一意当你的作家。要不，你就娶我几年，几个月，几天也行！就当哄我玩儿，行不行啊？"

我突然觉得，这事情越来越离奇。

小琴像是在自言自语："我真的无依无靠，一无所有。再这么混下去，我手腕上还会多一道疤。"

说实话，当时小琴这番话并没能打动我。我已经不是个小孩子，我刚刚经历过一次失败的婚姻，除了无休无止的争吵，就是折磨人的互相猜忌。我根本不想在那么短的时间里再试验一次。何况，我对这个女人的此前经历了解甚少，甚至还有一种隐隐约约的恐惧。那恐惧感来自她床头随时准备的避孕套，来自她手腕上那道用刮胡刀片割出来的伤疤，来自她的行踪不定，以及这个夜晚她突然提到的结婚这个问题。

"我考虑一下。"我说。其实那时候我已经理智得有些虚伪。

小琴沉默半天，突然哈哈大笑："去死吧你！我不过和你开玩笑。"

现在，我当然清楚，小琴在酒吧里走向我们的时候已经是一个三陪小姐。她的工作地点当然不是什么售楼处，而是不断变换的一家又一家夜总会。她跟我在一起的那段时间，是因为在夜总会惹了麻烦，得罪了黑道上的人。后来之所以离开我，是因为她去买菜的时候，在路边遇到一个脸熟的男人，她担心暴露了躲藏地点，于是不辞而别。而给我电话的那个夜晚，实际上，她在另一座城市的街头。

从那以后，小琴再也没有找过我。我猜，她恐怕也把我的号码删除了。有时候，你会发现，你在这个世界上的存在，你和另一个人、一群人之间的联系，仅仅依赖于一串数字。如果彼此数字没了，人与人之间的关系也就咔嚓一下截断。

没想到，几年过去，一些日记，又把小琴和我紧紧地联系到一起。

关于那个夜晚，小琴在日记里是这么写的："其实，我不是跟这个男人开玩笑，我坐在那棵大树下，号啕大哭。我真想回头过正常人的日子，就像我真想回家一样。可是，老天啊，我真的回不了家。看来，我这辈子也就注定这样了。我知道，只要走上这条路，就没人会八抬大轿来娶你。我是脏的，可这个世界上，哪个地方不是肮脏的？我告诉自己，你要活下去！只要你还有一口气，你就得活下去！"

第三章　小　琴

1

现在，我——这个叫方子曰的所谓作家，已经别无选择，或者说，已经走投无路。我已经跟老黑一样，再也不能放下那个叫小琴的女人。

我必须得做点什么，哪怕只是为虚无缥缈的过去做一些弥补，或者冠冕堂皇做一番自我救赎。我必须得去了解真相，去了解小琴到底是怎么死的，那个杀死小琴的小孩子——那只鹦鹉——到底是出于什么动机，他们之间究竟发生了什么事情。我得去了解一切。

从日记里提到的一些线索出发，我走访了老黑和其他几个了解详情的办案民警，我还长期游走在那个叫贾镇的小村子里，跟许许多多能够记得当年情景的一些人交谈。这个积累或寻找的过程，又花去我和老黑（有时候是我们俩一起行动）大约一年左右的时间。

实话说，我们的收获非常大，大到让我和老黑始料不及。我们为一系列疑问找到了答案。我不但见到了小琴的母亲——那个住在养老院里的老女人，还找到了小琴的女儿。

当然，最重要的是，触摸到了小琴日记里所说的那个秘密。

好吧，既然老黑前面已经提到一个带有神秘气息的地名，叫作天堂口，我就不妨从那个地点开始，展开这个或许会让人压抑的故事。从这个时间段开始叙述，是因为小琴此前的经历有太多的未知，更关键的是，那是小琴跟小武慢慢靠近的开端。还有一个原因是，从这个时候开始，直到小琴死亡，根据许许多多知情人的描述，根据小琴日记里的文字，完全可以客观真实地勾勒出故事原貌。

当时，小琴坐在一辆面相丑陋的中巴客车里。那是个阴郁的上午，看半天空的样子，一场大雨或许转瞬间就会抵达。我们设想小琴就坐在售票员身后靠窗的那个座位上。她看着窗外，脑子里却想到一些稀奇古怪的问题。就连她自己都弄不明白当时怎么会突然想到那些。

她在日记里写道："我在想，一个女人的身子究竟算是什么啊？男人与男人之间，男人与女人之间，又有什么差别呢？都不过是那么一团肉体罢了，就是皮肤啊头发啊血肉啊骨骼啊拼凑起来的、一堆白花花的或者黑乎乎的肉体。区别仅仅在于胖一点儿，瘦一点儿，肉多一点儿，肉少一点儿；站着的，坐着的，躺着的；穿衣服的，没穿衣服的，穿了很可怜一点儿衣服的，都不过是一个肉体而已。可是一个男人和一个女人在一起，完完全全结合在一起，这样的两个身体又有什么关系呢？两颗心在各跳各的，互相不搭理，因为两人完完全全是陌生的。这不是很奇怪吗？完全陌生的这样一对男女，怎么会非要像动物一样搂抱在一起呢？"

尽管小琴日记里很少有这样的文字出现，但从中也能看得出来，小琴有时候思考的问题的确是挺有意思的。

小琴扫过一张张陌生的男男女女的脸或背影。后来的一瞬，她看到了自己右脚边位置那个硕大蓬松的蛇皮塑料袋。那种袋子常见于火车站广场上民工的肩头上，里面塞着被褥呀洗刷用品呀之类的东西。小琴突然想到了十年前的自己。那时候她四处漂泊，脚边也放着这样的一个包，比现在这个似乎要瘦一些，里面的内容却难说哪个更丰富。包里面，不过是些被子、褥子、枕头，以及一个独身女人应付生活必备的东西。十多年来，攒下的家底，居然还是这个。哪怕现在这个更丰富一些，又有什么意义？问题是，你老啦！你早就不是原来的那个你！你早就怀疑连身体都不是你自己的，至于其他的，还有什么用？日渐衰老的身体，跟这个丑陋的塑料袋也没什么区别。外表丑陋，里面的内容也不光鲜。一副苍老的饱经沧桑的躯体，一个丑陋的毫无实质内容的塑料袋，就是你的一生了。如果还有什么可当作宝贝的话，就是斜挎在身上的这个包了吧？它倒是真皮的，可惜是仿造货。包里面有个粉红色皮夹子，也是真皮的，同样的仿造货。皮夹子内有两件东西尚算珍贵，是两张卡。一张是伪造的身份证，另一张是银行卡。身份证算是真正的宝贝。小琴想，即便它是假的，但总算也证明一种身份吧？那张卡如果丢了，好像这世界上是真的没了小琴你这个人。至于那张银行卡里的数字，实在是太可怜。一想到那个数字，小琴心里会一痛，干脆绕开不去想，一想，这人就没法活了。

小琴把目光投向窗外。

那辆轰轰隆隆的中巴车已经渐渐远离小县城，眼前哗啦的一下子闪出一片苍凉忧郁的玉米地。这片平原地，位于黄河下游三角洲上。周边当然没有幽深的森林，没有起起伏伏的山峦，也没有瘦骨嶙峋的黄沙土。小琴想，如果不是那稀稀拉拉几个村子静卧在原上，眼前的这一片玉米地，或许会更壮观一些吧？尽管，那时刻天是阴的，没有风掠过，但小琴的心情并没有更坏。那是另一段生活的开始，没理由不开心一点儿。尽管，她的人生之路已经违反"人往高处走"的那句老话，非但往低处走，而且简直就是沦落民间了。

小琴向前看了看，要去的地方已经不远。

早在几天前，她就来瞧过那处位于路边的房子。她觉得这地方不错，很适合当下的自己。是的，当下的自己，又一次走投无路没有选择的自己。城市是市侩的，一个青春不再的小姐已经不受城市的青睐。

开车的司机引起了小琴的注意，那是个光脑壳的男子，几乎看不到脖子在哪儿，穿一件带大花纹的 T 恤衫。从小琴坐着的位置，看不到他的脸。不过小琴想象了一下，断定那张脸肯定胖得毫无章法，肌肉肯定震颤欲坠，脸上的某个部位，肯定会有小肉瘤、小凹坑。小琴的嘴角一动，闪过半丝微笑，把目光收回，再看一眼倚在车门口的那个女人——售票员。她的头发像一堆乱麻，一蓬杂草。两只苍蝇绕着圈子飞翔在上面，女人厌烦地挥了几次手都赶不走，就任凭它们绕来绕去。她的脸上有无数个斑点，像是密密麻麻排列的苍蝇屎。这女人眉头紧皱，好像天下所有人都跟她有仇，又好像这辈子都拥有一副尿急找不到厕所的表情。小琴对带有这种表情的女人，向来保持几分警惕。她对有些女人的恐惧，甚至超过男人。女售票员也是胖的，虽说胖得有点儿收敛。除了胸前那一对乳房，肌肉似乎并不太过松弛，证明这女人身体很健壮，很有力气，是干农活的一把好手。这样的线路上跑车的男女多半是夫妻，男的开车，女的卖票。

这样一对胖子，夜里在床上可怎么办呀？小琴很开心地想。

路边一所小房子已经出现在视线内。小琴立起身子，将蛇皮袋提起来，向门口挪去。她问麻脸女人："多少钱？"

"五块。"女人甚至都没瞧她一眼。

小琴稍稍一愣："上次我来要三块的，这一次怎么变成五块啦？"

麻脸女人说："我们这车跟他们的不一样。"

小琴咬了咬下嘴唇："有什么不一样的？"

"不一样，就是不一样！"女人这次真正把注意力调整过来，似乎从这一刻开始，她才以一种战斗姿势迎接对手，"你还带着个大包呢？"

此前稍稍担心的一个问题，果然如约而至。在任何地方，都不缺少欺生的人。小琴久涉江湖，对此当然不陌生，按照她以往的处世原则，是当忍则忍的，一个异乡人招惹当地人，绝对不明智。但是性格使然，她还是嘟囔了一句："我这个包又没占你的座位。"

那女人显得有些不耐烦："少啰唆，赶紧给钱！"

小琴递过五块钱的时候说："你得找给我两块。"

女人突然骂道："滚你妈的！为两块钱，你烦不烦人？"

"你怎么骂人哪？"小琴急了。

女人说："我就骂你怎么啦？你赶紧说从哪儿下。"

小琴扭头看窗外，发现下车地点已经过去了，急忙喊："停车！就在这里下！"

女人扭头冲前面的胖子喊："停车，让她下去！"

前面的胖子突然来个急刹车，小琴没站稳当，一下子趴在袋子上。等站起来时，那袋子却已经到了麻脸女人手上。女人手劲儿奇大，双手一甩，那个蛇皮袋就快活地跳出车门，就地打了一个滚儿，紧靠一棵白杨树停住。紧跟着小琴活蹦乱跳踏到地面上，她的反应倒不算慢，居然迅速扭过身去。车门还没关上，她把手伸过去，大喊一声："给我找钱啊你！"

麻脸女人却做了个突如其来的动作，她呸一声将一口痰吐出来："我找给你个小婊子！"

小琴没能躲过去，那口痰粘到她褐色头发上。她稍稍一愣，拿手去抹，顿时沾了黏黏糊糊一手。她忍不住抬脚踢一下车门："操你妈的！你算个什么东西啊！"

这个动作，以及脱口而出的叫骂，引来很不划算的后果。

首先，小琴的右脚很尖锐地疼起来，她怀疑大拇指的趾甲给弄裂开了。更可怕的事情还在后面，那个胖司机，起先还摇头晃脑地看着前方，听到小琴叫骂，迅速扭回头，竟慢慢将车熄火，砰的一下打开车门，从车头前绕过来。小琴正捏着脚趾，嘴里咝咝作响，一抬头，却见那胖子一堵墙一样竖在面前！

果然是横竖相等的一个男人，肚皮一颤一颤的，嘴里嚼着什么，像牛在反刍。小琴的目光稍稍移动，发现男子右胳膊上刻着一个字儿，应该是个"忍"，可"心"字上面的"刃"，却少了那一点儿，变成了"刀"，顿时，有点儿面目狰狞了。对于男人的文身，小琴当然不陌生，而且她简直怕得要命。她见过无数个在身体各个部位文千奇百怪东西的男人。有文蝴蝶、蛇、蝎子、刀、剑的，当然也有刻字的。有个光头男子，竟然在他下身刻了"无敌"两个字。何况，这男人文了字的那条胳膊下面，握在手上的是一根粗黑的铁棍！

"少，少，两，两块钱！"胖子一开口，居然是个结巴。

小琴没弄懂这话什么意思。她眨巴一下眼睛，再眨巴一下。男子挥起手中的铁棍，在半空画了个圆弧。这次的话倒是一气呵成："丫头你知道这地方叫什么吗？天堂口！"那口气，像是这个响当当的地方曾发生过惊天动地的事儿。小琴却立刻想到这儿经常有绿林好汉出没。

"再，再拿，两块钱！"

"为什么呢大哥？"小琴悄声询问。

麻脸女人也扑通一下跳到地面上。夹在两个胖子之间的小琴，顿时就显得薄如蝉翼。她身上有些冷，那股子冷，逼迫得双腿不由自主开始哆嗦！小琴总算回过神来，立刻满脸堆笑："你们稍等哈，我马上拿钱给你们。"她从小包里迅速抽出两张一元的纸币，递给男子。

男子嘿地一笑："你，给，给我老婆，就行。妹子，以后，再，再照顾我生意啊。"

小琴挤出一丝笑："大哥，那你也来照顾我生意哦。"

胖男人绞着舌头，问一句："你，你，你做什么的？"

麻脸女人扭头对他一声吼："你眼瞎啊？她干什么的，你看不出来呀？赶紧开你妈的车去！一车人还等着呢。"

男子一皱眉头，却也没有多说话，摇晃着那根棍子上车去了。小琴冲着他的背影，伸手一指路对面："大哥，我就住那所房子里。"然后，她把头扭向麻脸女人："对不起啊大姐，我不懂这里的规矩。"

麻脸女人连头也没回。

车子轰地响了一声，卷起一地尘土。小琴站在那儿，张着手，弓着腰身。这才记起，车里明明是满了人的，整个过程中，却没有任何声响。他们都站起身子，站在过道里，把脸贴在玻璃后面，面无表情，没一个人帮着小琴说话。小琴看着那辆车越走越远，觉得头上有些异样，忍不住又伸手一摸，又触到女人的痰。她皱着眉头，拳头握紧，俯身向前，把身体撑成一张弓，发出撕心裂肺一声吼："你才是个婊子呢！臭婊子！满脸苍蝇屎的烂婊子！"

小琴一屁股坐在包上，伸手抽出一支烟来点上。她目光幽幽地端详着远处，手指却在抖，嘴唇在抖，烟头也在抖。她可真没想到，这个陌生的地方，以这样一种方式，迎接她的到来。当那支烟快要吸完的时候，她的心情才慢慢平静下来。既来之，则安之吧！再说，你还有什么别的更好的选择吗？

小琴抬起头来，去看天空，忽然觉得脸上一凉。原来，是一个雨点在她脸上溅开。她赶忙站起身，提起那个袋子，一瘸一拐地往回走。当她越过马路，快要到那屋子门口的时候，哗啦一下子，雨点儿就密集起来了。躲到屋檐下的小琴一下子回过头往远方看时，心情居然好起来。路对面的玉米地，被密集的雨点敲打出哗哗哗的声响。西边的半天空中，竟然还有一道阳光从浓云下斜探出来，映得地面上玉米叶片闪闪发亮。天地之间，顿时有了一种辉煌灿烂、清静澄明的美。

小琴抱着胳膊欣赏了好一阵子风光，这才掏出手机拨打一个号码。

手机屏幕上存的名字是，老贾。

"你是谁啊？"那端的男子问。

小琴答："还能谁啊？贾哥啊，我是小琴儿。"

那边的老贾哦了一声："打错了吧？我不认识小琴儿。"

小琴嘻嘻一笑："我就那个租房子的。你看我都到你家门口了，你还不过来接一下？"

"是你啊？怎么突然来啦？"男人这才恍然大悟似的。

小琴瞧着远方，歪了歪脑袋："一言难尽哪，你老妹我现在走投无路啦。"

那一端的男人还算幽默："听起来，有股子逼上梁山的味道啊。不过，现在正下着大雨呢。你赶得可真是巧。"

小琴带着撒娇的语气说："正因为下雨，我才急啊，你就忍心让老妹淋在雨地里啊？"

老贾犹豫片刻才说："好吧，我马上给你送钥匙去。"

小琴扣掉手机，看看马路，看看玉米地，突然冒出个奇怪的念头：她要跑去淋雨！她把背着的包塞进大塑料袋，把凉鞋脱了，把丝袜脱了，然后快步跑到院子里，张开双手，抬起头，旋转一下身子。雨水把小琴短小的黄色 T 恤打湿打透，紧紧地贴在她的小身子上。小琴的头发粘到脸上，有一缕钻进她的嘴巴，但不要紧，小琴很喜欢这样子，而且也很久没这样子了。一个雨水浴，会冲走许多东西，至少会冲走麻脸女人那口让人恶心让人崩溃的痰。

"奶奶的，那是个什么女人啊？简直是个天下稀缺的丑八怪！"小琴嘟囔说。

有一辆摩托车从路上飞驰而过。骑车的男子瞧见了小琴，狠劲地吹出一声口哨。

2

没过多久，一辆摩托车驶进小院子。身穿长雨衣的老贾把摩托车熄火后，站在一边，打量着转着圈儿淋雨的这个女人。"你就不怕感冒吗？"他大声喊。

小琴高声反问："你说什么？"

老贾走近小琴一点儿，说："你可真是个奇怪的女人。"

这一次小琴听清了，她嘻嘻呵呵笑着说："你说得很对。"

老贾去开了门，小琴赤着脚随后进了屋子。一进门，脚底立刻踩上了一层土。小琴皱起眉头说："屋子里这股子味儿，还是这么难闻。"脱下雨衣，就看得出来，老贾其实并不老，不过四十岁左右的样子，比小琴也大不了多少。此人略显瘦削，下巴处有一颗痣。上身一件皱巴巴的天蓝色西服，下身却是牛仔裤，脚上穿着高筒水鞋。

"有什么办法嘛！"他嘟囔说，"好久没人住啦，今年雨水又特别多。"

小琴没理睬他的话，一个人先进了左首的里屋。

这所房子面南背北，前院是开放的，没有围墙，越过那道低浅的排水沟，就是东西方向的公路。从前面看，就是公路和玉米地之间孤零零的一座平房。只有一个正门口，两个窗户在两侧对称而设。从门口进屋子，左右各有一间套房。右边的那间套房还在背面开了一扇小后门。穿过那道后门，能进入一个被树枝栅栏围着的小后院。

小琴进去的左边套间内有张桌子靠窗而立，紧挨桌子边上的靠墙位置，有一张床。桌子还算结实，小琴前几天来时用力摇晃过它，发现它纹丝不动。床也算不错，小琴坐在上面，使劲扭几下屁股，也没听到暧昧的声响。床上还有一张凉席，看上去不算很旧，清洗一下，完全可以继续用。反正，小琴现在不忌讳这个。为了省钱嘛！

老贾在中间门口探头探脑，说："我老婆前几天还来收拾过一次。"

"没事儿的，我自己再收拾就行。"小琴扭回头，又开始撒娇了，"贾哥哥，能帮我把那个包拿进屋子里来吗？人家，现在可是个伤员呢。"

老贾微笑一下："哦?"

他果然去把那大包提进来。

小琴哧的一下拉开拉链,先拿出一双粉红色塑料拖鞋穿上,又蹲下身子去,翻找毛巾和换洗的衣服。小琴蹲下去的时候,紧贴在身上的上衣与下身之间,就拉开一段距离,露出一截白白的腰身,一抹粉红的内裤一下子蹦跳进了老贾的眼睛里。男人看一眼,挪开去,随手拿一支烟出来点上,到底还是忍不住,又扭回头来要去再看一眼,却见小琴已站起来。"贾哥哥在这里看我换衣服呢,还是回避一下?"小琴微笑着,斜了眼问。

男人似乎有些慌乱:"我走。我躲出去啊。"

小琴脱下衬衫,连胸罩也一起脱了去,就那样子,站到床对面墙上悬挂的一面镜子前。那块镜子四个角的区域都模模糊糊的,只有中间一片还算清晰。小琴看着看着,拿毛巾擦头发擦身子的手就突然停住!

那是一张有很多皱纹的脸,尤其眼角,简直惨不忍睹!

小琴站在镜子前,好半天没动。终于,依然那个样子转过身,从小包里掏出一盒烟来抽一支点上,再一次站到镜子前。烟雾真是好东西,将小琴额角眼角的皱纹遮挡得朦胧而又虚幻,让她现在看到一个还不算很老的小琴。

"去他妈的!老了就是老了!再伤心,也回不到二十岁了!"小琴抽完那支烟,才拿过另一件粉红色上衣穿上,走出里屋。

老贾站在外屋门口,面朝大路,看雨。门却已经紧紧关闭了。

身后走出来的小琴问:"你在看什么啊?"

老贾扭回头,沉默了片刻,反问一句:"你瞧,我们乡下的景色很美,是不是?"

小琴立刻意识到,这肯定是个假装斯文的男人。小琴什么样的男人没见识过？男人耍什么手段她一眼就能看得出。老贾低头去看小琴的脚，那双脚早已经擦干，所有趾甲都是浅红颜色的。

"你怎么还穿着凉鞋啊？现在一早一晚的，都已经很凉了。"

小琴吸一口烟，嘴唇一撇："你以为我是都市里的富婆啊？一天换一双鞋子，天天不重样子。我跟你说，我现在是吃了上顿没下顿的。"

老贾一愣，不由自主伸出右手食指，擦一擦尖鼻子和嘴唇之间的部位，似乎为了摆脱尴尬，又重说旧话题："你在这里，过的是标准的田园生活。你们城里人，最喜欢这种地方的，对不对？"

小琴回答得很干脆："我可不是城里人。"

老贾表示怀疑："哦？可我觉得你很像个作家。知道吗？早些年，我也写过诗呢。我一直崇拜作家。"

小琴哈的一声："你是从哪里看出我像作家的？"

"你在雨里面跑，你还抽烟。作家嘛，都是有思想的人，都有独特的气质，经常做些古怪的举动，这不足为奇，反而显得更有个性，更有魅力嘛。诗人也都这样，早些年我经常去县城和一帮写诗的聚会，要不，我给你朗诵一首我以前写的诗？"

小琴刚想骂个他妈的，想一想却咽回去，她换了甜腻的语气："算了吧，我哪里懂那个啊。贾哥，房租能不能便宜一点儿？"

老贾稍稍一愣，用了好半天时间，才像是从一种美好情绪里回归现实。他伸手指一指门外："妹子，你瞧瞧，这房子就在马路边儿上，出入多方便啊，你想到城里，站在路边一招手车就停下！三间这么宽敞的屋子，还外带前后院儿，再加上周围这么美的风光，一年我才收你一千块，简直就是白住一样，你要还觉得贵，我可真是没办法了。"

小琴一副可怜兮兮的样子："大哥，我手头确实很紧哦，快吃不上饭了。"

老贾皱皱眉头，问："那你准备用这房子干点什么呢？"

小琴抱起胳膊，看着门外，嘟起嘴唇来："你觉得，我在这里能干点儿什么呢？"老贾端详她一眼，不说话。小琴突然挥挥手："房租的事儿，要不以后再说吧。我要先收拾屋子，睡个大觉。这样的天气，不好好睡一觉，简直糟蹋好日子。"说着，扭头再次进里屋。

老贾看看门外，犹豫片刻，悄无声息跟进去。却见小琴正从大包里向外掏东西：褥子，被子，床单，枕头。

老贾站在小琴背后笑："你这个包，就是个百宝箱啊！能盛这么多东西。"

小琴仍然在一件一件往外拿，口红，眉线笔，防晒霜，香皂，牙缸，牙刷，小梳子。老贾伸了头，似乎看得饶有兴趣。小琴将那蛇皮袋卷一卷，哧的一下，就塞到床下去。她站起来，轻轻叹息一声："的确是个百宝箱啊，可我小琴却不是那个杜十娘。我要是有那么一口装满宝贝的箱子，打死我，我也不会扔到江里去。你说是不是啊，贾哥？"

老贾拿右手食指搔搔耳朵根儿："是啊，生存是个大问题。人，总得活下去的。"

小琴扑哧一乐："诗人就是诗人。说的话一下子就变得很深沉，很有水平。反正，外面也下着大雨，你也走不成，就陪我聊一会天吧。你们那个村子，叫什么来着？"

"叫贾镇。贾，就是我这个姓。"

"一个小村子，怎么叫镇呢？"小琴觉得很奇怪。

老贾笑了："这个啊，我还真是不知道。"

"你们村子里的人，都姓贾吗？"

老贾又是一笑："那倒不是，姓贾的人其实真不算多，占不到一半。"

"那说明你们姓贾的老祖宗迁到这里比较早。人数少，却以你们的姓作村名，这不简单啊。"说着，小琴坐到床边，两只脚一挑，两只拖鞋噼啪一声掉落在地上。她跷起脚趾，调皮地一上一下摇晃着两只脚，说："我来这里，可是人生地不熟的，就认识贾哥你一个人，以后碰到什么麻烦事儿，你可要罩着我啊。"

老贾一拍胸脯："这个一点问题都没有，谁让我是你哥呢。我在村子里，也算是个场面人，有事你说话就行。"小琴扭过头，眨巴着眼睛，看着窗外。老贾问："你就一个人在这里住？"

小琴郁郁地说："过一段时间，可能就是两个人，以后，或许还多几个。"

老贾哦了一声："其实，两个人住也是很宽裕的。后边那个小院子，你完全可以利用起来，弄个菜园子，种上点儿青菜什么的，你自己吃着也方便，还绿色无污染，你在城里都吃不到。"

小琴眼睛一亮："你这主意不错，我去看过了，说实话，我就喜欢你家后面的小院子，三面都是玉米地包围着，感觉很好！"

老贾看看窗外，似乎有些心不在焉，突然说："我先回去。你住下，我就放心了。"他慢吞吞走到门口，却听小琴突然喊一声："贾哥！"

老贾迅速回头："还有什么事儿？"

小琴却扭过头继续去看窗口。窗子的半边，是挂着一面脏兮兮的布帘的。小琴坐在床边，伸手轻轻一扯，居然还能够遮挡住整面窗户，尽管那窗帘旧得用手稍稍一扯就能撕开。探着身子拉窗帘的时候，小琴腰间一抹白色又闪亮了一下。小琴站起来，嘟起嘴巴："我觉得吧，一千块钱，还是有点儿贵啊。"

老贾抓抓后脑勺，又问："你到这里，想干点儿什么生意呢？前些年，我在这里开饭店，做炒鸡。不过跟你说实话，我真是没挣到多少钱。这里过路人太少了，都是当地农民。"

小琴向老贾走近一步："你说我一个女孩子家，还能干什么呢？"

老贾的目光开始满屋子游走，嘟囔说："这样的啊。"

小琴哧的一声笑了："哪样啊?"又突然问："这地方，真的叫贾镇吗?"

"那还有假? 往前走一段路，有个石碑上面，就刻着我们村名儿。"

"是不是还有个别的什么名字?"

"别的名字? 没有啊。我不知道还有别的名字。"老贾似乎不敢盯看小琴的眼睛，目光游移不定。小琴的眼睛，却一直在盯着他。老贾像是一下子有了心事儿。

小琴步步紧逼："可我听人说，这儿还有个什么名字?"

老贾支支吾吾，摇着头："我没听说。"

小琴的右手转一个圈儿，准确地落到老贾的胸口前："你们贾镇人怎么样? 会不会欺负一个外地的女人?"老贾的呼吸顿时有些不太平稳，声音有点儿抖："我们这里，民风淳朴。贾镇的人，总体上说，还是很善良的。"小琴将老贾的衬衣纽扣轻轻解开一颗，轻飘飘地说："欺负不欺负我，倒也无所谓。我又不住进你们村子里。"老贾的呼吸明显不畅："是啊，你，又不住进，我们村子里。"

窗外的雨声更大。雨点敲击得玻璃嘭啪作响。

小琴已经把老贾的衬衣纽扣一颗一颗全都解开，老贾松弛的肚皮赫然呈现。小琴抚摸一下那沉甸甸的皮肉，问："你不觉得闷热吗贾哥?"老贾回答："是，有点儿，热。"小琴哈了一声，眉目间却柔婉妩媚无比："你呀，你怎么也变成个结巴了?"老贾嘴唇动了一下，似乎嗓子在冒烟，却根本说不出话来。小琴把他的西装脱下，扔到床尾。老贾的衬衣是短袖的，衣领部位有均匀的一抹黑色。小琴瞄了一眼，就迅速移开目光。转眼之间，老贾的腰带一端已经被小琴抓在手上。小琴腰一弯，脸差一点贴到老贾裸露的胸口上，说："我怎么听说，你们这里还叫作天堂口呢?"问这话的时候，小琴手上却用了力气扯紧腰带，像牵一条狗一样，把老贾往床边拉。老贾的呼吸分明粗重起来。

他一句话也说不出来了。

小琴头枕着被子，躺倒在床上时，听到地面上啪啪响了两下，是老贾甩掉水鞋的声音。两只高筒鞋子，一只躺倒，另一只坚挺地直立着。屋子里立刻充溢一股子怪味儿，烟草味，香水味，臭袜子味，动物腐烂味，潮臭的地气味，暧昧浓稠的男人女人融合的气味。小琴的目光掠过老贾身体某个部位，却看到他两只脚上的袜子，都是后脚跟部位破了一个洞的。她忍不住，突然一下子呵呵笑出声来。

老贾喘着粗气，问："你，笑什么？"小琴扭过脸去，却说："你的胡子扎着我了。"老贾说："我是该刮，啊，一下，胡子了。"小琴哼了一声，双手拖一拖老贾的腿，却问："早上吃过大蒜的吧？"

老贾顿时把嘴巴紧紧地闭上。

窗外已经昏暗。雨或拧成一股，或形成一片巨大的扇形，白花花地在苍茫的玉米地上空摇晃，盘旋。转瞬间，又不堪重负似的，哗一下瓢泼下来。青纱帐开始喧哗，挤闹，像是歌星演唱会上或足球场看台上的疯狂人浪，此起彼伏。雨声里，偶尔会夹杂一些零星的别的声音，警笛的尖叫，孩子哇的一声哭，摩托车引擎轰鸣，流浪汉骂粗口，狗在狂吠，女人在呜咽。这些声音似乎是有的，细听，却又没有了。

老贾趴在小琴身上好半天，才躺到一边去。小琴却立刻光着身子弓起腰来，掀起窗帘一角往外看。

"看什么呢？"老贾有点儿疲惫不堪。

小琴幽幽地说："看雨，听声音。"她觉得很奇怪，刚才整个过程中耳朵里捕捉到的，就是那一连串诡异的仿佛身处闹市里的声音，一拉起窗帘，那些声音却奇怪地消失了。小琴叹了口气。

老贾又问："叹什么气啊？年纪轻轻的。"

小琴说："有的人叹气就是一种习惯。其实，脑子里什么都没想。"老贾眨巴着眼睛，看着仍扭着身子向外看的小琴："我爷爷说，人叹气，是被狐狸屁熏的。"小琴回了身，拍老贾肚皮一巴掌，说："恶心。"

老贾老老实实地说："我不是个会讲笑话的人。对了，你叫什么来着？"小琴迅速转回头，拿脚踢他："这个问题更恶心！"老贾说："我突然一下子就忘了。"小琴恶狠狠地说："你不是突然一下子忘了，是根本就没记住。我叫小琴。"

"哪个琴？芹菜的芹，还是小提琴的琴？"

小琴哼一声："都年老色衰了，什么琴，也弹不出好动静来。"

"你看上去还不老呢。"老贾一边说，一边起身穿衣服，一直到他把两只脚伸进水鞋里去，小琴还光着身子，躺在床上一动不动，两根手指间却又夹上了一支烟，幽幽地吸着："不老？不老我至于沦落到这里来？"

老贾一边系着腰带，一边歪头看小琴："你以前在哪里？做什么的？"

小琴轻轻一笑："以前？多久以前啊？十年前，我在京城都待过！"

老贾深沉地说："那可真是沦落到民间了。喂，烟头快烧到你手指头了。"

小琴一皱眉头："我刚告诉你名字啊，为什么你不叫？"

老贾傻乎乎地站半天，眨巴一下眼睛："房租的事儿，要不这样，少收你一百。"小琴咬着嘴唇，盯看着老贾，不作声。老贾又说："好，那就少收你两百。你一年给我八百块钱。哎呀，简直等于白住。"

"贾哥你可真是个大好人。"小琴笑了。

老贾皱着眉头："我可吃大亏了。"

小琴说："靠！你这人真是没修养。还诗人呢！难道我白陪你睡了？"说着，她盘腿坐起来，又问："你告诉我实话，这地方是不是还叫天堂口？"

老贾犹豫片刻，问："谁跟你说的？"

"一个胖子，结巴胖子，司机。"

老贾说："就那个开车的刘结巴？"小琴一皱眉头："这人是走黑道的吗？怎么还文着身呢？"老贾呸了一声："就他，还走黑道呢，他老婆一伸手，就能把他提起来。我们贾镇的小混子哪一个也能一巴掌揍扁他。他就是虚张声势罢了，你不要怕他。"小琴呵呵一笑："我可差点儿被他两口子吓死。"老贾说："这是典型的欺生，欺软怕硬。以后再发生这样的事，你给我打电话，我给你摆平。那个胖娘们儿在乡下总还算个人物，女人胆子，男人身子。依我说，那个女人你最好不要去惹，不讲道理的。"小琴反问："我惹她干吗？你惹过她吗？"说着，指一指老贾的裆部："你那么厉害，还制不服她个胖娘们？"老贾龇牙咧嘴地说："你饶了我，搂着那样的女人睡觉，是会做噩梦的。"

小琴突然想起来先前的问题，又问一遍："天堂口是什么意思？"

老贾迟疑一下，说："以前，这里是叫过天堂口的，可现在不叫了。"小琴问："为什么叫天堂口呢？"老贾还是有点犹豫："我跟你说了，你可不要害怕啊。"

"你以为我是三岁小屁孩儿啊？"小琴哼了一声。

"从这屋子的小后院儿一直往北走，大约四五百米，有一道沟。关于那道沟，有个传说挺可怕的。好多年前，那里根本就没有沟。地面上倒是有个村子，稀稀拉拉十几户人家。奇怪的是，那些人家逢年过节从不敬鬼神。"

小琴反问："不敬鬼神又怎样？"她心想，我在外漂泊十多年，也从不敬鬼神。老贾说："迷信嘛。农村人都信这个。那些人不敬鬼神，不搞祭祀，不烧香，不磕头，就惹恼了当地的土地爷。在一个伸手不见五指的夜晚，整个村子，从地面上哗啦一下子消失！"

小琴这次感到好奇了："好端端一个村子，说没就没啦？该不是掉坑里去了？"

"你的思维很活跃，很有作家的潜质。一开始，大伙儿觉得很奇怪啊，一个村子好多人呢，咋说没就没了呢？又是一个大雨瓢泼的晚上，附近村子里的人们，忽然听到轰隆隆一声响！你猜怎么着？第二天有人就发现，那块地面整个儿陷落下去，形成了那一道沟。"

小琴闷了半天，说："也没什么惊天动地的嘛，我看，顶多也就是个传说。"

老贾突然便有些神经兮兮："真正可怕的，还不在于此。其实，那道沟从清朝末年以来，就是个处决死刑犯的地方！"

"刑场啊？"小琴这次瞪大眼睛。

老贾点点头："不过，已经十多年不在这里处决犯人了。最后的一次，我记得是八三年严打，一次枪毙了好几个，男的女的都有。女的里面我记得最清楚的，就是一个流氓犯，就我们贾镇的，村子里的人都叫她破鞋，因为她和四五个男人睡过觉。"

小琴眉头一紧，说："也就是说，后面的那道沟里和这整片地里到处都游荡着孤魂野鬼？"

屋外本是风雨交加，屋子里有些暗。老贾顿时惊恐四望。小琴却伸出右手五根手指，声音颤抖着，一字一顿地说："老，贾，你，还，我，命，来。"

老贾声音哆嗦起来："别开这种玩笑好不好，一点都不好玩儿。"

小琴笑了："还是个男人呢，我看你多半是相信鬼啊神的，是不是？反正我不信，我也不怕。就我自己一个人待在这里，我也不怕。"

老贾说："你真是个奇怪的女人。贾镇的女人一到晚上，谁也不敢一个人走在前面那条路上。"

小琴撇撇嘴，淡淡地说："我跟贾镇的女人怎么能一样呢？"一会儿，她却光着身子下了床，不知什么时候，手上多了块湿巾。她慢慢靠近老贾，伸手擦去他嘴角的一处口红："这样子回去，可是要挨你老婆打了。"

老贾说："你真是个心细的女人。我老婆就想不到这些细节。你就是不擦，她也发现不了。"

小琴冷笑一声："你记住，这世界上每一个女人都很心细的，不是发现不了，是发现了拿你没办法，女人的忍气吞声，比男人厉害多了。但可怕的是，有些女人把所有看到的一切都藏在心里，直到你把她真惹急了，她才会跟你算总账，她会跟你拼命的！老贾，你再等一等。"说着，小琴蹲下身子去，在床底下窸窸窣窣一番，却拿出一双崭新的男袜来："刚才我看到你的袜子破了。"

老贾想说点什么，却没说出口，只伸手接了过去，塞进口袋里。

摩托车的声响走得远了，小琴还没起身。

老贾说得对，屋子里是有一点凉。小琴转着脑袋，看看四周，心想，小琴啊，这个夜晚你又住到一个什么地方来了啊？这也能叫作家吗？屋外的雨似乎小了些，雨点声若有若无。骤雨过后，房间里却又亮堂不少。小琴起床，穿衣服，穿过客厅，进了东边的套间，一下子推开后门，顿时，一股清新空气扑面而来。小琴狠劲地吸一口，又吸一口。又一次看到那个杂草丛生的小院子，看到墙角的那个小棚子，看到杂草中间那条若隐若现的小路扭曲着过去。藤蔓尽头是一间小厕所。院子虽然略显荒芜，但东西北三面被密密匝匝的玉米包围着，便漾出一份清静来。

她的心情便又多少好了些。

小琴想，明天如果天放晴，该清理一下这个小后院。先把杂草清理掉，在棚子一角可以搭一架凉棚，来年栽上葫芦、扁豆什么的。最好，想办法弄一张躺椅来，放在凉棚下，再备一张小桌子摆在一边，整一点小菜，可以半躺着喝点酒。小琴抱着胳膊，想到自己在落日余晖下躺在那里的样子。

"那可真是神仙过的日子。"

又想，明天一大早，就去一趟附近的乡下大集，看有什么东西可以划拉回来。锅碗瓢盆，油盐酱醋，还有蔬菜、猪肉。自己一个人要开火过日子，这些东西必不可少。小琴一想起那张卡，心又痛了一下。

当天晚上，小琴写了一篇很长的日记，其中一段是这么写的。

"从这个男人身上，我已经看到贾镇人的假模假样了。狗日的居然说他还写过诗呢，还盘算给我朗诵几首。老娘是靠听诗来过日子的吗？要是听一首诗给我一百块钱，我就耐着性子听他几段。那个猪一样的男人说这里还叫天堂口，我觉得这名字不错。好人死了以后才能进天堂。反正我现在又不是一个好人。我还活着，就已经到天堂了，够幸福啦。还有件事儿，我好像以另一种方式在这个地方又开张了。他免去我两百块房租，还算比较划算。说实话，老娘现如今也不值这个价了。"

就这样，小琴在天堂口住了下来。貌似一段新的人生经历就要展开，当然，那时候的小琴肯定想不到，接下来她的命运会跟一个叫小武的孩子紧密地联系到一起。

第四章　小　武

1

是的，小武的确还是个孩子。小琴在天堂口住下的那一天，正是小武的十七岁生日。也就是说，他离着约定俗成的成年，还有那么一小截距离。我强调这一点，是很有必要的。因为假如小武作案时还只是十七岁，那么，他或许不会被判死刑。当然，不管他是否已成人，在那个年龄被判死刑都会引人感叹，尽管他犯的罪行也足够恶劣。这样，就可以解释老黑为何对此念念不忘了。当我了解了那桩杀人案前前后后所有细节后，我理解了为什么老黑要把一只鹦鹉叫作小武，理解了为什么老黑对那只鹦鹉的死如此伤心，理解了为什么他要教鹦鹉说："这个世界如此美好。"

就像一条大河注定会有很多支流汇入一样，一件看似偶然的事件，细究起来，却有惊人的必然规律，或者说，一系列耐人寻味的巧合，最终会酿成一个触目惊心的必然。小琴选择入住天堂口，难道不是在冥冥之中，自己主动走上一条靠近小武或者靠近死亡的路吗？而住在天堂口附近一个叫贾镇的村子里的小武，那时当然也不知道，自己正沿着一条无法扭转的命运之途，准备迎接小琴的到来。

在叙述小武和小琴见面经历前，我想先说说一本书。

那本书，或者说那一类的书，在中小城市地下市场非常走俏。书的纸张照例是非常粗糙的，颜色略暗，字迹也不甚清晰。但这一切都无所谓，吸引人的是书的内容，或者说书的用途。

那个夏季里的某一天，十七岁的小武遇到了那本书。作者的名字，叫全庸。这两个字用的是行楷，猛一打量，跟一位武侠小说大师的名字非常相似，不仔细端详很难发现这是个小小的陷阱。话说回来，即便是发现了似乎也不重要。在这个世界上，既然有一本书出现，就注定会有迎接它的读者。小武当然也不在乎这个，那个年龄的孩子对这一类书总是充满好奇，充满渴望，这完全可以理解，可以原谅。

那一天小武是跟着他三叔带的打工队去城里铺地下管道的。十七岁的小武早已经退学在家，成为一个像牛一样壮的劳动力。中午的饭是肉火烧，小武居然一口气吃下了六个。这让包括他三叔在内的几个村里人惊讶不已。吃完后三叔他们几个村里人，往路边槐树荫下一倒，就酣然午睡。精力旺盛的小武却怎么也睡不着。他起先坐在那里目光迷离地看着县城的大街，炎热的中午，大街上的人也并不多。后来，开始漫无目的地四处瞎逛。在一个小胡同口，他发现了一家小书摊儿。

小武先抓到手上的，恰好就是那本书。

书的封面上，有一男一女，一袭古装打扮。男的持刀，女的执剑，两位大侠背对着，目光却一起盯看着小武。小武喜欢武侠小说，喜欢那对男女冷峻的目光。可翻开书读了不几页，就面红耳赤起来。他顿时明白那是一本什么书了。

摆书摊儿的是个脸形瘦削、眼睛极小的中年女子，正坐在书摊后面打毛衣，目光却不停地往小武身上溜来溜去。"这书很好看的，拿一本回家吧。"女人悄声说。小武顿时心慌意乱，刚把书放下，那个女人又眯着眼睛说："我家那小子，年纪跟你一般大，整天就喜欢看这种书。"

女人把声音压低，神神秘秘地说："到了晚上，你就能用得着了。"

小武并没有细想，他把书迅速夹在胳膊下，又迅速把手伸进口袋去掏钱。那动作有点儿古怪，有一丝慌乱。甚至，他一把接过女人找回的钱，连数都没数一下，就狼狈地逃离了那儿。

他似乎听到了女人在身后发出的笑声。

那本书的来历，就是如此。

如那个女人所说，接下来的许多个夜晚，那本书真是派上了用场。书中那位大侠很有女人缘，总共与五六个神仙一般的姐妹发生过不同寻常的关系，而且，每一次那个叫全庸的作者都花费好多文字进行细密勾勒。五六次肉欲场景，几乎占去全书三之将二。

那天中午，躺在床上的小武又是翻来覆去睡不着。空气好像是稠热的，黏黏糊糊，根本流淌不动。偏偏院子里的一棵梧桐树上有几只蝉在拼命叫喊，更加让人烦躁。小武出去威胁过它们两次，扔石头，大吼大叫，捎带着过问蝉们的祖宗八代。可那些蝉丝毫不受其影响，石块飞上去它们只是往枝干后面躲一躲，对于小武的叫骂，则干脆不予理睬。等小武转身一进屋子，它们就又一次示威似的叫起来。小武拿它们一点办法都没有。

烦躁！毫无缘由的烦躁！

小武瞪大眼睛，看着屋顶。不知不觉间，他的一只手却伸到凉席下面去，摸出那本书，看了没一会儿，另一只手就挪开去，伸向下身。他闭着眼睛，蜷缩在被子里，恍惚感觉到自己就是那个古装男子，正豪情满怀，游弋于如花的女子们中间。小武摆弄着自己，压抑着自己，不让自己呻吟，不让自己叫喊，甚至不让自己呼吸粗重。这一次即将抵达酣畅境界的旅程，却突然被一声喊叫阻止！

是他母亲在叫喊："你在屋里吗，小武？"

小武的脑袋嗡的一下，浑身的血液顿时哗哗啦啦返程流动。他手忙脚乱将书塞到席子底下，刚起身母亲就已经进了屋子。小武顿时后悔没用一根棍子顶住房门。他坐在床上，一动不动。母亲奇怪地问他："你怎么啦？怎么这个样子？"小武摇摇头，不作声。母亲再问："你病了吗？脸咋这么红？"

小武知道，接下来母亲会走过来，把手放在他额头上，试试他的体温。于是，他赶紧坐直了身子："我没病呀。"

"没病？真的没病吗？"

小武不再说话，扭过头，窸窸窣窣地穿裤子。

"没病你就去地里，掰几个嫩玉米棒子来，中午咱们煮了吃。"

小武骑着一辆哗啦哗啦响的自行车出了家门，穿越过贾镇那条南北主干道，来到了村口。村口的老槐树下，他三叔正跟几个男人赤着上身打牌。一个男人立着身子，手里捏着一张纸牌，对着小武的三叔大喊大叫："老三你是个无赖呀，要流氓呀！有你这么赖皮的吗？"三叔抓头挠腮，估计是刚才想作弊，却被人抓住了手腕。他正尴尬无比，一转脸却瞧见小武，顺势就喊起来："小武，这大热的天，你胡窜到哪里去？"

小武左手扶着车把，右手指指村外，脚下哗啦一踩，就已经越过了那群人。他三叔嘟囔说："你们瞧瞧这小兔崽子，等于啥都没说。"

"你这个侄子，真是怪得很，明明不是个哑巴，就是不多说话，你说急不急人？"树下另一个瘦猴子一样的男子说。另一个接过话头："这孩子那年受过刺激，要不哪里会这样？是吧老三？"

小武三叔说："跟那事儿有关系，肯定有关系。不过，你们也不要小瞧了小武，这孩子身体棒着呢！一顿饭六个大火烧，你们谁能享得了这福？还有，这孩子脑袋瓜一点也不笨。老辈人说过，三棍子打不出屁来的男人，只要不是傻瓜，说不定就会干惊天动地的大事儿。"

小武出了村口，一脚踩在路边一块大石头上，用身体把自行车撑住，抬头看看远处。正午将至时的日头，有一些毒辣，很有些张牙舞爪的意思。玉米地上空，霭霭地升腾起丝丝热气，似乎那一层热气下面不是一地玉米，而是一大蒸锅的馒头。小武闭上眼睛，稍稍呼吸一口，又感觉身体里某些部位像钻进了毛毛虫，丝丝寸寸蠕动着，脑门上早已渗出了一层汗。

小武钻进自己家玉米地里不一会儿，额上那层汗珠才开始慢慢消退。

刚下过一场雨的地里，还有些泥泞。在玉米丛中，小武身上倒多少有了些凉爽。他挑了几个嫩玉米，正想扭身往外走，却又不由自主站住。心里又升起一股子很奇异的感觉。那个念头一起，他的心怦怦直跳起来！

四周密密麻麻的玉米青纱帐，让小武觉得自己身处一个安全封闭的空间。小武把手里的柳条筐放到地上，四下里瞧一瞧。玉米地外面的景色根本看不见，遥远的地方有一只蝉在嘤嘤吟唱。小武慢慢褪下裤子，慢慢抬起头，透过根根直立的玉米穗，看着湛蓝的一方天空。日光辉煌而下，小武眼前出现某种奇异斑斓的幻觉。一株株玉米穗的顶端，好像都有五彩的光环渲染开来。下身倏忽间有了一些凉意，单裤已经褪到脚腕上。小武再次努力用两只手抓住自己，像摁住另一个蓬蓬勃勃蹿动的生命，不让它腾空飞翔。浑身的血液，在向身体的一个区域缓缓逼近。那个过程，既匆忙，又舒缓，既压抑，又美丽。小武闭上眼睛，脑子里又出现书中那位大侠，出现那群仙女，出现镇上漂亮女同学，甚至村里老秀才白白净净的孙女光净洁白的胸脯也在眼前一闪而过。

小武离一种轻飘飘的悬浮状态越来越近！

就在那时，有人唱起歌儿来！

那个浑厚苍老略显嘶哑的声音，一下子就刺穿寂静火热的玉米地。"贾镇有一个贾二姐呀，人才那个好，模样儿那个俏，樱桃样的小嘴啊细溜溜的腰。"

小武迅速蹲下身子，双手去抓裤腰带，一时竟来不及将那东西塞进去，就弓了腰身，扭头背对着路中间那条土路，急急匆匆往前奔走。玉米叶子划在他脸上，肩膀上，胳膊上，感觉疼，感觉痒。歌声突然就停下了，有一个声音问："是谁呀？谁在地里吓唬老头子？是小武吗？"

小武哪里敢有回应，他奔走出去好长一段，才停下来。小武皱着眉头，双手提着腰带，脖子上青筋突出，脑袋冲着那条土路的方向，压抑着声音骂道："你个老不死的贾秀才呀！"

不用猜，他也知道了，唱歌和问话的，正是村里那个老不着调的贾老秀才。整个贾镇，就这么一个活宝贝，快八十岁的人了张口就唱，还总是哥呀姐的狐臊歌。小武立刻懊恼起来，刚才真不应该想到他孙女的胸脯，没想到，老家伙马上就来报复他。

老秀才年纪虽大，身板倒还好，还能骑脚踏三轮车。小武站在地里，听着三轮车的声音叮叮当当响着一路往村里方向去。他呆了呆，却继续朝远离大路的方向走。他知道走出自家玉米地的另一头，就是一道沟。那时候的小武，还不知道那道沟，就是传说中的天堂口。他只是想，大晌午的天，那道沟里绝对不会再有人了吧？

不一会儿，小武钻出青纱帐，四下打量一番，似乎并无动静。他家的地头恰好有一棵弓着腰身的老柳树。树上原本有一只蝉的，小武一来它就不敢再唱，警惕地缩缩身子，躲到枝杈后面，冷眼打量树下的小武。小武放下心来，闭上眼睛，平息一下喘息，又试探着去解腰带。

却不料，刚解开腰带，那道沟的对面突然有了声响！

有几株玉米哗啦啦一晃，还没等小武反应过来，一转眼，有个女孩儿就出现了！女孩儿上身粉红色 T 恤，下身天蓝色牛仔裤。头发褐色，嘴唇艳红，面色白嫩。

小武目瞪口呆！

这个女孩儿，肯定不是贾镇的，瞅打扮就不是。小武以前从来没见过她。看上去，倒像是个城里女孩儿。小武在城里打工的时候，经常见到那样装扮的女孩子，在大街上走来走去。她们的衣服奇形怪状的，肚脐眼露在外面，头发五颜六色。

一个城里的女孩子，跑到热腾腾的玉米地里做什么？难道，她是村里人说的狐仙变的女人？

老秀才曾对小武亲口讲，在这片地里他遇见过狐仙。老秀才说那是个身材细挑、皮肤白净细嫩的女人，眼睛里飘闪着勾人魂魄的光。她紧跟在老秀才身后边儿，寸步不离，非要跟他回家做他的老婆。老秀才呵斥她说："去！我家里有老婆，比你还俊上十分！"可那狐仙不听，仍然嘻嘻呵呵不远不近地跟着。老秀才虚张声势，使劲跺着脚，大声叫喊："你看看我，都这把年纪啦！头发，眉毛，胡子，连裤裆里那点儿毛，都一片花白。夜里那点事儿根本就做不成一个囫囵的。你跟着我，能有什么好处？贾镇的小伙子多的是，你选个年轻的不行？"狐仙捂着嘴，妩媚地笑，说："我就喜欢年纪大的！"老秀才没了办法，挥舞起镰刀来，嘴里唱道："贾镇里的男人数我最厉害。妖魔鬼怪，你莫要靠近来！不是老头子我坐怀不乱，不好美色，啊呀呀，咿呀呀，怕就怕你个小狐狸精，跟老头子耍手腕儿。"狐仙听了，直拍巴掌，说："好！你唱得真好，我还要再听一段儿。"老秀才果然就站在地里，继续唱。他把所有能想到的情歌，都唱了一个遍，期间还自编了几个俚曲儿，直唱到了夕阳西下，老秀才唱不动了，累垮了。他说："要不，你跟我回家吧，你别让我唱了。"没想到，那狐狸灿烂地一笑，一眨眼睛工夫，不见影子了。

"你记住啊小武，"老秀才给小武讲完这个故事，神神秘秘地说，"千万不能被狐仙缠住。她们专会吸男人的精血。"那时候的小武懵懵懂懂，闷声闷气地问："精血是什么？"老秀才嘻嘻一乐，探手去戳戳小武下身："就是你这里面藏的东西。"小武伸了双手去护着，又问：

"那里面除了尿，还有别的东西？"老秀才一愣，无法解释这个问题。小武又问："怎么吸？"老秀才脸上的皱纹一起欢快地动一下："小武，你这么大了，男人女人的事儿，还一窍不通啊？"小武茫然摇头。老秀才又问："你干爹和你娘，夜里就一点儿动静也没有？"小武呸一声，骂道："你是个老流氓啊！"扭头就走。老秀才瞧着他背影，一脸遗憾："咱爷俩儿根本没法交流这么深奥的问题。"

这时，对面的女孩儿突然叫喊起来："喂，小流氓，你在这里干吗？鬼鬼祟祟的，想偷看人家女孩子解手吗？"

原来，那女孩子刚才是蹲在地里小解的，难怪没有任何声响。

小武稍稍回过神来，手忙脚乱系腰带，但依然觉得这有些恐怖。他怕被狐仙缠住，要做他老婆，要吸他精血，那还了得？于是，小武扭头就往回跑。

女孩儿又喊："喂，小屁孩儿，你叫什么啊？你跑啥呢，我又不吃掉你？"

小武听老秀才说过，狐仙要是问你的名字，一定不要答应。只要你一答应，不管你躲到哪里，狐仙都能找到你，一把把你抓了去，摁在身子底下。小武一声不吭，沿原路返回，找到自己放在地里的筐子，跑到土路上，扶起躺在路边的自行车，唰的一下蹬上，往贾镇方向直奔而去！一边逃，一边想，今天是怎么回事儿呀？遇到的这些真是稀奇古怪啊！

那是小武和小琴第一次见面，正是在传说中天堂口。

2

如果把从县城伸向东郊的那条公路比作一条瓜藤，那么小琴租住老贾的那座房子，充其量算是贴在藤上一个小小的甲壳虫。而贾镇呢，就像是生在藤蔓北侧的一个很不规则的瓜。瓜和藤之间的那根枝蔓，就是小武那日骑车走过的一截坑坑洼洼的土路。

落日余晖，炊烟袅袅，这是乡村里的美丽一刻。西天有一抹艳红，像是画师唰的一笔甩过去的。天空与地面的交界已渐渐模糊。苍茫茫的玉米地里透出一股子清幽的静谧。这样的时刻却又往往转瞬即逝，一眨眼的工夫夜的影子就会出现，悄无声息弥漫开来。

这一个傍晚，小武坐在一辆吭哧吭哧响着的大头车后斗里，双手抓着车的边沿儿，面色照例显出与其年龄不符的冷峻。车斗里面还坐了其他好些人，男男女女混杂一起。他们都是村子里外出打短工的劳工，贾镇人管这种短期外出打工模式叫作"上市"。县城东西南北四个方向的城郊接合部，分别有一个规模颇大的劳务市场。每天凌晨三四时左右，那里就灯火通明，烟雾缭绕。上早市必须早早起来，用工单位得打一个时间差，要去劳务市场挑人，商谈一天的工钱，再拉到工地去分派工作，这需要一个过程。而且，拉劳工的拖斗车是要躲开交警的，这也需要绕开上班时间。因此，上市的人们必须早起晚归。这种劳务的好处是，当天下午，就可以拿到工钱，干多少活给多少钱，一天一结，互不相欠。有了劳务市场，伴生着也就有了卖早点的早市，炸油条的，烤火烧的，卖馄饨的，聚在一起，形成一个市场。凌晨的某一个时间段，这里会很喧哗，但不用多久，聚在一起的劳工就被一辆又一辆带拖斗的车或者快要报废的中巴车，拉往各个方向，等日头升起来，这里已经比较冷清。只有少数没有被用工单位挑走的人，三五成群，对了头坐着等待，若快到正午，还没有用人单位来，那么这一天就是"没上市"。

贾镇上市的男女劳工都在一起，他们合租村里这辆大头车负责接送。车主人的外号叫"六指"。每次车子欢快地蹦跳一下，一车人就随之起伏不定，紧跟着响起一阵喧闹。有人会扯起嗓子骂开车的六指："狗日的，十一根手指头，你还把不住个方向盘？"有人又会接口说：

"什么十一根啊？人家足足十二根呢，下面还有根更厉害的。"便有女人被蛇咬了一样，尖锐地笑起来。笑闹声在昏黑诡秘的原野上飘来荡去。

小武已经能听懂这些玩笑话，而且他发现这样的话也能让人听上瘾的，就像那本书里的某些段落，看了，还想再看。看过，用过，却好一阵子地后悔，好一阵子后怕。老秀才说，男人身体靠的是精血支撑。现在他明白精血是怎么回事儿了。由于那本书的存在，小武丢失掉得太多。他恐惧地想，这样下去会不会有一天人就死掉了？但念头一起，就根本控制不住。如此反反复复，弄得小武对这件事情的感觉复杂无比。就好比大人们开的玩笑，小武很想去听，听到后内心丝丝发痒，又要去拼命压抑。

有一回，村里几个老娘们居然在工地上，众目睽睽下，就合伙脱下一个男孩子的裤子。小武看到那孩子两腿间非常光滑，跟自己的几乎一样。女人们都哈哈大笑，其中一个笑得眼泪都流出来，她叫喊着说："你们快来看啊，这孩子一根毛都没长出来哪！"那个孩子居然不怕，这让小武很佩服。他一手提了裤子，一手抓着那东西，向周围一圈儿妇女挨个展示，反倒让几个老娘们尖叫着四散而去。如果换作了小武，他肯定会委屈得大哭一场。贾镇的半老不老的女人，疯起来很吓人，可就是没有一个敢跟小武开这种玩笑。从小到大，小武就不笑，也不多说话。他眼睛里，永远有一种贾镇人说不明道不清的东西。一个不是哑巴却不说话的孩子，不光让人觉得怪，还让人觉得可怕。

突然而至的一蓬灯光，把小武的目光吸引过去。小武看到了灯光下坐着的小琴。

这是他第二次见到小琴。

他稍稍一愣，恍惚感觉是在梦中。以前并没注意到这里竟然还有人家，不曾注意这里还有灯光，灯光下还有个鲜鲜亮亮的女孩儿，甚至，他一直都没注意老贾在那路边还有一所破房子。

咦，女孩儿似曾相识！可不就是那天在玉米地里碰见的那个吗？

小武脸上火辣辣一热。不光是因为自己把人家当成了狐仙，还因为那女孩儿可能看到他解开裤子，可能窥到他隐藏在心底深处难以启齿的秘密。小武迅速把那天的经过在脑子里回放一遍，就想起了小琴的话："小流氓，偷看女人解手啊！"心里顿时毛茸茸地痒起来。他有点后悔，那天自己的动静太大了，哗哗啦啦的，哪里真看到她了？

小琴就在门口的灯下，坐在一张椅子上，两腿微微分开，像幽幽绽开的一朵罂粟花。傍晚时分，天已是清凉的，小琴的身体好多部分，却是外露着。小武很快又发现另一件奇怪的事情，她居然在抽烟！小武看到小琴嘴角的烟头一明一灭。贾镇的女人哪里有抽烟的？他张大嘴巴，视线被那个女孩子牵引着，双手狠劲地抓着车斗边沿，觉得浑身躁热，浑身颤抖。车经过时，小琴站起来，抱着胳膊，冲着车上的人张望。

小武想，她是不是看到了我？

就在那时，他的脑袋被一只大手一下子扭转方向。

"看什么？有什么好看的啊？"三叔呵斥他。

小武不解地扭回头，看看三叔，傻子一样，全无反应。好几个人都齐齐地笑。"小武多大啦？"一个男人问。小武自己不回答，他三叔却说："还没到十八呢。"那个人说："小武想媳妇了，嗯，想媳妇啦！"小武依然不说话，脸上却躁热起来。

"老三，你十七八岁那会儿，早就是根老茄子了吧？"一个女人尖着嗓子传过话来。小武三叔张口就说："那时候茄子老不老，你心里没数吗？别说那时候，你觉得现在我老吗？"一阵哄笑声中，女人弓起身子，伸手要来抓三叔的脸。

车已经到了丁字路口，要向贾镇方向拐过去。丁字路口的西北角，是一个小汽修厂。汽修厂小院子里，吴瘸子正独自一人坐在桌子边喝酒。多少年来，那个院子，那张桌子，甚至，吴瘸子坐的那个位置，喝酒的姿势，似乎都保持着固定的样子没变。

"瘸子，瘸子，怎么不喊那个女人过来陪你喝一壶？"有人吆喝。

吴瘸子的脑袋晃动一下，回应说："我喊你老婆来陪我喝一壶！"

车上人哄然大笑。

一个男人突然问："贾老四的炒鸡店，真是改养鸡场了吗？"另一个说："那个货，开饭店没赚到钱，说不定有这方面的本事。"小武三叔却说："我敢跟你们打赌！在天堂口，你什么生意都做不成。风水不行！多少年前，有个算命的瞎子就说过这话。不信，你们瞧瞧瘸子，在这里干多少年了，去年家里翻盖房子还到处跑着借钱。"

"天堂口？哪里是天堂口？"小武突然扭回头问三叔。

这次轮到他三叔稍稍惊奇，小武很少这么主动问他话。

三叔伸手指一指左边："你到现在还不知道天堂口？没人跟你说过？"小武连连点头，又连连摇头。三叔说："就你家这块地，另一头不是有长长的一道沟吗？"小武点头。三叔说："那道沟里的土，简直就像吴瘸子他老婆的肚子，撒下什么种子去，都不长庄稼。你看里面那几棵柳树，也都曲里拐弯，一副半身不遂的样子，知道为啥？"小武还是傻瓜一样摇头。三叔说："那里就是天堂口。从前那是杀人的地方！"

小武嘴里咝的一声响："杀人？谁杀人？杀谁啊？"

"死刑犯啊。早些年是砍头，用大刀，咔嚓一下，脑袋滴溜溜滚在地上。再后来，用枪，就是枪毙。拿枪管顶着后脑勺，砰，开花了。那沟里到处是血，都渗到地下三尺，满沟里到处都阴森森的。所以，种什么庄稼都不长。"

小武嘴巴大开，眼前金星缭绕，额角顿时冒出一阵虚汗来，浑身软得都快撑不住。他突然想到，自己那天竟然想躺在那里面做坏事情，更是冒出一身冷汗。或许三叔意识到自己把话说过了头，捏捏他肩膀间：

"你没事儿吧小武？你别害怕，我说着玩儿的。都好多年前的事儿，有整整十多年不做刑场了。"

一个女人也说："老三你别说得那么瘆人，看把个孩子吓得。"

小武呆愣好半天，才嘟囔出一句话。三叔没听清，问："你说什么？"小武扭过头去，说："路边的那个女孩子知道这事儿吗？她一个人在这里不害怕吗？"

没想到，三叔瞪大眼睛呵斥他："你管这份闲事干吗？"

接下来，小武再没说一句话。回到家里，他站到院子里，脑子里还在胡思乱想。他母亲听到院子里有轻巧的脚步声，知道是儿子回来了。可等了好半天，小武却没进屋子，院子里也一片寂静。她急忙拉亮院子里的灯，向外一瞧，吓了一跳！只见小武直直地站在院子中央，眼睛呆呆地看着天空一角，像一截树桩。小武母亲碎步进了院子，连声问："小武你咋了？你又咋了？"

小武慢慢扭过头来。

女人看到小武脸扭曲着，而且一脸汗水。小武突然开口问："以前，怎么没人跟我说过天堂口呢？"

母亲没听明白怎么回事儿，反问："你说什么？"

小武向南方远远地一指："就咱家那块地，那一道沟。"

母亲急得双手抖索起来："你个小祖宗，简直把我急死了。到底咋回事儿？"

"我怎么不知道那里叫天堂口呢？"小武大着嗓子，恶声恶气地问。

母亲愣了数秒，说："这都什么年间的陈芝麻烂谷子事儿？哪个王八蛋又拿这事儿吓唬你？"

小武一梗脖子："我三叔。"

母亲转身就往外走："我去找你三叔算账去。"

小武摇摇头："你别去了！"说完，他叹息一声，向水龙头那边走去。小武俯下身子，放一个水盆在下面，拧开水龙头，就那样把脑袋递过去洗。母亲慌忙叫道："你等等，我给你倒热水去。"等她提暖瓶回来，小武已经拿毛巾擦头了。

饭早已做好了。小武坐在桌子边，抓过馒头来就吃。三口两口，腮帮子鼓胀起来。母亲坐在对面，说："你慢一点儿吃呀，没人跟你抢。"小武看母亲一眼，速度并没放慢，转眼间，一个馒头落进肚子里去了。

"今天都干了些什么活儿？"母亲悄声问。

小武答："挖地槽。"

母亲心疼了，问："累不累啊？"

小武说："不累。"

小武母亲哎呀一声："你这孩子，话是一个字儿一个字儿往外蹦的？这样子，以后咋找媳妇啊？别让人家以为咱是个哑巴。"

小武静了半天，咧嘴一笑："不找。"

母亲笑了："傻话。你不找媳妇儿，我咋抱孙子？"

小武这才记起什么似的，左手抓着馒头，右手伸进口袋，掏出四十块钱递过来。母亲说："你挣的钱，你自己攒着。我不要。"小武说："去集上买块布，做身衣裳穿。"母亲好半天没说话。

母子俩说着话，并没注意院子里响起的脚步声。等意识到，母亲赶紧去抓桌子边上的钱，已经有些迟。一个男子的声音先进来了："哈，小武回来了？"

3

来人是小武的继父老魏。

这个人的一生，也算是非常精彩。不过，整个贾镇没一个人对他有好评价。老黑后来跟我说过一句话："小武的性格扭曲，跟他继父老魏也有很大关系。那就是个混蛋！我跟他打过好多次交道，纯粹是个流氓无赖！老百姓说的头顶长疮，脚底流脓，说的就是老魏这种货！"

据说，老魏还是孩子的时候，是跟随母亲要饭到贾镇的。当时，他母亲饿得实在走不动，昏迷在贾镇村口老槐树下。老魏坐在她身边哭，有个男人端了一碗地瓜叶粥来，救活了女人，自然也救活了老魏。这个刚刚丧妻的男人，把母子俩领回家后第三天，老魏的母亲就成了他的女人。可女人命薄，没几年得一场怪病，就此离世。男人本来有两个儿子，一个闺女。那三个孩子根本不认老魏是家庭中的一员。

于是，老魏在贾镇成了孤儿。

成了孤儿的老魏在贾镇四处游荡，慢慢成长为一个无赖。

村里人的鸡啊，鸭啊，地里的黄瓜、西红柿、豆角啦，家里的镰刀、锄头啦，无端地失踪了，人们首先想到的人，必定是老魏。长大成人后的他，一个人住一间破屋子里。那个小院子根本没法让人立足，几乎什么东西都有，杂乱无章。他很小就开始捡破烂，有的能卖，有的不能卖，都山一样堆在院子里。换来的钱，大都拿去换酒。附近邻居经常见他喝了酒，双手提着裤子，露出里面的裤头，在附近乱转乱吼。不知何时，他还喜欢上了赌。有一年，赌资输尽，又还不起，被人打得走不了路，据说爬了十几里路才回到家。贾镇人正为此欢呼，以为贾镇的一害总算被除掉。不料，越是这样的人越命硬，半月后，老魏顶着杂草一样的头发，又出现在贾镇的大街上。更让人恶心的是，成年后的老魏开始调戏女人。村子里，甚至周边一带，没一个姑娘会喜欢他。正因如此，老魏喜欢村里的每一个女人。有两件事情让老魏在村子里简直成了个畜生。有一天他喝多了酒，竟钻进一个七十多岁的老女人家，其间发生什么，别人根本不知，也不好问，后来那老女人一见老魏，立刻浑身哆嗦，举着拐棍撵着他满街跑。另一次，他居然大了胆子，对一个正上高中的女孩子动手动脚。结果，他被那孩子的家人脱光衣服，吊在一棵大树上，用皮带抽了个半死。

就这样一个男人，在小武的爹死后没有半年，就把小武的母亲摁到玉米地里。而事情过后，他居然厚着脸皮托贾老秀才去做媒，向小武母亲提亲。老秀才起初不肯做这缺德事儿，可经不住老魏死缠烂磨，就硬着头皮登门去了。贾秀才对小武母亲说："我来，是因为那个无赖整天缠着我，我是不赞成这事儿。你只要摇摇头，我立马给你回绝他。"其实，整个贾镇，就没有一个人看好这门亲事，也没有一个人会认为小武母亲会答应。

可没想到，小武母亲犹豫一番，答应了。

女人是这样想的，老魏是个无赖，膏药一样，能甩掉他不容易，除非远离贾镇。况且自己已经是老魏的人，这事儿被他添油加醋散扬得天下无人不知。他哪怕再无赖，也是个五大三粗的男人。没女人的时候不是个人，有了女人说不定收敛了呢？再说，在乡下，一个女人带大个孩子，不是简单的事情。改嫁给老魏，总算有个依靠。

于是，老魏有了女人，有了儿子，有了个像样的家。

不过，有件事情让他一直牵肠挂肚，那就是不管怎样，小武就是不肯管他叫爹，连一声叔都不叫。在老魏眼里，这孩子就是个怪人，走在贾镇大街上，像是一只害怕阳光的小鼠，不敢抬头，不敢说话。有人同他说话，他就张着嘴巴看着对方，眼睛里满是惊恐。但老魏想让小武尽快改口管他喊声爹。有这么大一个儿子跟在屁股后面，一口一个爹喊着，也挺美气的。小武不开口，让老魏感觉革命尚未完全成功。可他没想到，这项计划进展得很不顺利。

一天，老魏站在院子里逗小武："你叫我声爹，我给你买糖吃。"小武把右手食指塞到嘴里，盯看着老魏。老魏继续诱惑他："只要你喊一声，就一声，我就领你去村口，爬到那棵白杨树上，给你逮一只黑老鸹来。"小武仍然一声不吭。老魏伸手扭扭小武耳朵，把他拽了个趔趄。

老魏弓下腰，压低声音："你是聋子吗？你要是不叫，我逮一只蝎子来，晚上放到你被窝里。你要还不叫，我还会往你被窝里塞别的东西，比如，蛇。"小武眼睛瞪大一点儿，嘴唇哆嗦着，但他还是不叫。老魏一巴掌扇到小武后脑袋上。他知道小武的娘那天不在家，于是无所顾忌。小武晃几下身子，目光却没离开老魏的眼睛。

不知为什么，老魏突然有一丝心慌。

他看到小武眼里传递出来的不是恐惧，而是愤怒。

"你敢！"小武终于开口了。

老魏没听清："你说什么？"六岁的小武这一次说得很干脆："你敢！你那么干试试？"

老魏心里咯噔一下！他绝对没想到会是这样。他还以为这个小屁孩是因为害怕他而发抖呢，原来不是，原来这是孩子式的愤怒。老魏顿时想，自己白发苍苍之时，那个养老的人，绝对不会是面前这小子！

一老一小、一高一矮两人，站在院子中央，对视良久。最后，妥协的竟然是他老魏。他蹲下身子，看上去就比小武矮了些，需要仰着头跟小武说话。老魏抓抓小武的手，说："小武，我是真稀罕你。你看，咱爷俩有缘分，咱俩虽说没血缘关系，可是你看，现在不是一家人了吗？你放心，以后你想要什么，就跟我说。可你得管我叫爹啊，对不对？要不，咱们在一起算怎么回事儿？"

小武扭头看着大门口。

老魏垂头丧气地站起来。显然，这次试探完全失败。本以为这是很简单的事儿，没想到小武脱口而出的两个字，让他大开眼界："你敢？"老天，这是从孩子嘴里说出来的话吗？这次试探，或者碰撞，让老魏多多少少对小武有所警惕。当然，老魏不至于彻底被摧垮。老魏是什么人哪？整个贾镇，还能找出同样一个老魏吗？只是，让小武改口的计划日渐偃旗息鼓。很显然，老魏在他眼里始终是个外人。老魏深知这一点。

既然小武指望不上，只能靠自己努力。他得辛勤耕耘，春撒一粒子，秋收万石粮。他要有自己的亲儿子，最好不止一个。当时，"计划生育"这个词儿，对贾镇人来说是很可怕的。先是给女人放环，后来发现那玩意儿依然不够彻底。于是，结扎。凡符合政策的，一刀切，女人男人都可以做结扎手术，反正一家出一个，咔嚓一下，完全截断。尽管规矩如此，但在整个贾镇，结扎的男子只有一个。那是个标准的怕老婆的软货。女人死活不去，只能自己上场。那男子结扎之后，好一段时间走路都弓着腰，像一只被骗的公羊，成为整个贾镇人的取笑对象。

　　老魏心想，再生两个儿子的可能性越来越小。按照政策，自己倒是可以再生一个。但这也正是让人担心之处，再生一个，紧赶慢赶，还是比小武小了六七岁。这么大的年龄距离，即便是有他罩着，小儿子想正儿八经称霸，也是个困难事。小武这孩子，年龄个头虽小，但壮得像一辆小坦克。何况，万一生下的是个丫头呢？老魏打好算盘，要是第一胎生丫头，哪怕冒着生命危险，也要再生一个。

　　目标一旦敲定，付诸行动的步伐就显得火急火燎。

　　有一个夏夜，安放在平原地带的贾镇燥热得被蒸笼笼罩着一样。大街两边坐满挥舞蒲扇的人。家家户户都在院子里铺了凉席，盘腿坐在上面。不能进屋，屋里更热。不能躺下，躺下后身子跟凉席就粘到一起。小武照例不出来，他躲在屋子里不知道干什么，没亮灯，没开门。小武娘把大门紧闭，这样，就可以跟老魏一样，只穿一件大裤衩，上身赤裸。两人并腿坐着，似乎连说话的力气都没了，似乎一说话，就会汗流浃背。老魏一扭头，盯看女人半天，却伸出一只手去摸女人胸口，被女人一巴掌打掉。女人皱皱眉头："滚一边儿去！"老魏说："反正也是热，要不干脆放放汗？"女人站起来要进屋去，被老魏一把抓住。女人说："小武在屋里，没睡呢。"老魏喘着粗气骂一句："他懂什么呀！屁大一点孩子。"说着，使劲拉扯女人。女人急了："院子里怎么行啊？"

老魏说："院子里凉快。"说着，已经把女人压在下面。

院子里的声音惊扰了小武。他不明白外面发生了什么事情。男人女人的声音，在黏稠的气息里，都显得有些怪异。小武从窗口往院子里看，好半天才弄清声音是从哪里发出来的。那个地方白花花一团影子，分不清谁在上面，谁在下面。有一瞬间，小武冒出夺门而出的冲动，他以为母亲受到欺负。但再听起来，似乎又不像，母亲没有哭喊。如果那男人欺负母亲，她为什么不反抗呢？小武觉得诡秘，觉得不可思议。

而那些声音，又抓挠着他的心。

小武跪在床上，双手抓着窗棂，目光一直注视着院子里的两个人。

老魏曾进行过种种设想，最坏的结局他已经想到，看到。但他绝对没想到，事情会更糟。老魏是很努力的，结果，直到那年贾镇上空飘起雪花，女人的肚子依然没有显山露水。"怎么回事啊？"老魏终于憋不住了。

女人问："什么怎么回事儿？"

老魏说："你这肚子，怎么光吃粮食不见长膘呢？"

女人看他半天，笑起来："你不知道吗？小武两岁的时候，我就做了结扎手术。"老魏眼冒金星，差点晕过去。

从那以后，老魏又变成一个无赖。

这个夜晚，老魏又是刚从赌局上回来的，不用问，身上又分文不剩。他一进屋子，目光就直直地落在小武母亲手上，问："小武发工资了吗？"

女人说："发工资也不给你。"

老魏几步跨过来，去小武母亲手里夺那几张钱："让我看看，有多少？"

女人尖声叫喊："不管多少，是小武下力气挣的。你要敢抢，我跟你拼命！"

老魏不管不顾，双手一起去掰小武母亲的手。小武弓着身子，头也不抬，一声不吭地吃饭，腮帮子又鼓起来。女人力气毕竟小，老魏终于把钱抢过去，斜一眼说："这么少呀？小武，你一天才挣这么一点儿？"

"你简直就是个畜生！"女人哭喊出来，"孩子高中没毕业，就出去下死力气，就挣这点儿钱你也好意思拿去？你又拿去赌吗？你怎么不把你自己赌进去？"

老魏嘿地一笑："也有赢的时候。"小武母亲骂道："滚你娘的！"老魏举手要去打女人，却听到啪的一声响！他惊愕地扭过头去。

是小武把一双筷子拍在桌面上。小武仍旧不抬头，嘴里仍旧蠕动着。

老魏嘴巴抖了抖，问："怎么？小武，你要跟你娘一伙，跟我作对吗？"母亲看看小武，张张嘴巴，不再吵闹。老魏直直腰，声音大起来："小武，你可要记住，做人可不要忘恩负义。打你五六岁开始，我一直养你到这么大，没有功劳，苦劳总是有一份。当年，你娘她骗了我，明明做了结扎手术的，不跟我事先讲好，害得我这一辈子都不能要我自己的孩子。现在，你长大了，你去挣钱来孝敬我，你说这不应该吗？说到联合国去，这也是天经地义的事儿。"

女人叫道："谁骗你啦？你去打听打听，整个村子里谁不知道我结扎这事情？那时候计划生育那么严，我不结扎能行？"

老魏一瞪眼："老子不知道。"

小武终于把一口馒头咽下去，端起面前的搪瓷水缸，咕咚咕咚喝一气，然后，啪啪拍了两下手，说："饱了。"

老魏稍稍愣了片刻，抽出一张钱来，声音低了些："真饱了？真饱了就去给我买包烟。"

小武出了院子，却哗啦一声推着自行车往外走。老魏在屋里喊起来："就去街上买包烟，骑自行车干吗？"话还没落，小武已经出了大门口。老魏扭过头来，对女人说："我怎么觉着，今天这孩子眼神儿不对呢？"女人冷笑一声："孩子大了嘛，你有本事就继续作，早晚有一天这孩子会收拾你！"

老魏吸吸鼻子："你还真别吓唬我！老子我怕他吗？"

4

村口的大槐树下，这一次换成贾老秀才和另一个老头，正在下象棋。老秀才一会儿抓头皮，一会儿挠肚皮，嘴里却哼着小调儿。另一个老头把手伸到裤裆深处去搔痒。周遭聚集三四个瞧热闹的，正在指手画脚。小武经过他们的时候，老秀才突然歪过头来，眯缝起眼睛来冲着他咧嘴一笑。

小武顿时心慌起来。

老秀才沙哑着嗓子说："小武，大晚上的，你可千万不要到地里去啊。有变成漂亮女人的狐仙，一把抓住你，非要给你当老婆，你又不会唱歌，三句话都说不出来，你跑不了的。"树下的人哄地笑了一阵子。小武心里更加慌张，他倒不是担心狐仙，只是怕死老头子会问那一天在玉米地里的事儿。

老秀才扭回头，却又唱起来："妹妹你坐船头，哥哥在岸上走。"

"秀才，这个你也会唱？"一个小伙子问。

老秀才连声说："会，会啊，我什么不会唱？再给你唱一首《走西口》？"

另一个小男孩儿歪着脑袋喊小武："这么晚了，小武你去哪儿？"小武远远地答一声："给我叔买烟去。"小孩儿一愣，看着小武走远了，才嘟囔说："他说什么？买烟？买烟怎么往村外头跑？"

一轮月亮，清凉地挂在半空。路两边儿的玉米地里，偶尔有叶片摩擦发出的窸窸窣窣的声音。小武骑着自行车经过那片地,很响亮地划破田野里的寂静。

走上那段土路中段的时候,小武心里稍稍有一丝恐慌。他以前很少在晚上一个人走这条路。现在一下子想到,右手边儿,就是自己家那片地,地的另一头,就是那道沟,就是三叔说的天堂口。小武眼前闪过电影里的镜头,砍头,枪毙,鲜血哗的一下冲天喷溅,血糊糊的脑袋在地面上打滚儿。小武惊恐地四下望去,却发现自己已经陷入白花花的月光中,陷入黑黝黝的玉米丛里。他问自己,小武你这是要干吗去?

另一个小武回答,我也不知道。

终于,走出那段土路,看到小汽修厂透出的光,小武才稍稍踏实下来。他又想,世上未必真的有鬼,或者狐仙。要不,我长这么大,怎么一个也没碰到?吴瘸子在这路边上开了多少年汽修厂,不是也没被鬼抓去吃掉,也没有被狐仙缠住把他的精血吸干净吗?哪怕老秀才的话是真的,那又怎么样?现在的小武,倒还真是多多少少盼着遇见漂亮的狐仙呢!

吴瘸子居然仍缩着身子在喝酒,黑魆魆的树墩子一样戳在那里,看上去一动不动。听到篱笆墙外有动静,才转头朝路上瞄了一眼。白日里的吴瘸子,是让小武觉得厌恶的。这人有一只眼睛是灰色的,而且他喜欢盯着人看,眼珠子一动不动,像是窥探别人的隐秘。

不一会儿,小琴门口那盏灯又出现了。小武感觉心又开始怦怦直跳,距离那灯光越近,跳得越厉害,简直快要跳到嗓子眼儿。小琴仍旧坐在门口。这个时候,她披上了一件外衣,仍然抽着烟。小武用眼睛余光注意到,小琴看到他之后,竟站起身来。小武的身子几乎是伏在自行车上,哗啦哗啦骑过去的。前行好一段路,又调转车头,转个半圈回来。

你到底想干什么啊?小武再次问自己。

返回的途中，当然又要经过那小房子。这一次小武更慌张。因为，小琴早就站到了路边上。"喂，这么晚了，你一个人溜达来溜达去的干什么?"小琴远远地打招呼。

小武停下车，一脚踩着车蹬，不敢抬头，也不说话。小琴慢慢走近。小武鼻孔里顿时钻入一股诡异的香味儿。这香味儿，让他更加手足无措。"来，到灯下来，让我好好端详端详你。"小琴说。

小武慢慢抬腿，下了车子，跟在小琴身后。小琴在灯光下打量小武一番："哦，是个帅小伙子嘛!"小武偷偷地看小琴一眼，又迅速低下头。

小琴问："你叫什么?"

小武说："小武。"

小琴再问："哪个村子的?"

小武指指北面："贾镇。"

小琴哦了一声："那你跟老贾是一个村子的。我看你走过去，又走回来的，要干啥呢?"小武摇摇头，又不说话了。小琴感到跟这孩子交流很是吃力。她在灯下仔细看了，才知道这孩子的确年龄尚小，明显缺乏跟女人打交道的经验，还是一只青柿子，或者一粒生麦子。小琴无声地一笑："多大了?"

小武答："十七。"

又问："还上学的吧?"

小武吸吸鼻子："早就不上了。"

小琴看着小武的拘谨样子，忽然想笑，身子就扭动几下，笑出声来。小武顿时浑身发抖，有了赶快逃走的冲动。小琴问："你要进我屋里坐坐吗?"

"不行啊，我得回去给我叔买烟。"

小武这话让小琴一下子摸不着头脑。她歪着脑袋，又端详一阵小武："咦，是不是我在哪里见过你？"

小武脸上又发起烧来，抬手指指屋后："后面那块地里。"

小琴说："怪不得呢，原来，那天在玉米地里的孩子就是你啊？你干吗一见我就跑啊？我又不是一只狼，会啊呜一口吃了你。"

小武说："你也吓了我一跳。"

小琴奇怪了："大白天的，你害什么怕啊？"

"老秀才说过，他在那块地里遇见过狐仙。"

小琴顿时笑得前仰后合："我的个老天爷！我还是第一次听说呢，世界上还有狐仙？"

小武更加紧张起来，双手握着车把，身子扭来扭去。

"你到我这里来，是有事儿的吧？"小琴一边问着，一边想心事儿。她没想到，第一个来这里的，居然是个孩子！他想干什么呀？难道，这孩子早熟？

听小琴问，小武这才意识到他是真有事儿的。

"我来，就是想告诉你，那天你看到我的那个地方，叫天堂口。很多年前是杀人的地方。我猜贾老四肯定没跟你说这个。你一个人在这种地方肯定会害怕。"小武没想到，一开口居然讲了这么多。

小琴眨巴一下眼睛："就想跟我说这个？"

小武使劲点头，又说："贾老四早些年在这里开饭店没挣到钱，把本都赔掉了。你千万可别开饭店。"

真是孩子话啊。小琴忍不住想笑，但一看小武一脸认真的样子，又笑不出来："谢谢你啊。其实，我知道这里叫天堂口。砍头的、吃枪子儿的都在那道沟里，可我不怕，我不怕鬼。"

"你不怕？"小武瞪大了眼睛。

"怕什么啊？人死了，就像风一样，忽悠一下子，吹走了。哪里有鬼呀？"

小武嘟囔说："你胆子真大。"

小琴说："不是我胆子大，是我不相信那些事儿。你也别信。天很晚了，你赶紧回家去吧。"

"嗯，我该去买烟了。"小武闷声闷气回答。

小琴还想说点什么的，见小武已经掉过车头要走。小琴就喊："没事儿的时候，到姐这里来玩儿啊。"小武唔一声，弓着身子骑远了。

小琴抱着胳膊，看着哗哗啦啦走远的小武，轻轻一摇头，觉得这事儿有些不可思议。这个孩子，他什么意思？他来这里，真的只是为了跟我说这个？还是另有所图，却羞于开口？如果不是，黑灯瞎火跑这么远，来跟一个陌生女人说些没用的话，不是有些古怪吗？小琴想了半天，还是轻轻摇头，难以理解，又心说，莫非这孩子有恋母情结不成？

第五章　老　黑

1

有一把枪，改变了老黑的人生格局，或者说决定了他后半生的生活方向。从这个角度讲，人与物之间的关系，看似无关紧要，实际上具有非常隐秘的关系。比如，一瓶酒，一支杜冷丁，一支香烟等等。当一件东西能够改变或影响你的命运时，你就会发现，这件东西的内涵，已经大大超越其物的本身。你会突然意识到，你与这物之间有了某种神秘，并起决定作用的关联。我想，我跟那些日记本之间，也是这样的一种关系吧？或者小武和那本书，估计也是如此。

戏剧性地决定老黑后半生命运的，是一把五四式手枪。

当年，那把枪传到老黑手上时，已经饱经岁月侵袭，像现如今的老黑一样，沧桑，衰老。

"不是吹牛，除了我，我几乎不敢确定，谁还能用那把枪准确击中目标。"老黑说的目标，是近距离射击的普通枪靶的靶心。他是对着一帮子同事说的。"你们知道吗？我射击的时候，要是战在一百米的距离处，我这把枪瞄准靶心以下，那才是准确位置。当然，这把枪的脾气反复无常，规律很难把握。"有过射击经验的人当然清楚，那个点，实际上靠下了一点儿，子弹飞出去是有弧度的，这个不需要多解释。

十多年前的一天中午，老黑和三个刑警坐在一家酒馆里，庆祝一次与死神的擦肩而过。那天上午的某个时刻，他们四个，去抓捕一个抢劫犯。结果，线人提供的信息出现几乎是致命性的失误。老黑和搭档一左一右踢开房门冲进，后面两名紧随其后！就在那一瞬，所有人有过一两秒钟的发愣！本来线人说屋子里只有一个人，没想到，竟是三个！不过，训练有素配合默契的四名刑警以最快的速度，分别扑向各自的目标，拿枪口死死地顶住三人的脑袋。随后，他们发现另一个极度危险因素的存在——离桌子不远的床上，有一包炸药！老黑后来估摸一下它的爆炸威力，认为它能让那间屋子里所有东西，在眨眼间支离破碎，能让里面所有人身体上的部件，一块一块，从窗口弹到大街上！老黑吸一吸鼻子，嘴巴里吐出一口气，扭过头去，意味深长地环视另外三人。从他们眼神里，老黑真真切切看到的，是对死亡的恐惧！千真万确！不是别的，就是恐惧！老黑算是四个人里面的头儿，中队长。他当时没说任何话。说什么都是多余。

"那时候，后悔啦，歉意啦，自责啦，都是狗屁！你说我是不是在拿几个兄弟的生命开玩笑？你知道人最恐惧的时刻，是什么时候？就是发现一个极度危险擦肩过后的几分钟内，绝对不是正进行的过程中！"

这足以成为四个人在酒桌上好好喝一杯的理由。

每个人心里都明白，他们的这一场貌似司空见惯的聚会，此刻显得意义非凡。如果几个小时前，那个声音被一个小小的时间差给弄响，最起码，他们是不会头碰头在一块喝酒了。

"死是很简单的，就跟死一样简单。"老黑这话很有哲理是不是？

结果，老黑喝多了。

老黑这个外号，据说就是从那次确定的。其中一个刑警叫王大同，在接下来的叙述中我将会多次提到这个名字。他脑袋特别大，警队里的人都不喊他名字，都喊"王大头"。"王大头"咋咋呼呼说："这很不公平，你们都没有外号，就我一人有。从今天起，每个人都要定一个。王队，你这皮肤很有特点，黑得瓷实，以后就叫老非洲吧。"

老黑是姓王的。当时他就提出反对："不好，这个外号明显带有种族歧视。现在美国人都反对种族歧视。"

"王大头"说："要不就叫老黑。"

老黑笑得龇牙咧嘴："这个好。我不怕黑。"

此后，就"老黑"了。

决定老黑命运的那个小事件，发生在一个小时后。老黑现在讲述那件事情的时候嘴角浮动着笑意。我感觉到一丝笑看风云变幻的意味。

酒足饭饱，四个人跌跌撞撞往队上赶。那时候还没有车可开，出来的时候，连三轮摩托也扔在队上。偏偏突然之间，老黑有了尿意。当然不可能站在大街上解开裤子就尿，大白天的一个警察总得注意形象。即便喝醉了，老黑也不会那么做。这期间，有两次可尿的机会，都被女人给破坏掉。一次，是在路边的树丛里，老黑刚要解腰带，从一堵墙后面，突然就冒出个背包的年轻女人，吓得他慌忙离开。另一次是在一辆破旧拖拉机后面，老黑刚刚站定，裤腰带还没解开，同样一个用自行车带着孩子的中年妇女迎头而来。

后来，老黑看到那个救命的大院儿。

可是，就在老黑弓着腰往里健步如飞的时候，有个干干瘪瘪的老头斜刺里冲出来，一边跑，一边叫："你干什么的？"

老黑捂着肚子，步子急匆匆的，说："我要尿尿呀，憋不住啦！"

老头连连摆手："尿尿不行，尿尿的不能进去！"

老黑说："我真是憋得不行啦。"

老头不管，一指大门外："到外面找地方去尿。"

老黑一着急，嗓门大起来："我他妈能找到地方，还到这里面来？"

这话惹恼了老头，竟然伸手来抓他的胳膊："你怎么骂人呢？"

老黑可没时间跟这个干巴老头纠缠辖区，他四下一打量，发现院子一角有间小屋子，以为那是厕所，火急火燎就往那边儿奔去！老头一把没抓住，他已经跑远了。到那地方一瞧，却是一间小锅炉房。你总不能尿到人家喝水的锅炉旁边吧？老黑焦急地转出来，绕到锅炉房后面，找到一个角落，迅速解开裤子。

问题又来了，裤子解开，家伙掏出来，尿不出来了！

"真痛苦啊！整个下腹部，就像一个巨大的水袋，又像一个气球，在浮动，在飘摇，在膨胀。"如果不是那种说不出的胀痛拖拽着老黑，他怀疑自己会飘起来。好在几秒钟后，他终于找到一根细细的通道，龙头开关慢慢打开，水终于哗的一下子冲出来！老黑一声吼叫，哆嗦良久。

"知道吗？世界上最幸福的事情，就是一泡尿把你憋得快要爆炸，你终于找到一个地方，哗啦一下子，全放出来！"

尿离开身体，酒意马上袭上来。老黑摇摇晃晃开始往外走。但他走不成了！大门关了。那个老头，还有另外两个小伙子，堵在大门口位置。

老头的手一挥，说："就是他！"

两个小伙子抱着胳膊，慢慢靠过来。那时节老黑的三个同事已走远，他没了帮手。再说，老黑也没打算跟人家吵架。他解释说："我是个警察。实在憋不住了才借宝地一用。"两个小伙子一听，倒是停住了脚步，警察嘛，多少具有点震慑力。可那老头却不依不饶。直到那时，老黑才发现，这是个生着三角眼的瘦猴子，声音很像个太监。

"警察？警察有什么了不起？警察就随随便便找地方撒尿呀？"

老黑也是年轻气盛，哪吃他这一套？"他妈的，老子上午差点儿就丢了命，我到你这里撒一泡尿，算什么呀？"

老头扭头面对另两人："我说得没错吧？你瞧瞧这人有多横！他不讲道理。他骂人！"两个小伙子又上来扯拉老黑，要带他到保卫处去说理。推推搡搡过程中，老黑做出一个失去理智的动作，他哗啦一下子，将那把五四式手枪掏出来，顶在一个小伙子额头上！

　　所有人都一愣！

　　片刻之后，老头扭头就跑，一边跑，一边喊："快来人哪！警察开枪打人啦！"

　　老黑顿时酒醒了一半。他正在发呆的时候，门里门外忽地一下子聚满看热闹的人。

　　后来，老黑是被快速赶到的刑警队长救回去的。这件事儿，把老黑向前奔走的身体，稍稍拨弄一下，让他开始往回撤退。老黑离开了刑警队，成了派出所的一名普通民警。十多年内，他辗转好几个派出所，最高的职务，就是派出所副所长。也可以这么说，老黑的锦绣前程，是被一泡尿毁掉的。

　　当我替他遗憾时，老黑悄然一笑，露出白牙齿："我不这么看。有时候，我还暗自庆幸呢。我应该感谢老天爷，在最关键的时刻，也会给我足够的理性。你说，要是当时我借着酒劲儿，砰的一声，把枪给放响了，我的结局是什么？"

　　我被老黑这句话吓了一跳。

　　"所以，"老黑像一个顿悟老僧一样说，"任何事物，总有其正反两面的意义，关键是你从哪个角度去理解。"

　　关于这些，是后来我和老黑在小县城公园内见面时，他告诉我的。

　　我说过，在我决定扔掉日记本却又根本没法做到的那个夜晚过后，我经历了很长一段时间在做思考。那就是我还要不要继续。当然，结果如我说过的那样，我已别无选择。因此，接下来我跟老黑有无数次见面。

那个时刻，老黑坐在一张暗红色枣木马扎上。样子就像一口老钟。我猜想，此前某个日子里的某个时刻，他面前肯定会挂着那个鹦鹉笼子。这个黑老头或许冲着那笼子发呆，或许咬着舌头，用他比较纯粹的方言，教那鹦鹉学说一句话："这，个，世，界，如，此，美，好。"

我在那个小公园里看到老黑第一眼的时候，却强烈感觉到，这个世界其实非常残忍。

其实，这不也是老黑教鹦鹉那句话的本意吗？

尽管此前我对任何一个警察，哪怕是电视剧里面的，都没有太多好感。但那个时刻，我突然对这个黑老头产生一丝悲悯。实话说，就是悲悯！这个老头儿的晚年，本不该是这个样子。你瞧，他经常梳理往事，经常陷入回忆中，而且，很显然他被太多太多的往事折磨着。当然，正因为他对许多事情内疚，自责，甚至，忏悔，这才让我对他产生敬意。

这个世界上，已经少有这种人了。

后来我见到丁一，我真心地骂过他的。我说："丁一你真的不理解，恐怕永远也不会理解，你踩刹车的时间滞后了两三秒，却把一个老头的心理安慰给绞杀了。"

熟悉之后我总是管老黑叫老头儿、老爷子，可深入了解后，却发现，这并不是很妥当。他的实际年龄，跟他的外形有点儿不相符。其实，他还没老到那份儿上，仅仅是刚退休三年而已。再到后来，我和老黑越来越默契。甚至，我到他家里，在他妻子面前，也毫无拘束感。

"嫂子，我又来喝酒了！"我会这么说。

老黑的妻子嗓门很大，说话前先哈哈大笑："行啊，行啊，但你们不能喝多，不听话，我就给你们没收。"

我还发现，我和老黑的共同点越来越多。比如，抽烟，比如，坐在一个地方长时间思索，当然，还都对一个叫小琴的女人、一个叫小武的孩子很感兴趣。随着我们的话题越来越多，老黑对我显然也从开始放松到坦诚相待。他开始对我讲述一些零零杂杂的故事。比如，前面说的一泡毁掉了自己前程的尿，以及那把五四式老枪。

那期间，老黑还讲到一个小女孩。当然，老黑饶有趣味地提到这个女孩子的时候，我们俩都还没意识到，她也会成为我们这个故事的主人公。

因为，她就是小琴的女儿！

2

关于小女孩的故事，是老黑在举例说明时捎带说的。

此前我们谈到一个话题是，当下的青少年犯罪。

"以前我老觉得奇怪，为什么我们这种小县城，会层出不穷地涌现那样的孩子？他们胆量奇大，什么事都敢做，完全不计后果。我从警期间，就遇到过好多。如果你说这是孩子的叛逆期，似乎太表面化。"

"那还有什么原因呢？"我问。

"我是这么想的，是因为城市扩张的步伐太快。农村逐渐城市化，小城市在大城市化，这是不是事实？这个进程导致一系列人际和家庭问题出现。乡村在萎缩，正被城市慢慢覆盖。而且你走遍全国好多地方，会发现所有城市的那张脸都一模一样。城市蔓延，老百姓素质却跟不上。农村人进了城，一夜成为暴发户，不知道怎么过日子了。就我们这座小城，一下子出现三家上市公司！一夜之间造出一大批富翁。还有那些建筑工头，那些非法融资者。腰包里有了钱，怎么花呢？"

我说："是呀，不管男人还是女人，衣食住行问题解决好之后，就会发现活得没劲了，想要什么都能满足，山珍海味吃腻了，到农村去吃窝头，发现以前吃窝头的感觉都找不到了。"

"这就是物质富裕，思想跟不上节奏。"老黑指着公园旁边的一座商厦说，"你看，这是以前的新华书店，现在成这样子了，书店哪里去了？搬到地下一层一个角落了，你要不仔细找，都找不到。没文化是可怕的对不对？都在忙着怎么赚钱，没多少人去关注艺术。赚了钱干吗？吃喝玩乐！现在出个国非常简单，出去干什么？无非就是证明，我到过这地方，可以回来炫耀一番。男人包小三，泡小四，有钱了嘛！女人呢，耐不住寂寞的，红杏出墙。而处于懵懵懂懂状态的孩子，就生活在这种家庭和社会环境里，他们似懂非懂，朦朦胧胧，很容易受一些纷杂的潮流和观念影响。"

小女孩的故事，就在那时候出现。老黑之所以念念不忘那个女孩，是因为发生在她身上的故事确实有点儿匪夷所思。那个小丫头，至少有两次在警察的眼皮子底下溜走。

"那孩子的外号叫作教母。你说好笑不好笑？一个顶多十几岁上初中的小丫头片子，居然敢做教母。"老黑一边说，一边掏出一支烟点上，开始跟我讲小女孩的故事。

一个夏日夜晚，县城东南角一条喧哗的小吃街上，有两帮孩子策划了一次群殴事件。双方人数不少，各达十余人。斗殴的导火线，是两帮里的老大要争夺同一个女孩。情节似乎并不曲折离奇，每一个细节都直接来自黑帮电影。两帮孩子的成分也很复杂，有社会闲散人员，学习不好提前退学的；有在读的高中生，显然爱好此道的；还有的，是就近几所职业学校的学生，学习不好，老爹老妈替他们着想，送来先学下一门技术，他们多是外地人。天知道，这样一帮孩子，怎么就拉帮结伙走到了一块。

精彩之处发生在两帮人一触即发的瞬间。

据说，一开始，那小女孩很安静地坐在一个毫不起眼的角落，差不多完全被对方一伙人忽略。没想到，双方主角面对面对峙，火药味越来越足，群体性殴斗即将引发的时候，小丫头片子跳出来了！

而且，一战成名！

她抓起面前一个啤酒瓶，啪的一下，摔作两截！手上抓着其中一半，上面有一道匕首一般的尖刺！这孩子很冷静地站起来，没有片刻犹豫，唰的一下，从她面前一个男孩子后背自上而下划下来！

那可是酷热的夏天啊！男孩上身就穿一件背心，而且还很酷地卷到胸口以上的位置，因此，光溜溜的后背几乎暴露无遗。

女孩子袭击的目标准确无比，正是对方阵营的老大！

所有人都傻乎乎地愣在当地！所有人都眼看着那个老大张大嘴巴，嗓子里呵呵数声，慢慢地向后倒去！

就在那时候，警灯闪烁着奔过来。

又是个据说，那女孩子迅速转身，沉着冷静，把自己身上穿的一件短袖上衫的连衣帽向上一翻，遮住面孔。在大家关注那受伤孩子，关注到来的警察时，她已轻巧地挪到旁边另一家小吃摊上。女孩子低着头，旁若无人绕过几张桌子，绕过几桌喝酒的人们，再扭动几下身子，转眼间，消失在喧嚣的夏夜。

警察带回好几个孩子，独独不见唯一出手的小丫头！谁也不知道，她何时离开现场的。而且更奇的是，没一个人知道她叫什么，家住哪里，在哪家学校读书。

"那个被划伤后背的孩子，来这座县城读职业学校，家在外地。当晚，家人都联系不上。我到医院一看，惨不忍睹！浑身上下都是血！嗷嗷直叫！一开始我不明确伤在哪里，还以为这孩子完蛋了！"老黑皱紧眉头，沉默片刻，"你想想，一个小丫头，手法怎么如此老练？像个闯江湖的老手。所以，我很怀疑那帮孩子的描述。"

事情过去很久以后的一天，老黑接到线人情报，说，有个女人在利用手机发信息对男人敲诈勒索。具体操作过程，就是女孩以拉拢嫖客为幌子，吸引男人进入某家旅馆的某个房间。正进行卖淫活动时，会有几名彪形大汉适时出现，先给嫖客拍裸体照，然后或当场洗劫一空，或逼迫嫖客交出银行卡，当然，捎带着密码。

当晚，老黑他们坐在一辆车内，堵在一家旅馆门口。另几个人提前悄然潜伏进去。几个时辰过后，一个倒霉的中年男子和一名女子被带进老黑的车里。而作为联络人的那个小女孩，居然就站在马路对面的一棵树下，一发觉不对，她立刻撤退，但还是没躲过眼疾手快的老黑。

"要知道，我可是干过多年刑警。我没在车里，而是在路对面一家小商店门口站着。当然，那孩子已经够老练，她站在树底下，像个等家长的中学生，一只手里举着杯饮料，另一只手在摆弄手机。一开始，我没有把她列入怀疑对象。但后来我发现个细节，这孩子手里那款手机太贵！这座小县城的中学生，一般情况下不太可能用那种手机。当然，除非她老爹老妈是大款。最终让我觉得她有嫌疑，是后来我们的人控制住那一男一女走出旅馆的时候，这个小丫头突然从包里取出一副墨镜戴上，扭头就走。这个动作勾起我一些回忆。于是，我直接出门，拦在她面前。我说，孩子，让我看看你的手机。结果，我在那个手机里发现一些诈骗短信。"

这一次，女孩儿给老黑留下很深的印象。

整个过程里，她除了哭，就是浑身发抖。任凭老黑怎么问，她都不肯提供任何信息。甚至，她跪在地上，哀求老黑放过她。她说，她就是一个学生，才十二岁。发那些短信完全是被人操纵的。如果事情一公开，学校里肯定会开除她，她的爸爸妈妈会揍她。"那我活着还有什么意思？只好自杀啦！"她可怜兮兮地说。

事实是，老黑也很矛盾。对那个中年男子的处罚很顺利。男子心甘情愿拿钱消灾，只求别给他抖搂到单位，传到老婆耳朵里。可对这个女孩子，除了教育一番，似乎毫无其他办法。看上去她的确也不够法定责任年龄。问题是，无论如何，你甭想从她嘴里问出她父母的任何信息。

而且，当晚抓到的那名卖淫女，根本就不认识这女孩儿。也就是说，没有其他证据证明，这小女孩了犯了更大的罪。这个小女孩只不过是在被人胁迫之下，帮人家发短信。至于谁胁迫她，她一无所知。她说就是在放学路上，被一个男人拦住，要她每天帮着发短信，短信内容会定期以纸条形式告诉她，交换条件是她可以无偿使用那部手机。

对付小女孩的过程，一直持续到凌晨两点，换了四个嘴皮子利索的警察，就连经验丰富的老黑最后也无计可施。

后来，小女孩说要去上厕所，在场的两个小伙子一时放松警惕，居然让她给跑了！所有人都弄不清，她是怎么跑的。派出所的大门紧紧关闭，而厕所就在楼道的最里面，没有别的出口。一个警察就守在审讯室门口，等她回来。结果，过去好半天，人没出来，走过去推门一瞧，踪影皆无！

如果事实真如那小女孩所说，老黑或许不会那样念念不忘。可后来的一天，他突然得到另一个线人提供的消息，说那次抓到的小女孩，不是别人，正是传说中的那个"教母"！

老黑听罢，仰天一声长叹。他觉得，那是他从警经历中非常失败的一个案例。

"你永远不要忽视任何一个对手。哪怕，她仅仅还是个孩子。"

老黑以一种古怪的语气对这件事情做了总结。

第六章　天堂口

1

"刚到天堂口不久，小琴就准备招兵买马了。"老黑对初到贾镇时的小琴就是这样描述的，"她以为，天堂口是她东山再起的地方。她怎么就不想想，已经那么大年纪，已经不吸引男人了。可这女人居然弄了一块木板，找集市上的木匠打个底座，自己用毛笔写上歪歪扭扭几个大字，理发、洗头、泡脚，还在下方用小字写道，招女服务员两名，工资面议。"

小琴一入住天堂口，派出所里的老黑居然就得到了消息。足见这个老警察的眼线遍布整个辖区。他告诉所里的民警："天堂口那儿，有个女人要开按摩店，已经驻扎下十几天，不过，她还没有开张。"几个小民警忍不住偷着乐。但老黑说小琴没开张，那就真的没开张。

小琴的确好些日子都没开张。

当初，她选择天堂口，是看中这里的清静的。刚住下那阵子，小琴也确实想过不再重操旧业了。她的确感觉自己太累了，太疲惫，需要找个安静的地方，好好休养身体，换一个活法。她这半辈子都颠沛流离，不想再继续这样漂着。十天半月不开张，反正也饿不死她。在那十几天里，她在置办一个女人过日子必须要有的东西，锅碗瓢盆啦，油盐酱醋啦等等。后院已经被她清理出来，突然一下子宽敞清亮了许多。小琴站到后院里，放眼看去，便是乌油油的一片玉米地，心情无端就好起来。老贾说得对，是真正的田园风光，赏心悦目。在这样的地方安安稳稳过正常日子，有什么不好？

没几天，小琴就去了天堂口三次。沿着田畦，穿过一片青纱帐，眼前就会出现那道沟。沟并不开阔，反倒显得又细又长。有一次，小琴站在一端看过去，突然发现那道沟的形状像一张弯弓。小琴坐在弓背的位置，正好就面对落日。看着日头在玉米丛中一点一点下落，小琴却想，旧时的刑场该是在什么位置，杀人时该是什么场景。

"你怎么会对一个荒凉肃杀的地方如此着迷呢？难道，你真的跟这个地方有缘？"这可是杀人的地方啊！不知多少人在这道沟里被抡起的大刀砍掉脑袋，被摁着，跪在地上，砰的一声，子弹穿过后脑勺。奇怪的是，小琴对这里一点儿恐惧感都没有。有的只是好奇，是强烈的探究欲望。

她坐在那里，一待就是半天。

不过，安顿下来之后，她才发现，休息对她来说，简直太奢侈。休息，就意味着有一天她会没饭吃。天堂口的确不是发财之地，小琴苦思冥想，也不知道自己应该在这里再干点什么。问题是，安顿下来后，她就不想再走。不走，就必须得找点事儿做。她当然不想像农村女人那样，去干苦工。此前，她曾经在几家小厂子里待过，做玻璃制品，做粗陋的茶器、餐具，还在纺织厂、纸箱厂做过，后来一想起那种环境，她就感觉恐怖。她说不上是害怕那种累，还是害怕失去自由。总之，她再也不想做那种工人。

于是，如老黑所说，她做了一个牌子，准备继续干老本行。

这难道完全是一种生活习惯？或者说，半生颠簸的小琴，已经失去对其他任何一项工作的兴趣？

当然，小琴不可能想到，派出所的老黑很快就会上门。

老黑跟我说："我去的目的，她不用想也会明白，她绝对不是个笨女人。警告也好，敲山震虎也罢，我就是想告诉她，老黑知道你来了，老黑的脾气你是知道的，你最好老老实实的。"

那天上午，老黑骑着一辆摩托车，唰的一下进了院子。小琴当时刚洗过手，正拿一块毛巾擦拭着。她抬头打量院子里停放摩托车的老黑一眼，稍微一愣，但随即就堆起笑容，保持镇静。小琴就站在屋子中央，并没出去迎接。老黑这次去并没有穿警服，看上去不像是为公务而来。

"您理发呢，还是泡脚？"小琴问，问过了一抬头端详老黑的脑袋，扑哧一声笑。老黑的头发短得遮不住头皮，不需要再理。

老黑展眼私下打量一圈儿，说："我泡脚。"

"你，真的泡脚？"这是小琴没想到的。

老黑一指外面的那个牌子："是啊，牌子上不是写着的嘛！"

"好啊好啊，您来里面这屋子坐！"小琴要把老黑往里屋领，老黑先嘟囔一句："这屋子有人住跟没人住，还就是不一样呢，老房子一下子就生机无限了。丫头啊，我在这外面就行。"

小琴一笑："也行，反正就泡个脚嘛。"说完，转身进里面卧室去。老黑在一张凳子上坐下，顺手掏烟。等小琴再出来，就见她胳臂上搭一条毛巾，左手一个暖瓶，右手一个塑料盆。盆里放着一包黑乎乎的东西。小琴进屋这会儿，已经把衣服换过，刚才还露着的地方，现在捂得严严实实。

老黑低头看着那盆子，嘿嘿地笑："就这个塑料盆子，也能泡脚？"

小琴低眉顺眼地说："这是天堂口，不是皇城根儿，条件差一点儿，您老将就一下吧。"

老黑咦了一声："丫头你不简单啊，刚来没几天，居然知道这里叫天堂口？这个名字，一般人还真叫不上来。"

"家住在天堂口，哪能不晓得啊？"

老黑摇头晃脑："这名儿不好。"

"我倒是挺喜欢呢。"小琴说着，伸手将那包黑色东西撒进盆里，再倒进热水。

老黑说："看样子，这盆也是第一次用。"

小琴这次笑得很无邪："您是贵客嘛，得用个新的。"

"哦？"老黑开起玩笑，"不会因为我脸特别黑吧？"

小琴像是自言自语："脸黑，心不一定黑呀。"

老黑有一搭无一搭地问："我怎么没看到你理发的家什儿？"

小琴悄声嘟囔："理发用不了多少家什儿。再说，这不是还没开张吗？"

老黑已经把脚慢慢伸进盆里，嘴里咝的一声。

"水烫啊？"

老黑摆手："不是烫，是舒服。人老了，得多泡一会儿。"

小琴在对面坐下，说："您可是不见老。"

老黑又问："这么偏的地方，一天才过几个人，哪会有生意做啊？"

小琴说："无所谓。图个清静嘛。能吃上饭就行。"

老黑一咧嘴："在天堂口这地方，你怎么能清静得了？"

小琴看着门外："我也不过是理理发，泡个脚，有累了的来，就做做正常的按摩。平日里没事儿的时候，我就去墙根儿晒晒太阳。我这把年纪了，没什么想头啦！你说还有什么不清静的？"

老黑冷眼打量她："怕是没那么简单吧？"

小琴嘴唇一抿，突然扬扬眉毛，但声音仍然很细："那你说，我能干点啥？你给我指一条路。"

"你就真不想干点儿别的？"

小琴看着门外，两根手指缠绕着："都快四十的人了，能干什么呢？"

"这很危险。"老黑说。

小琴看着老黑的脸："你指什么？"

老黑也盯着小琴的脸。小琴顿时把目光转向门外。老黑说："你很清楚我指的什么。"

小琴一声叹息："是啊，我的确知道，可我也没办法啊。"

"我知道你来了也没几天，赶紧想别的办法，还来得及。"

"我就知道，什么事儿都瞒不过你。"小琴一边说，一边挽着袖子蹲下去，伸手过来要帮老黑洗脚，却被老黑摆手止住。"我自己来就行！别人帮我我不舒服。在家里，你嫂子我都不用。"他自己搓了半天，嘴里直说："舒坦啊舒坦。"话锋却又一转，"其实，理理发，泡泡脚，也不算什么，只是这穷乡僻壤的，除了农村人，就是有限的几个过往司机，南边那条省道一加宽，这条路上车就少了，所以，怕是客人没多少，你干这个，哪能养活自己？"

小琴沉默半天，突然说："老黑你啥意思我知道。你就是不想让我在你这里混，是不是？"

老黑抬头盯看着小琴，两眼发光："你这么跟我说话，我很高兴。这才是小琴，是吧？说话斗心眼儿其实很累，我也很不习惯。我并不是不让你在这里混，理发啦，洗脚啦，这个其实真无所谓，你要是干别的，你可是知道我的。"

小琴俯首低眉沉默好半天，突然又换上笑容："我就知道，黑哥你疼我。"

"咱不说这些没用的。"老黑摆手，"你要是不听话，我天天晚上安排一辆车过来巡逻。"

小琴哎呀一声："那简直太好啦！那我夜里就不用害怕啦，天堂口的那些小鬼，保证一个也不敢出来乱逛。"

"那好，从今晚上开始，咱就试试效果？"

小琴没了招，撒着娇说："黑叔啊，黑大爷，你是不想让我活啦？"

老黑已经穿袜子、鞋子，站起来："说反了，是你不让我活的。我们这个派出所辖区，干别的违法乱纪的还真是不少，但做这个的没一家能做成的，你知道为什么吗？"

小琴不语。

"多少钱啊？"老黑顺手从兜里掏出一张纸币。

"我不收你的钱。以前你照顾过我，你苦口婆心教育我，那都是为我好。包括你今天来是什么意思，我心里有数。"

老黑把钱拍在凳子上，起身往外走。小琴跟在他身后到了门口，半是撒娇，半是生气地问："你真的不让我在这里混啊？我都沦落到天堂口了，你还要我怎样啊？"

老黑回转身，说："不是混，是过日子。你要是不想好好过日子，就是沦落到天堂口，这日子也没法安生。我还再提醒你一句话，这周边远远近近的几个村子，老百姓就从没见识过做这个的。我说的这个是什么，你很有数，对不对？换句话说，做这个是遭人嫌弃，遭人白眼的，你想想，你就是到了天堂口，这日子还怎么过？"

"人到了为了活着而活着的地步，还管得了那么多啊？老黑你知道为什么我选择到这里吗？"小琴狡黠地一笑，"就因为，我知道你在这里干所长。我从大城市一路走到这里，把自己都走成个老太婆。可我总得活下去啊！是吧？"

老黑停在门口，一声不吭。后来，他说了一句话："小琴啊，不光你老了。我也老了。人老了，才得给自己想条后路。"

小琴看看老黑的背影，他的背的确弓了不少。

老黑心里当然清楚，他的这次造访对小琴起不到任何影响。我曾经问老黑："有个问题，我一直想不通，小琴为什么不回她老家呢，或者，找别的出路？干吗非要继续走这条路？"

老黑说："这也正是我想问的。我那次去，就是要探探她口风。一个女人到了那个年龄，的确应该好好琢磨一下接下来路该怎么走。问题是，没过多久，这个女人居然真开张了！而且你知道吗？开张之前，她竟然把一个老女人接到了天堂口。"

2

那辆中巴客车又缓缓地在天堂口停下。这一次，从车肚子里吐出一老一少两个女人。老女人一下车，就一屁股坐在地上，俯了身子大声呕吐。一边吐，一边哭："小琴啊，你这是把我带到哪里来了啊？我死也不住在这里，我要回家去，我死，也要死在家里。"

小琴双手抟在腰间，呼哧呼哧喘息。

她抬头去看那一地玉米。那季节一颗颗苞米外面的皮儿都有些泛黄了，有的咧开嘴，露出鲜艳的粒儿。小琴咬牙切齿地说："反正，我是注定要死在外面的。我不想回家，有本事你自己回家吧！"又指着那房子，嘟囔说："你瞧，这里就是咱们的家。"

老女人不管不顾她，双手拍打着地面："我是一个入土半截的人！我求求你，你就让我死在老家不行吗？"

小琴眼睛里顿时有了泪水，她大吼一声："谁不是快死的人？你再闹，再闹，我把你扔到天堂口去！"

老女人看看四周，似乎无可奈何地接受了现实。

她可怜兮兮地说："你喊什么啊？你不知道我是个聋子吗？"

小琴把母亲背到屋子里，直接进入东边套间，把母亲放到早整理好的床上，才站在旁边歇息好半天。老母亲拿眼睛四下打量一番，慢慢闭上眼睛。她晕车晕得厉害，肚子里的东西，一路上差不多吐得干干净净。她是得好好睡上一觉了。小琴走出来，坐在外间的一条凳子上，双手插进头发，轻轻呻吟一声，又扭过头去看着窗外。

当天的日记里，小琴这么写的。

"我知道，我就是个罪人！把女儿放在家里，现在也丢了。女儿呀，你到底去哪里了啊？今天，我还让母亲走了那么远的路，坐了那么长时间的车。可有什么办法？家里什么人都没了。难道，让她一个老婆子自己在家等死？我把母亲接到天堂口，总还能照顾她，能让她吃上饭。前半辈子没伺候过她，算是补偿吧。我得活下去，还要活得好好的，为了母亲我也得活下去。要是我先死了，我这老娘，可真是连家都回不去了。"

没过几天，如老黑所说，小琴果然开张了。

那个夜晚，小琴刚将那面牌子收进屋里，准备关灯休息，却忽然听到敲门声。那声音很轻，不仔细听，都听不到。小琴竖起耳朵，好半天才悄声问："谁呀？"

外面是一个男人的声音，也是压低了的："是，是我。"

小琴再问："你是谁？"

"我，我，我就是我。"

于是，小琴知道她在天堂口第一个客人是谁了。

她轻轻打开房门，一张胖脸悄然出现。紧跟着，那胖子肥脖子上的一条粗链子闪了一下。小琴嘘了一声，指指东边房间。胖子理解似的点点头。小琴拉拉胖子的手，把他往里一扯，关门，上锁，一系列动作干脆麻利。然后，她独自一人蹑手蹑脚推开东边里间的小门儿。房子里面漆黑一片。小琴走到床边，低下头，听到母亲发出均匀的呼吸，她这才转身出门，顺手把门带上。那时她才突然想起，母亲的耳朵听不见，自己这份担心未免多余。

小琴看一眼站在屋子中间的胖子，那张脸在微弱的灯光下有些虚幻。

她笑嘻嘻地问："你还真是照顾我的生意来了？你想洗头呢，还是泡脚？"胖子慢慢走过来，却故作关心地问："老，老，老人家睡，睡下了？"小琴抱着胳膊，微微一笑："睡，睡了。"胖子说："走，走了很远，很远的路吧？"小琴说："是很远，坐车走了大半个中国哪。"

胖子伸出两只手，去抚摸小琴的脸："真，真是，想，想你了。"

小琴却伸出一只手，啪的一下，打了胖子的手背一下："你少来糊弄老娘。"胖子急了："真，真的，我，我骗你，你是王八蛋。"小琴哈的一声："你骂谁呢？"她伸出一根指头戳胖子的大肚子："你那根铁棍子呢？你今晚上怎么没提来呀？你还好意思来啊？那次，你和你老婆可把我吓坏了！"

胖子脸上五官紧凑到一起："我，我——"

小琴伶牙俐齿起来："你什么呀你！你什么呀你！"一边笑着把胖子拉进西边屋子。胖子任凭小琴将他推倒在床上，任凭小琴解他衣服，还在说："我，我——"小琴伸出一只手，摁在他嘴巴上："别说了，你都快要把人急死，我知道你想说什么。"小琴一伸手，把灯拉灭。胖子压上来，小琴哎哟一声："想压死你老娘吗？"

过了好一会儿，小琴感到压在身上的一个麻袋总算滚到一边去了。胖子呼哧呼哧喘半天，奇迹般地把话说囫囵了："我刚才是想说，我，我带来另一根更厉害的棍子。"

"死货！"小琴伸手抓他一把。

胖子哎呀一声。小琴的脑袋一下子抬起来，压低声音："作死啊你？喊什么？我妈在那边儿。"胖子说："扫，扫瑞。"小琴用一只胳膊支着头："你个结巴，很有意思，连说洋文也这样啊？"胖子说："你，你开灯。我要，穿，穿衣服啊。"小琴双手抱住他，像抱一个大石头碾子：

"不行，你今晚不能穿衣服，你要在这里陪我，一直到天亮。"

"绝对，绝对，不，不行，我，不能，不能回去太晚。"

小琴逼问："回去晚了，那个臭麻子要收拾你吗？会怎么收拾你？"胖子说："她，她，她——"小琴紧追不舍："你老婆很厉害是不是？我就奇怪，你也算一表人才的，怎么找了个那样的麻子做老婆啊？"胖子说："她敢！"

小琴哈哈大笑："算了吧。一看我就知道，你怕老婆。"

胖子翻过身去找衣服，一边穿，一边问："多，多少钱？"

小琴说："四块。"

胖子好像愣了一愣。小琴说："我第一次来的时候，坐你家的车，你和你老婆多收了我四块钱。你还提着根棍子威胁我。我不多要，你还我就行。"胖子一笑："那，那不是，不，不打不相识吗？"小琴说："我就要四块！你可要记住，这四块钱可是咱俩的感情，是缘分。"胖子说："你，你还为那天的事儿，生，生气呢？"小琴说："我不生气。我有什么资格生气？但我这人做事儿，很讲原则。"

胖子悄然递过一张钱："这是一百。包，包括，包括缘分。"说着，将钱放在桌上。"外，外面，阴得厉害，要，要，要——"

小琴伸出两根指头，揉捏着挂在自己脖子上的青铜十字架项链，轻轻地说："哥，我知道，要，要，要下雨了。"

她话音还没落下，突然，窗口那里传来啪的一声脆响！

窗子的一块玻璃被打碎了，风呼的一下子钻进来！小琴感到一片玻璃碴落到她胸口上。她小心翼翼捏起来，放到桌面上。同时一下子直起身子，冲外面大吼一声："狗日的，谁在外面？"

胖子压着嗓子："别，你别喊呀！姑奶奶。"

黑暗中，小琴看到一个人影在公路上渐走渐远，伴随自行车哗啦哗啦的响声。小琴喊完那句话，迅速拉开灯，三把两把穿上衣服，却发现，屋子里已经不见那胖子。心说，这家伙跑得倒快。她穿上鞋子，踢踢踏踏出门。窗户里射出的灯光，将小琴的影子摇晃到远处。小琴跑到公路上，恰巧，天空划过一道闪电。

在那一瞬，她看到一个黑影子已经跑远。

"王八蛋！你赔我家玻璃！"小琴大叫一声。

回到屋里，四下去找那胖子，却找不到。明明是没有跑到院子里的，那么胖一个人，怎么说没就没了？难道，天堂口真的闹鬼？

东间屋子的门却响起来，是母亲的声音："琴啊，啥动静呢？黄鼠狼又来拖鸡了？"小琴打开门，见老女人披一件衣服，佝偻着身子，站在门里面。小琴比画着说："你睡吧，没事儿。"老女人问："那只芦花鸡被拖走了吗？"小琴嘟囔说："什么芦花鸡啊？"母亲说："那我得去看看，一共两只鸡，就那芦花鸡还是个下蛋的。"小琴急忙去搀母亲，好说歹说，总算把她劝说到床上躺下。

回到自己房间，正发愣呢，突然听到有人问话："没，没事儿了？"反倒吓了小琴一跳！好半天她才弄清，那声音是从床底发出来的。胖子一点一点爬出身子，又说："我，我还以为，以为，是警察来了呢。"

小琴哧的一声笑了："瞧你这点胆量！你听说哪里的警察抓这个先砸玻璃的？"

胖子走后，小琴费了好半天工夫才用一块塑料布将那窟窿堵上。那过程中，小琴被凉风一吹，接连打几个喷嚏。她暗暗祈祷，老天爷啊，你可千万别让我感冒！她不是怕感冒，而是怕花钱。

躺回自己床上，小琴睡不着了。不过，有母亲在这房子里，住得那么近，心里多少踏实得多，什么都不必怕。外面的雨越下越大，雨声中真像是夹杂了凄凄迷迷的哭声。到后半夜，小琴的脑袋疼起来。一丝一丝，像一条很钝的钢锯在里面拖来拖去。她这毛病有了些年头，却一直不敢去医院。同样，是因为害怕昂贵的费用。小琴抱着胳膊坐起来，心里又想，刚才那砸玻璃的人到底是谁呀？看影子像那个骑自行车的小屁孩儿？他为什么要这么做？我又没得罪他。小琴想不明白，拉开灯，下了床，在屋里转了无数个圈，抽掉好几支烟。最后轻轻推开房门，摸索着钻进另一间屋子，钻进母亲的被窝。母亲身上有一股子亲切的异味。

小琴很快就睡着了。

小琴猜得不错，砸玻璃的人，就是小武。小琴的那声叫喊，小武是听到了的，但出于本能，他赶紧逃走了。他不想让小琴知道这是他干的。小武拼命蹬着自行车向前奔，拐进通往贾镇的那条南北小路上不远处，自行车轧到一块石头上，哗啦一下，连人带车跌进路边的水沟里。

起初，小武躺在地里，一动不动。四周一片漆黑。

后来，小武站起身来，却没有去扶起自行车。他站在那里，仰着头看天空，又呆立良久，突然冲进路边的玉米地，手脚并用，连踢带推，嘴里呜呜哇哇地叫喊。如果有人从附近走过，听到那样的叫喊，肯定会吓个半死。玉米噼噼啪啪倒了一大片，小武也累得呼哧呼哧直喘。这时，才感觉脸上和手上都火辣辣地疼起来。他站在那片倒下的玉米地里，脸又冲着黑乎乎的天空，突然大叫一声："你这个死胖子！早晚一天，我会杀了你！"

那声音，像是荒野里孤独凄绝的狼的嚎叫。

天仿佛更加阴沉，又是一道闪电。小武站在那里不动，周围的玉米叶子发出幽幽的光。突然，小武觉得腮边有了丝丝凉爽。稍过片刻，就听到玉米地里，从远及近传来一阵唰唰唰唰的声音。起初像是蚕食桑叶，转瞬间就像电影里的大批部队跑步前行，再一转眼工夫声音竟蔓延过小武的头顶。雨点噼噼啪啪打落下来。小武扬着头，闭着眼睛，任凭雨水哗啦哗啦从他的脸上流下来。

又不知过了多久，小武听到有人在喊他的名字。他先是看到一束光刺穿雨帘，反倒映得雨似飘泼。接着看到路上走来一个黑影。听声音他知道沿路走来的那个人，正是自己的母亲。

母亲在雨中静默好半天，这才冲过来，拉他走出玉米地。女人大声问他："你这是怎么了，小武？你跑这里来做什么？啊，你来这里做什么？"小武什么话也不说，俯身去推自行车。母亲又问："你怎么摔到地里去的？摔到哪里了没有？"小武不理睬母亲，兀自一个人蹬上自行车，狠劲地踩着向村子里奔去。

等小武母亲回到家里，发现小武已经把房门紧紧地关上了。

关于这一段故事，是当年审讯小武的王大头告诉我的。他说："这就能证明小武当时的某种心理倾向。这孩子那时候有点儿喜欢小琴了，不想别的男人靠近他喜欢的女孩子，但又没办法，因为他自己实在不知道该怎么做。"

第七章　老秀才

1

我跟贾老四的谈话地点，是在贾老秀才的院子里。

"听说你还是个诗人?"我的这句问话显然有点儿突兀，在贾镇，恐怕很少有人知道贾老四写诗。当然，极有可能，他这辈子压根儿就没写过。他跟小琴说那番话，无非是在女孩子面前装文人。

果然，贾老四有点扭捏，他双手反复搓着，说："子曰老师，您是大作家。在您面前，我哪敢吹自己是诗人呢?"

那段时间，我住到县城一个朋友家里。因为我每天都要奔走在贾镇，或者贾镇周围。我不放过每一个跟小武和小琴认识的人，每个人的话，对我来说，都具有重要的价值。那段时间，我尝试着把自己摆在一个完全是旁观者的位置，那样做，至少能在了解事实的过程中，不至于太压抑。当然，当我从另外一个角度去分析时，突然发现，小武对小琴的感情也是爱之一种，尽管，注定一开始就有些畸形。如果从这个前提出发，悲剧本不该发生。但事实是，它的确发生了!而我要做的，就是去了解它为什么发生。要得到答案，就必须从很多线索入手，去了解更多事件背后的东西。

看过小琴日记后，我就对老贾这个人一丝好感也没有。还没跟他见面，我就完全确定，这人很猥琐，很肮脏。因此，当我把贾老四这个外号和他本人重叠到一起的时候，我的内心充满厌恶。

"小琴租你的房子住，给过你房租吗？据我所知，你们谈好的八百块钱，好像一分也没给吧？"

这个话题，让贾老四的脸色一下子就变了。

他的脸上浮起一丝尴尬的笑，两只手简直就不知放到哪里才好。直到那一刻，他兴许还不知道我整天在村子里转的真正目的，肯定也弄不明白，我从什么渠道掌握到如此精准的信息。更不可能明白，我说这番话，究竟是什么意图。不过，这些话肯定像一根针一样，刺痛他的某根神经。

而我，却由此获得了某种快意。

"呃，"他呆愣片刻，反问，"原来，你也知道那个妓女？"他故作轻蔑，或者故作轻松。从他嘴里轻飘飘地吐出来的那个词儿，让我稍稍皱起眉头。我和老黑，早就已经尽量避免提到这词儿。

"我不但知道她，还知道小武，当然还知道你贾老四。"

那时，正值春末，天并不热，但我分明看到老贾额角浮出一层细密的汗珠。显然，他不想再就这个话题说任何的话。我也根本没兴趣继续跟他交谈下去。

贾老四当然没收到一分钱的房租，因为，小琴一拖再拖。后来，小琴住进天堂口第一天发生的那件事儿，不知怎的，竟在贾镇传扬开来。他老婆为此跟他大闹一场，差一点儿离婚。从此之后，这个猥琐的贾老四成了人们的笑柄，好一段时间，他在街上走路都不好意思抬头。

要不是老秀才上演了精彩刺激的一出戏，兴许我和贾老四还不会一起站在那个小院子里。

那一天，我经过村口那棵老槐树下时，发现有几个男人正光着膀子打扑克。那时我还不知道这一群人当中的一个，就是小琴日记里说的那个老贾，贾老四。我正要俯下身子看看热闹，他居然先热情地跟我打招呼："子曰老师，你打不打啊？"我说我不会。这是实话，我真的不会。他自我介绍说："我叫贾元坤。"旁边一个嘿嘿地笑了："要说贾元坤，这村儿里很少有人知道，可你要问起贾老四，就无人不知无人不晓。"

我恍然顿悟，这个浑身上下邋里邋遢的男人，就是贾老四！

他们继续打牌，我看了一会儿，觉得很无聊，正准备离开，却猛听得身后传来一阵喧哗声。我直起腰，一回身，顿时惊愕无比！

大街上，居然跑来一个全身赤裸的老头！

后来的一天，我见到丁一，我曾对他说："如果你看到那道风景，肯定会非常喜欢。普天之下，你肯定找不到第二个如此精彩的老年模特儿。"这老男人浑身上下一片黝黑，到处是沟沟坎坎的，肚皮一道一道松弛着，跑动起来上下颤动。腰间那物隐在毛丛丛的黑色中，几近于无。他双手叉开，双腿略分，看上去像一截移动的枯树桩！

"老秀才又犯病了。"有人嘟囔。

贾老四先是拧着脑袋看一阵子，然后慢慢放下扑克，向那赤裸老男子迎去。

我问刚才说话那人："这个人，就是贾老秀才？"

那人回答："不是他是谁呀？"

"他这是怎么了？"

那人叹口气："脑子有毛病了嘛，你不都看见啦！正常的人，谁这样光溜溜地跑在大街上？"

就听贾老四大声喝问："老爷子，你干啥去？"

老秀才非常滑稽地举起两只手，一起呈四十五度角往前指着，像是举手投降："我要去天堂口，我要找小琴，去问她几句话！"

这句话，让我有点儿目瞪口呆！

"找什么小琴呀？小琴早就死啦！你哪里找去？你看看你，都这么大一把年纪，不知道丢人啊？赶紧回家去，回家去！"

贾老四一边说，一边做出围追堵截的样子。老秀才扭着身子，却知道绕着道儿走："我要去问问那个小狐狸精，我老秀才什么时候得罪过她？啊，你说，即便是我有不对的地方，她冲我来，不应该对我娘子下狠手，对吧？"

这话更是稀奇古怪。

贾老四站在街心，连连跺脚："你哪来的什么娘子啊？"

老秀才似乎丝毫意识不到自己赤身裸体，笔直地站着，双手扠腰，鼓着眼睛问："我胡说？你说我胡说是吧？小四儿，我问你，你敢说你没和小琴睡过觉？你明明是睡过的，是不是？"

老槐树下的几个人都笑了。

老秀才一转身，对着那几个人，手指头指点着，像数羊一样说："你们别笑，你们都有份儿！你，睡过，还有你，也睡过！你，你没睡过我知道，你还是小屁孩儿呢，啥都不懂，你还不如小武。"

那几个人笑得前仰后合。

贾老四却一脸窘态，扭头看我一眼，却迅速转过身去，出其不意朝老秀才脸上狠狠扇一巴掌："你这个老不死的，你这张嘴，是男人的裤腰带吗？说解开就解开，说尿就尿啊？"

"好，好呀！好你个贾老四啊，你犯上作乱。"老秀才捂着脸，呜呜地哭起来，"论辈分，我可是你爷爷哩，你爷爷你都敢打？你丧尽天良啦！天兵天将，马上到来！王朝马汉，张龙赵虎，拿此人去，下油锅，上刀山，进火海！开咿呀呀铡！"老秀才口念戏文，却骨碌碌来个急转身，想继续往前冲。又叫喊道："老子就是天兵天将，水漫金山，淹没贾镇！冲啊！杀啊！"

贾老四一伸手，拦腰将他抱紧。老秀才挣扎不止。"你们几个快过来，别光看热闹啊，快来帮我把他弄回家去。"贾老四喊道。

几个男人将老秀才抓手抓脚地架起来。老头仰面朝天，那样子滑稽无比！沿街往回走的时候，街两边的人已经越来越多。好几个大姑娘小媳妇儿，居然也不避讳，站在那里看风景。老秀才起初还弹簧一般乱动，后来不闹腾了，却嘿嘿地冲两边的女人干笑，说："好看吧？好玩儿吧？老秀才还行哩，不信你们晚上到我家里试一试。"

贾老四猛地一松手，老秀才扑哧一声，像块豆腐一样落了地，顿时，又杀猪一般叫起来："不得了啦！土匪呀！红卫兵啊！要谋财害命啦！"

贾老四凶神恶煞地双手一拤腰："狗日的，你再叫？你要敢再耍流氓，我这就去拿把刀子来捅死你，为贾镇除了你这一害！"

老秀才双手迅速捂住嘴巴，不叫了。

老秀才住在小胡同内最里头一家。一踏进大门口，竟感觉到一股阴森之气迎面扑来。老秀才被人架进屋里，摁倒在床上，又弹起来，再摁下去。如此反复几次，才逐渐平稳。随着喘息声，他松软的肚皮一鼓一鼓的，几道皱纹撑起来凹进去，像是操练肚皮舞，煞是好玩儿。几个人见他安静下来，不再管他，陆续出了屋子，再去打牌。

站在院子里，我又问贾老四："这老头到底怎么回事儿？"

"也没什么事儿，就是年纪大了，变得疯疯癫癫的。有时候倒清醒，有时候就这样子。清醒的时候，对自己干了什么事儿一概不知。"

"他这病，从什么时候开始犯的？"我想印证一下，他的病跟小琴和小武到底有没有关系。

贾老四说："两三年前吧？"

我若有所悟，连连点头。接下来，我才问了他是否是诗人的那番话。很显然那几句话交流之后，我们俩彼此都没有了继续谈下去的欲望。他拍一下手，转身出了院子。我估计，他再也不想见我。

2

我重又走进老秀才的屋子。

这老头虽说疯疯癫癫，但说不定会给我提供一些关于小武的事情。却见老秀才已经坐起来，浑身仍光溜溜的，窝成一团蹲在墙角，正冲着我诡秘地笑。我害怕一个不小心刺激他，要是他再犯了病，我一个人可不好对付。于是，我和颜悦色地问："老爷子，好些了吗？"

老秀才眨巴一下眼睛，拿手指点我一下："你是玉皇大帝派来的天兵天将吗？你要把贾老四抓了去，开刀问斩，对不对？"

我摇摇头，笑着说："不是。我不干这个。"

他突然警惕起来，伸长脖子，眯着眼睛说："你不是贾镇人。"

"我是从市里来的记者，专门采访你的。"我觉得对他撒个谎，也未尝不可，"听说你学富五车，才高八斗，张嘴就能唱情歌，很了不起。"

这番恭维话并没起到作用。老秀才俯下身子，脸冲着我，突然悄声说："我告诉你一件事儿，你千万不要跟别人说。"他的眼睛瞪得大大的，直盯着我。我回身看看门外，院子里一个人也没有。

"什么事儿啊？"

老秀才也看看门口，又立立身子，透过窗子去看院子，才说："他们总是盯着我，在窗子外面偷听。我的一举一动都被人监视。整个贾镇现如今没一个好人，都坏透了。我绝对不会跟他们说。"

我的好奇心被他吊起来："老爷子，到底是什么事儿？"

"知道吗？贾镇，就我们这村子，马上就消失啦！"他双手比画着，"就这几天的事儿，哗啦一下，天崩地裂，整个村子全都陷到地下，就跟当年唐山大地震一样。老秀才我精通奇门遁甲，上知天文，下知地理。我反正不怕，你可得赶快跑，你再不跑，就来不及啦！"

我强忍住笑说："我又没做过坏事儿，老天不会惩罚我的。"

"你跟我说实话，这辈子真的没干坏事儿？"老秀才一歪脑袋，似乎不相信，"就一件坏事也没做过？不可能吧？"

我连连点头。觉得跟一个疯子对话很有意思。

老秀才眯着眼睛，歪歪脑袋，狡黠地笑了："你千万不要糊弄老秀才！我可是精通周易八卦的，测字猜谜，看手相面相，什么都懂。你敢说你从来没跟小琴睡过？"

我无言以对！我怎么也没料到，这个浑身赤裸的疯老头子，居然直截了当也问我这样一个问题，我该如何回答呢？

老头又说："你千万不要撒谎，要是撒谎，拉到天堂口去，就地正法！凡是跟小琴睡过觉的男人就是罪人，就是做了坏事儿。"

这叫什么逻辑？我下意识地这么想，但随即又想，难道老秀才说得不对吗？我得承认，这疯子的话在这时候却一点也不疯。

老秀才又是嘿地一笑："你不必回答啦。从你的反应我就已经看出来了。你不必自责，那也不算多么丢人的事儿。贾镇的好多个男人，就我知道的，有五六七八个吧，都跟小琴睡过。"我突然一阵发慌，顿时觉得，这老头子房间里弥漫着一股子不祥的气息。老秀才突然问："知道那个小琴是干什么的？"

我一时没反应过来，于是反问："干什么的？"

"是阎王爷派来的小女鬼，从天堂口钻出来的！我早就知道这件事情，整个贾镇就我自己一个人知道，可是我说给谁听谁也不信。你相信吗？这可是小琴自己亲口跟我说的。"老秀才匍匐向前，头冲着我，眼睛瞪得老圆，"你知道吗？住在天堂口的那个小琴，是清末民初佳城里面的一个烟花女子，花柳巷的。因为犯了事儿，被官府拿了去，签字画押，斩立决！就在天堂口那里，咔嚓，一簇鲜血，冲天而去。这小女鬼在地狱里不得翻身，不得托生。几年前阎王老爷喝醉了酒，一个不小心，咦，就让她逃出来了！就从小武家那块地的地头，一股子青烟忽闪忽闪就钻出来，摇摇晃晃的，就变成个女人，那就是小琴！"

我突然感到浑身冰凉！在那样一间阴暗的屋子里，听着如此阴森的话，简直太恐怖了！我试图去跟一个疯子交流："老秀才，你是怎么得罪那个小琴的？"

老秀才一听这话，惊恐四顾，枯枝一样的手指堵在嘴唇上，说："别大声说话，她就在这里，根本就没走远。她天天晚上站在我的窗子外面，有时候我一觉醒来，还能看见她站在床边儿，对，就你站的这地方。"

我迅速回头，浑身嗖地麻软一下子。

老秀才声音嘶哑，继续说："小琴从天堂口出来，目的是什么？是报仇。她要毁灭整个贾镇。现在看，她的目的真就达到了，她让贾镇周围的男人全都乱了心思，没法下地干活，没法去上工，心心念念，就想跟那个小妖精睡一觉。自从小琴来到贾镇，不管白天黑夜，整个村子里乱成一团，不是男人叫，就是女人哭。男人心慌意乱，一个个被那狐媚的女人摄走魂魄。女人呢，想方设法拴住自家男人，就差每人脖子上系一根狗链子，但男人哪能拴得住？所以女人们火急火燎，醋劲儿一上来，就要泼闹事，抓烂男人的脸也不管用，有的女人破罐子破摔，为了报复自家男人，干脆去跟别的男人睡。整个贾镇，就老秀才一个人不为所动，知道为什么吗？"

我摇摇头。

老秀才捂着缺了牙齿的嘴呵呵而笑："我跟你说，我有女人。你看。"他伸着手指，朝着屋角的一个方位。我顺着他的手指方向看去，那地方除了一个铁笼子，什么都没有。

"有一天我正在玉米地里，突然天哗的一下子阴下来，接着电闪雷呜，你想跑都来不及。老头子干脆想，干吗要跑呀？跑回家浑身也湿得透透的。再说，你就是拼命跑，前面就不下雨吗？所以我就站在地里，看着他们慌张失措，我站在那里大声唱俚曲儿。就在那时，只听得地里唰唰唰唰一阵响，紧跟着有一团黑影出现，嗖的一下，就躲到我的脚下，毛茸茸，滑溜溜的。我低下头这么一瞧，你猜我看到什么？一只骚狐狸。我说，你要干什么？那狐狸开口说话，是个小女子的声音：'公子，你一定要救我！有恶人要逼奴家与他成亲，奴家不从，他们就加害奴家。'"老秀才光着身子，翘着兰花指，模仿起女人的声音，接着又噼噼啪啪拍拍胸口，"我说：'莫怕！有我在，哪个敢对你下手？'"说到兴奋处，这白发老头从炕上站起来，手舞足蹈，"雨过天晴后，我把那女子带回家。我给她盖了房子。白天她给我整理房间，给我做饭。晚上，就陪我睡觉。我问你，你跟女人睡过觉没有？"

老秀才这突如其来的问话，又打了我个措手不及。他却根本不理睬我的窘境，继续说："你肯定和女人睡过，凡是跟女人睡过的男人，逃不过我的眼睛。我会看相的。不过，女人和女人不一样。人世间的女子，跟狐狸精又大大不同。狐狸变化的女人，身子软得像是面团，一不小心就能化了。我有这个小狐狸精，你说我还招惹小琴那个狐狸精干吗？"

我越听越奇，忍不住插嘴说："老爷子，你在讲聊斋吧？"

"咦，"老秀才说，"一看就是个作家哩，居然连《聊斋》也知道。"

"我本来就是个作家。"

老秀才瞧我半天，笑了一声："糊弄谁呀？看你长得歪瓜裂枣的样儿。刚才，你还说你是记者哩。不过，记者和作家都一路货，不是什么好鸟儿。防火防盗防记者嘛！"

我哈哈大笑。老秀才慢慢退到墙角，伸手抓起件裤子套上去。好半天，又说出一句让我感到惊讶万分的话："其实，我早就知道你是作家。

我还知道，你专为小武的事情来的。这些日子，你在贾镇转来转去，问这个，问那个，无非就是想弄明白小琴和小武的那档子事儿。是不是？"

我顿时有了怀疑："老爷子，你刚才是一直清醒的吧？"

老秀才一挥手："你先回答我，是，还是不是？"

我点头说是。

"那就对了嘛！我跟你说，想了解小武和小琴，你还真得找我聊一聊。你刚才问我，是清醒的，还是迷迷瞪瞪的。我问你，我什么时候不清醒？就这村子里还有哪个人比我更清醒？有哪个人比我的学问更大？你能举出个例子来，老秀才就服你。"

"你都赤身裸体跑到大街上，还这么夸你自己？"

老秀才捂着嘴巴，嘿嘿笑了好半天："方子曰，你不觉得那样子很好玩儿吗？"

这老头，居然知道我的名字！

"你怎么知道我叫方子曰的？"

"你猜！"老头居然跟我玩起这一套。

我不想猜，我想激他一下："你这么一把年纪，光着屁股给一些小媳妇们看，不觉得丢人吗？"

"有什么丢人？贾镇的女人，哪一个不是做梦都想观摩一下老秀才的身子？她们不知道老头子白发苍苍，浑身皱纹，那活路儿还是能干得了的。你是个作家。我以为你什么都懂，什么都不在乎。不拘小节，方能成大器。可我胡说八道一通鬼话，你身上居然都起了鸡皮疙瘩。"老家伙又一次笑得前仰后合。他的笑咔嚓一下止住，又说："这世道，穿着衣服，和没穿衣服，有什么区别？你看电视里坐在主席台上讲话的那些人，整天'喂喂，同志们哪'打官腔的那些人，看着人模狗样的，你觉得他们穿着衣服吗？老秀才光溜溜地跑在大街上，就算没穿衣服？我跟你讲，就算我没穿衣服，我也比他们那些人干净。"

我跷一跷大拇指："我看啊，你都成行为艺术家了？"

老秀才反问："行为艺术家是干什么的？"

"跟你刚才的举动一样。"

"这样子，真能算是艺术家吗？"他嘿嘿呵呵笑一阵，嘀咕说，"看来，天下还真有识货的人啊。"

我突然感觉，这是个很有意思的老头。只不过，我更加迷糊，搞不清他究竟是不是真的疯疯癫癫。接下来，老头以自己的动作回答了我的疑问。他慢慢地换上衣服，神情与此前简直判若两人。先前折腾的时候，他脸色红里透黑，像是被放到一个缺氧的袋子里憋闷很久。这时候舒展开来，竟露出安详之态，加上他满头的白发丝丝飘动，居然像一个已经禅悟的老者。

"你是写小说的？"他问我，完全换一副探究学问的口气，"我看现如今的小说都写得不咋样啊！让人看不懂，和明清时期的小说相比，有着天壤之别。小说应该深入地探究世态民情，对吧？你比如，《红楼梦》，《三国演义》，那叫个大智慧。你们现在的作家，都很堕落。你们只写身子，男人女人的身子，男人女人做的那些事儿，都冲着下三路。"

我略感惊讶："现在的小说，你也看过？"

"当然看过。以前我去城里常逛书店的，可现在我找不到书店在哪里。现在，老头子一进城里就晕头转向，城里的楼越盖越高，车越来越多，大街上到处都是几乎不穿衣服的女人照片儿，可就是找不到像样的书。以前我也不买书，老秀才兜里没多少钱。但我会在那里看书，翻来翻去，左不过就男人女人搂搂抱抱那点儿破事儿。你看人家曹雪芹，也写男女的床上事儿，可不让人觉得脏。现在的小说，哎呀，让人怎么看，都觉得别扭，没有美感，你知道吗？不含蓄，把中华五千年传统美德全都丢了，学西方，学国外，丢了西瓜捡不到芝麻。你说，老秀才喜欢不喜欢女人？当然喜欢，但我不喜欢直来直去。比方说吧，一个娘们躺在我床上，她能不能把衣服全部脱掉等着我钻进被窝？不能，全脱掉那就不叫个美。犹抱琵琶半遮面，人面桃花相映红嘛，对不对？那叫个意境。还有，在我看来，现在没有一本书是给农村人看的。你可知道，全中国农民占了大半还多哩。”

当老头说至此时，我对他的看法已经完全改变。

老秀才居然主动提到了小武：“小武那孩子，命苦着呢。他不该死，尤其不该那么死。我刚才说小琴是什么来着？是狐狸精。她是来祸害贾镇的，小武把她杀了，不是为民除害吗？伸张正义的人怎么能判死刑呢？我就搞不懂。”我又开始犯迷糊，觉得老头又开始说胡话。老秀才叹息一声，继续说：“整个贾镇，就我们爷俩儿最投脾气，再没有比我更了解那孩子的了！我是个老小孩儿，到死，我脾气性格也是个孩子。可小武呢，你猜怎么着？这孩子五六岁的时候就是个老头。我说这话你能明白吗？”

我连连点头。

“可村子里的人不懂，没人明白这个道理。小武是典型的人小鬼大，他脑子里想的事儿，跟他年龄根本不符合。整个村子里，只有我们爷俩活得最真实，最滋润，活得最有价值，最有意义。你看看村子里这些人，活着有什么劲儿？行尸走肉嘛，一个个的，忙来忙去，无非就是忙活身子的两头。上面忙一张嘴，下面就是忙裤裆里那点儿东西。小武这孩子，为什么不多说话，就像个哑巴？因为，他把这世界看透了。他无话可说。一个五岁的孩子，能知道五十岁的人心里想什么，那还有什么可说的？老秀才为什么话多？我是肩负重任，我得拯救整个贾镇呀！可我一个人的能力毕竟有限，更何况他们都认为我是疯子。”老秀才一指门外，“你放眼看去，现在的贾镇变成什么样子？君不君，臣不臣，父子不是父子，兄弟不是兄弟。老公公钻儿媳妇被窝，嫂子和小叔子弄到一块，女孩子还没等找到婆家，无缘无故就大了肚子，当官的只管卖地基，花天酒地搞腐败。为了划一块宅基地，让老婆去跟村长睡，奇的是，被人睡了老婆的男人心里还挺高兴，就差拱着手跟人家说，请笑纳，请笑纳。你说这什么世道？小混子不正干，小偷小摸，赌博嫖娟，就前面那条路的路边店里，二十块钱能搂着个女人睡一晚。天堂口的小琴，曾经一晚上留下三个老光棍儿一起睡。"

"老爷子，您眼里的世界就是这样的？"我叹息一声。

老秀才把两只眼睛瞪得老大："你是作家哩，那你告诉我，现在的世界是什么样子？我跟你说，老头子年纪虽大，眼却不瞎，否则，我会光着身子满大街跑？你知道什么叫救赎什么叫忏悔吗？贾镇没一个人知道，除了老秀才。你别看有好几个人抱着一本《圣经》，嘴里嘟嘟囔囔，主啊，上帝啊，阿门，这样就能得到救赎？不可能。"

我开始走神儿，难道仅仅是贾镇吗？世间还有人知道什么是忏悔和救赎吗？"老爷子，我看你也把这个世界看透了。不过，在你眼里就真没有美好的东西？"

老秀才哼了一声："有好东西？在哪里？我怎么看不到？你跟我说说看，干净的东西在哪里？唯一一个，就是我刚跟你说过的，我光着身子，都比他们干净。"

我轻轻摇头，想起关于贾镇的话题："你们这里就一个小村子，为什么叫贾镇啊？"

"你又问对人啦！老秀才一死，你在贾镇，根本找不到回答这个问题的人。我刚才说，小琴是哪里的人？"

我一愣："我也在寻找这个问题的答案呢。你刚才说过吗？"

"当然说过，她是清末民初佳城的一个烟花女子。"

我听得好笑，但不打算反驳这老头。

老秀才继续说："我们这地方，当时就叫佳城。天堂口那片区域，是佳城外面的一片刑场。"

我点点头："这我倒听说过。"

"那你可知道，佳城究竟是哪两个字儿？"

"就是贾宝玉的贾嘛，也就是你这姓氏。贾镇嘛。"

老头连连摇头，连连摆手："不对，不对！佳城，佳城，顾名思义，佳人辈出、佳人如织的一座城。"

我的好奇心顿时起来了："美丽佳人？那个佳城？"

老秀才一拍掌："对了。为何叫佳城呢？说来话长，是从朱元璋那里来的。当年他打天下时，从这城外驻过兵马。后来入城查看，眯眼望去，连连赞叹：'美啊，真美啊！'他夸什么呢？夸女人。城里面那可真是叫美女如云。只要不是个傻子，任何一个功能健全的男人到这里，都拔不动腿，都会久久不肯离去。朱元璋虽说是帝王，可也是人哪，也是男人哪，他也不想走。可没办法，他还得打天下！等这孩子做了皇帝，有一天心血来潮，想起这地方来，但叫个什么名字呢，他给忘了。于是他吩咐一同来过的将领：'你们去，去那个佳人如织的城池，挑选宫妃若干。'就这么的，这个地方就叫佳城了。这可不是老秀才胡诌八扯，史书上有过记载的。元明时期，这个地方出过好多宫妃。还有，佳城有另外一层含义，你知道是什么？"

我老老实实说："我真不知道。"

"你不是号称看过《聊斋》吗？蒲松龄老先生在一篇小说里就提到过这个词儿，佳城郁郁。这个词儿来自何处呢？来自《博物志》。佳城指什么呢？说出来你根本不信，它指的是，坟地！"

"坟地？"我稍稍有点惊诧，一边又稍稍自愧不如。

"对呀，就是坟场，墓地。你说鬼气不鬼气？我估计，朱元璋那老儿就那么随口一说，他自己也根本不知道这是啥意思。一座佳人如织的城市，居然又叫作墓地，这是不是很有些说处？其实，细想一下，一点儿也不奇怪，你以为男人沉迷于女人是好事吗？红颜祸水嘛！历史上宠女人丢江山的皇帝，是不是数不胜数？还有，西门庆怎么死的？还不是死在女人肚皮上？"

我又一次暗暗称奇。

"所以，据老秀才搜查历代的资料研究，这块地方，从那个名字一确立，原本繁荣昌盛美女如云的一座城，竟然慢慢败落下去。你琢磨一下这其中缘故，是不是这个道理？到后来，一座城市，真就差不多变成一座墓地。有一段时期，一连数年天逢大旱，又加上蝗灾频频，瘟疫也蔓延了起来。到了清朝末年，这座城市的人，竟呼啦一下子，死掉十之八九。接下来，又连逢战乱，据说，有个将领攻下这座城池来，呼啦啦放了一把火，让这里变成一片灰烬。你现在看到的贾镇，完全找不到旧时的影子，是吧？可是早些年，有人挖菜窖的时候，还能挖出几件古董来。村里人不识货，把明代的青花瓷盘子，拿来喂鸡，养猫，把一些盆子、罐子拿来当尿盆使。还有的更干脆，拿镢头锄头敲碎了那些宝贝听动静玩儿。后来，我的老祖宗，最早的一户贾姓族人搬迁到这里后，重建家园。总有人会像老秀才这样满腹经纶的吧？于是，上奏官府，改这个地方的名号为贾城。一个屁股大的地方，二三十户人家，怎么能叫城呢？有点儿夜郎自大了吧？叫贾村，又显得太小气，朱元璋那老儿在地下也不答应啊。于是，就叫了贾镇。贾镇，贾镇，就这么来的。"

第八章　天堂口

1

老黑说过跟老魏打过多次交道，当然确有其事。你想，一个喜欢赌博的人，哪能躲得过老黑的视线？不过，直到现在，老黑对他做过的一件事情仍然后悔不已，当然，那件事情与老魏直接有关。

就在老黑初访小琴提出警告过后没多久，也就是小琴已经在天堂口重操旧业之后，他觉得极有必要再去一趟天堂口。也就是说，那时候的老黑，还想再尝试一下，把小琴的人生轨迹引到正道上来。

那是个日光清亮的上午，老黑骑着一辆哗啦哗啦响的自行车，进了小琴的院子。小琴本来是坐在门前的，远远地瞧见老黑后，脸上一慌，赶紧回身往屋里跑。她是进屋里去换衣服的。真是奇怪，她不敢那样花枝招展地站在老黑面前。其原因似乎也不完全因为老黑是警察。我曾在小琴的日记里发现过一句话。她说，有时候，她感觉老黑就像自己的亲大哥。她在日记里写道："怎么能在自己大哥面前打扮成一个妖精的样子呢？"

小琴换了衣服走出来，老黑已经站在门口。他面朝门外，却在端详路边上的那个招聘广告，只给小琴一个背影。小琴怯怯地打声招呼：

"您又来了啊。"

老黑嗯了一声："不欢迎啊?"扭过头来，慢悠悠地开了口，却是直截了当："又开张了吧?"小琴的目光顿时四下里飘忽起来，她一句话也说不出来。老黑皱着眉头问："看这架势，还想继续扩大队伍啊?怎么着? 干这个顺上茬口了，做出经验来了，要当老板娘啊?"

老黑的确是听说，天堂口最近又多了一个浓妆艳抹的小姑娘。老黑再次出现在天堂口，跟这个消息也不无关系。小琴神色尴尬，悄声嘟囔着说："我真是服你，做什么都瞒不了你。前几天，是有个小丫头来应聘的，可天堂口这地方，哪里能留得住人家小女孩子? 现如今的小丫头哪能受得了这种清苦? 人家来待了没几天，就走人了!"

老黑四下打量一番，却把话题拐了："小琴，你看那辆自行车怎么样?"

这句问话让小琴稍稍轻松些，她怕老黑紧揪住刚才的话题不放。小琴扭头端详半天，哈的一声笑了："挺好的。不过，跟你这大所长的身份不相符。"

"副的，副所长。"老黑摸摸脸上的胡茬子。

小琴说："那就是大副所长。"

老黑轻轻一笑："听这话，我马上就是船长了。怎么? 你没看得起这辆自行车呀?"

小琴连说："不敢，不敢，我哪里敢笑话你呀? 你这次来，是理发还是泡脚?"

这一次，老黑的头发倒是有些繁荣茂盛的架势。"那就理理发吧。"

小琴拖过一张椅子，让老黑坐下。老黑注意到，墙上多了一面镜子，镜子下面多了一个靠墙的齐腰高的小桌子。也就是说，小琴已经把理发用的家什儿准备齐了。不过等小琴拿出剪刀、推子、梳子来，老黑却发现，那都是全新的，根本就不像使用过。

"好像，我是第一个来理发的？"老黑说。

小琴这一次实话实说："是啊，你确实是第一个。想要个什么发型？"

"我一个老头子啦，俏不俏的也没什么用处，弄什么样子都行，你看着办。"

小琴右手抓着推子，左手拿着梳子，一时间，竟不知道从何处下手。老黑闭着眼睛，一点儿都不着急，似乎摆出一副瞧热闹的架势。小琴侧侧身子，悄然打量他一眼，小心翼翼开始理，刚推了没几下，突然哎呀一声。老黑睁开眼睛，问："怎么了？"

小琴沉默半天，说："要不，理个平头吧？"

老黑若无其事地说："没事儿，光头也行。"

那是老黑在脑袋上花费时间最多的一次。最后，小琴小声嘟囔说："我突然想起来，我不会剃光头，我不敢用刀子。"老黑睁了眼，晃动着脑壳，去镜子里端详自己："嗯，已经不错啦！就这样子吧。"

小琴低着头，一时无话。等洗过了头，老黑叹口气："是不是，干什么都很不容易啊？"

小琴竟然累出一头一身的汗，她连连点头："是很难！本来我还以为挺简单。不过，给别人理，我可能会放松一点儿，给你理，我老是发慌。"

"你慌什么？这天底下，还有比我好说话的顾客吗？"

"就因为这样，我才慌嘛！"小琴歪着头，打量老黑的脑壳半天，自己都忍不住笑了，"对不起呀王所，你回到城里，还是再找人理一遍吧，实在是太难看了。"

老黑微微一笑，突然问："你妈呢？我怎么没看到？"

"我直接服你了。这个你也知道？"

老黑说："所以，你心里要有数。天堂口发生什么事儿，都逃不过我眼睛。"小琴又不说话。老黑轻描淡写："你连老母亲都接来了，看来，是打算常住沙家浜啊？"

小琴却说："长住天堂口。"

老黑瞅她一眼："那你得赶紧去派出所一趟，把你们母女俩的暂住证都办一下。"

小琴啊呀一声："有这个必要吗？我在外面飘了这么些年，都没办过暂住证的。"

老黑看着外面的庄稼地，不露声色："在我这里很有必要，必须得办！我跟户籍上打过招呼，费用给你免了。"

小琴低了头，小声嘟囔："还得坐车去。我现在是真的不想出门。"

"这不是给你送了辆自行车来。别看样子差点儿，其实还能骑的。"

"那破车子，是给我的？"小琴扭头向外看。

"是啊，你出去赶集什么的，也方便一些。"

小琴半天没了话。老黑问："去不去？"小琴忙说："去，下午我就去！其实，王所长你什么意思，我心里有数。几年前，我心里就有数，可我就是做不到。"小琴扭头看着窗外，眼里满了泪水。

老黑说："你不是做不到，是不想做。是习惯，是惰性，是你看不起自己。"

小琴突然问："老黑你为什么对我这样？我都这样一个女人了，你这么做值得吗？"

"你这不是把自己看得挺透吗？那你说说，你自己感觉是怎样一个人啊？"

"我怎样一个人我自己有数，你心里难道没数吗？就是一堆破烂儿。连我自己都瞧不起我自己，你看看我浑身上下，都烂透了。"

老黑摆手制止小琴："话不能这么说，没这么糟践自己的，路是自己走的。走直路，走弯路，都是自己的选择。人就一个命，但是，你得抗争，你要是被命运压住了，那也就没办法了。"

小琴幽幽地说："我这一辈子，就从来没走过直路。"

老黑问："为什么别人能走你就不能走？"

小琴答："我走不了啦！"

老黑眉头一蹙，话语严厉起来："你是不愿意走，你不敢走！"

小琴抬眼看门外："我知道自己是什么货色，所以，才一步步走到天堂口！"

老黑说："小琴，一个人活在世上不容易，可要保证这辈子不后悔，就更不容易。"

小琴冷笑："都这时候，这样子啦，你还说这个，有什么用？老黑，我要是二十年前认识你就好啦！"

老黑站起身来："你是不是铁定心思破罐子破摔？我告诉啊小琴，你如果继续这样，我跟你说，你就是在天堂口，也待不下去。老黑眼里揉不进沙子！"

"那你让我怎么活啊？"小琴哭叫起来，"回家，我回不去。在这里，我活不下去。你说，我还能干什么？我妈躺在那间屋子里，我们娘俩都得吃饭，是不是？"

老黑问："要活下去，就非得干这个？非得人不人鬼不鬼的？自己作贱自己？自己把自己的路走到黑，走到绝？"

小琴说："我早就知道，我人不人鬼不鬼了，我的路走到绝了。"

老黑长叹一声。"你会种地吗？"老黑端详小琴半天，突然问。

小琴迷惑不解："你什么意思？"

老黑伸手一指屋子后面："这一片地都是贾镇的。很多人都不愿意种地了，都往外租。你要是愿意，我帮你牵头租块地种。"

小琴张张嘴巴，这个建议，居然是她绝对没想到的。她真的是没想到，即便是到了天堂口，整理好小后院儿，看着那一地的庄稼，她也没想到自己要租一块地来自己种。这是个突如其来的带有挑战性的建议！

老黑继续说："打下点粮食，卖一些，自己吃一些。再在小后院子里种点菜，足够你们母女俩吃的。老百姓嘛，踏踏实实过日子，比什么都强。"

小琴突然怦然心动，悄声嘀咕说："你看我能行吗？"

"有什么不行的？在这里种地，基本都是机械化，不管种，还是收，都用不着你花费很多力气，到时候，你站在地头上看着就行。"老黑说着，却顺手把手机掏出来，就开始打电话。小琴这才意识到，这个老黑，其实早把一切都盘算好了。

不一会儿，一辆摩托车驶进院子。老黑介绍说："骑车的这个是贾镇的村长，车上坐的那个，就是往外租地的老魏。"

村长一瞧见老黑，不动声色地笑了一下："老黑，发型很酷嘛！"然后，悄无声息打量小琴一眼。老黑抹了一把脑壳："少废话，直接说正经事儿吧。老魏，你过来，是不是你说过，要把后面那块地租出去的？"

老魏垂着手往前走了几步，说："是啊，是啊，想往外租呢。我不想种啦，趁着年轻，出去打工去！"

"听你说这个，我觉得你很有过日子的想法嘛！"老黑话里有话。

村长嘿嘿一阵笑："有时候，他也会说句人话。"

不一会儿，正经事儿谈妥了。小琴有点儿兴奋，提议要去地里看看到底是哪一块，再种庄稼时，心里好有数。几个人哗哗啦啦穿过一片玉米地。越走，小琴越发兴奋起来。她发现那片地就在天堂口旁边。到了地头，老魏伸手一指，说："就这一片地。"

小琴哦了一声，刚想问话的，却又咽回去。她看清了，那片地，正是小武家的。第一次见到那孩子，就在这地头。小琴心里稍稍别扭一下，立刻想起，那孩子有天晚上砸过她的玻璃。不过，她没往深里想。

孩子嘛，说不定是一时心血来潮，也不算什么大事儿。

往回走的时候，老黑悄悄把老魏叫到后面。

老魏一脸讪笑："王所长，您还有什么吩咐？"老黑面带微笑："听说，你们几个人这一阵子挺忙啊？"老魏连说："没忙，没忙。"老黑冷了脸，说："整晚整晚地不睡觉，还说不忙？"老魏慌了："你听哪个狗日的胡说八道的？没这样的事儿。不信，你问问我们村长，我现在老实得很。我就要出去打工啦，你瞧，地我都不种了，我要过正经日子。"老黑拂一下面前的玉米叶，不动声色："老魏，贾镇就女人屁股大的一块地方，白天晚上的有什么动静，你以为我不知道吗？"老魏嘴唇动一动，没了话。老黑说："你可真得长长记性啊，你可是有前科。天气热，在街头在大槐树底下，凑一起打打扑克，拉拉家常，那我赞成，我也管不着。可要是让我知道你们还在耍钱，你知道老黑的脾气。"老魏脸上顿时有了汗珠："那是，那是，绝对没有！绝对没有！"

老黑指了一下老魏，又哗啦哗啦往前走，说："有没有，我心里有数。"

后来，老黑曾问我："子曰你说，是不是这件事情我做错了？"老黑当然没想到，这样一件他认为的好事儿，最后发展成堵在他心里泄散不出来的一股气。他有时候想，要不是自己鼓动小琴租地，而且，租的恰好又是小武家的地，小琴会不会跟老魏认识，从而也认识小武呢？这个问题，让老黑一想起来，就懊恼不已。

"这怎么能怪你？"我说，"老黑，实在怪，就应该怪小琴自己的命运，包括小武自己的命运。你信不信命运这个词儿？实话说，我现在越来越信，我甚至感觉，冥冥之中真的就有一种力量，把你的整个人生都设计好了。"

"我原本不信。"老黑说，"一点儿都不信，后来我信。从枪毙小武的那天开始，我信了。"

2

眼看，中秋节就要到了。

天堂口的夜晚，月色已经看出一些不一样的意味，开始清清亮亮，在小后院里，在小琴房屋周围的田中，蔓延出去。

那个夜晚，小琴坐在一架用槐木棍子做支架、用玉米秸秆做顶的凉棚下面，早早地欣赏起了月色。又想，改天真该去买一张躺椅来。半躺着赏月，一定别有一番意境。还有，来年应该在棚下的一角再栽上一棵葡萄，让它顺着支架爬上去，像爬山虎一样，叶片覆盖整个顶棚。她闭着眼睛，想象了一下葡萄缀满棚顶，自己伸手就能摘下一串的情景，心里稍稍有了些踏实感。面对一地跳跃的皎洁的月光，恍然如在梦境。突然有那么一瞬，小琴开始觉得惶愧不安，是对以前那些日子的不安。老黑说得很对，你在人生的许多次选择中，似乎一直就选择了错的。这能怨谁？只能怨你自己。

小琴双手按在自己胸口，又突然觉得身体的某些部位，好像在咝咝作响。那是一种活力的复苏，或者，意识的复苏。很久以前，小琴就已经把自己的身体，看作了一张残破不堪的渔网，从里到外都散发着丑陋污秽的味道。她当然明白那味道来自何处。一个又一个异性身体，过客似的在这个身体上停留，游走，却将一丝又一丝味道拧缠成一股，或者说，聚成一团，将她的身体浸泡，直入血液。无论怎么洗，都洗不掉。后来，她真的麻木了，一点儿都不珍惜了，感觉整个身子根本就不属于自己。还洗什么呢？洗不洗都一样。身体嘛，到了只是一件做工的工具而已啦，像维修工手里的螺丝刀、扳手、钳子，纺织工手里的针线，或者，农民手里的锄头、镐柄。你打扮它，清洗它，收拾它，只是为了换取几张钞票。这身体现在已经像一台运转很久的机器，老化了，不值钱了，该淘汰了。这架破旧的机器，已经从大城市一路被发配到中等城市，小城镇，现在都到天堂口了。是啊，都到了天堂口。

可那样一个夜晚，小琴坐在温馨的小院里，似乎感觉身体慢慢开始回归自己，麻木的四肢开始丝丝舒展。小琴开始反思，开始稍稍纠正自己以前对这个世界的看法。以前，在小琴的眼睛里，这个世界就是两种颜色，黑与白，黑色是占据主体的。在她眼睛里，人是很少有善的，都是恶的。她的麻木其实是来自绝望，来自自身的无力挣扎，因此，破罐子破摔，活一天赚一天。现在看来，是有些荒唐。

这是一份久违的惊喜。

或许，这一切来自那个老黑——黑炭头一样的老黑？是啊，这个人，是唯一一个让她产生敬意的警察。老黑或许根本不知道，今天他所做的，对小琴产生了巨大的影响。最为直接的是，当天下午，小琴就把路边那个牌子搬到后院里的厕所旁边。一边摆放，还一边自言自语："小琴啊，你以后不要再挂着羊头卖狗肉了。"

就在小琴想事情的时候，听到母亲在屋子里喊："你找谁呀？"

母亲自己听不到，就以为不大声说话，别人也听不到。小琴刚站起身来，却见小武已经站在那间屋子的后门口。一看小武的那副样子，小琴反倒吃了一惊！灯光下的小武，眼睛瞪得老大，嘴里呼哧呼哧直喘，像是很生气。这个夜晚，小琴心情很好，因此，她愉快地跟小武打招呼："是你呀，到院子里坐坐。"

小武一步踏进小后院，却不坐下："听说，我家的地租给你了？"

小琴抱着胳膊，微笑："是啊，你爹租给我的。"

小武一摆手："他不是我爹。"

小琴迷惑不解："那个老魏，他不是你爹？怎么会呀？是村长和派出所所长介绍的。"

"我说不是，他就不是！"小武的口气很硬。

小琴让这孩子给搞迷糊了："他不是你爹？怎么会把你家的地租给我？"

小武说："这我不管。我来，就是告诉你，我家的地不往外租，就是租，也不租给你。"说完这句话，小武转身就走。

小琴喊道："你等一会儿，总得解释一下原因吧？你们家里，到底谁说了算啊？"

小武头也不回："这事儿我说了算。"

原来，小武傍晚回到家的时候，见母亲坐在院子里抹眼泪，问是怎么回事儿。女人说："还不是那个畜生。好好的，他把地租出去。他不缺胳膊不缺腿，地里的活儿什么都不管，这也罢了，可把地租出去，你说咱们以后吃什么？"当时，小武一听是这事儿，还嘿地一笑："租出去就租出去吧，以后你就不用受累啦，你应该高兴才是。反正，现在我能挣钱，养得起你。"母亲说："你不懂，庄户人靠什么？还不靠地里的粮食吗？你以为钱能买到一切，到时候，你就是有大把大把钱，一点用处都没有。存点粮在家里，心里就会踏实。再说，你以为他好心啊？他租地的钱会给咱们娘俩花一分呀？"小武说："不给就不给，那片地能收多少租金？"女人啊呀一声："看看你说的话，你以为你现在能挣多少钱？再说，他就是往外租，租给谁不好？偏偏租给那个野女人。谁知道他们在一起嘀咕什么？把咱娘俩卖了，咱也不知道。"

"野女人？哪个野女人？"小武问。

母亲说："就天堂口的那个小狐狸精！他把地租给那个女人啦！"

"哦？"一听老魏把地租给了小琴，小武觉得不舒服了。他骑上自行车就匆匆赶过来。可是，小武表达不出自己的真实意图。何况，在他内心里，似乎也没有一个合乎情理的理由，只是觉得一肚子火发不出来。

他一番没头没脑的话，倒让小琴陷到云里雾里。她想，真是麻烦事儿，不就租块地来种吗？哪想到还这么复杂？看见小武要离开，她又喊道："小伙子，你先等等。"小武站到门口，转回身来，一言不发。

"下雨的那个晚上，砸我家玻璃的那个人，是你吧？"

小武一呆，低下头，仍不说话。小琴顿时心如明镜，好了，这下子确定无疑了。她说："其实，我听到你那辆自行车的声音了，也看见你的影子了，我就知道是你。我就想不明白，你为啥这么做啊？我到底怎么惹你了？"小琴已经隐约感觉到，这孩子脾性古怪，跟正常孩子，似乎不太一样。当然，她也知道在对话方面，自己完全占有优势。

小武仍旧不答话。

"因为那个胖子？"小琴试探道。她心想，如果是那样，就更有把握了。为了那个胖子进入她房间而生气，而愤怒，而砸玻璃，只能说明一个问题，这孩子也喜欢自己，看来，自己还没十分老啊。小琴觉得这挺有意思的。

小武突然说："那胖子有老婆，你知道不知道？"

小琴眨巴一下眼睛，似乎这个问题自己从来就没想过。胖子有老婆，我怎么不知道？我还跟那个臭娘们交过手呢？但这是什么问题呀？小琴反问："有老婆怎么啦？"

"怎么啦？"小武瞪大眼睛，"你不在乎他有老婆？他有老婆，还要来找你。那就是个流氓！就是个王八蛋！我最恨的就是这种人！"

小琴笑了。小琴突然意识到，这个孩子关心的问题，对他来说，还真是很重要。因为，看得出来，这孩子根本就不明白小琴是做什么的。小琴片刻无语，两人就那么沉默一会儿。后来，小琴说："你过来坐下呀，别杵在那里，坐下来，你不说话也行，听我说。"

小武站立片刻，眼睛里的亮光暗淡下来，变得柔和一些，慢慢走回来。小琴抱着胳膊，看着一地茂茂盛盛的玉米，不再追问砸玻璃的事儿。她叹口气，说："小武，我没记错你的名字吧？"小武点点头。小琴说："有些事情，你现在还不明白。"

"我什么都明白。对那些有老婆，还跟别的女人在一起的男人，我就是恨！"其实，小武也很奇怪，在这个夜晚，自己的话又这么多了。但他没意识到，实际上他面对小琴时，话才这么多。或者说，此前他在贾镇，根本没有交流和倾诉的对象，而在这个精灵古怪的女孩子面前，他觉得可以打开一下自己曾经紧紧关闭的房门。

"你瞧瞧，这里多好啊，玉米都长成这样。我们老家那地方，根本见不到这么大的玉米。"小琴转移了话题。

小武问："你老家在哪儿？"

小琴微笑："跟你说你也不知道在哪儿，是个好远好远的地方。这么说吧，黄河你知道的是吧？你们这地方，是黄河下游。而我们老家，却在黄河的上游。"

"那也就是说，咱们都在一条河边啊。"

小琴呵呵笑起来："是都在一条河的河边儿，可是这条河走了大半个中国呢。"

那个夜晚，小琴的心情出奇地好，她突然有个奇异的念头跳出来："要不，你陪我去天堂口那里玩玩儿吧？你看，今晚的月亮这么好。"

这个提议，与其说让小武惊讶，不如说吓了他一跳！天堂口，那个刑场？大半夜的去那里玩儿？贾镇的人，包括周围一片的人，哪一个敢在晚上去？大人们多是不敢去，小孩子们的天地很广阔，根本没兴趣去那么远的地方。然而这个建议像一只小手在抓挠小武的心。这次他是跟小琴一起去那里，在月光下，不会有人见到，就大不一样了。

"难道，你害怕去那里？"小琴刺激他。

小武嘟囔说："我怕什么？"

小琴说："那就好。你跟我走！"她忍不住笑出声来。

对小武来说，这个更大的诱惑，已经直接粉碎了他此行的目的。是的，他就是因为那胖子进了小琴的屋子，关了灯，好久也没出来，才拿起石头砸碎小琴玻璃的。他恨那个结巴，进而，恨这个小琴。至于为什么恨，以及恨的背后隐藏的另一层含义，他还不甚了然。他还不能冷静理智地做出指导自己行动的判断。换个说法，处在青春期的小武，根本没意识到，自己真正迷上这个不一样的女孩子。的的确确，在小武眼里，这个几乎是从天而降的女人，就是个鲜鲜艳艳的、跟贾镇所有女人都不一样的女孩子。他根本就没考虑到小琴的年龄，当然对小琴做的事情，也没有任何概念，还根本不可能从违法违背道德，甚至违背民风民俗的角度去看这个问题。

这个夜晚，他突然觉得生活开始变得美好起来。

小琴走在前面，小武跟在后面。小琴没有化妆，在小武眼里，便是又一个小琴。跟前两次见到的，又不太一样。尤其，说话的语气。如果说，前两次小琴让小武感觉到一种惴惴不安的话，其原因可能就在于小琴艳得有些扎人眼睛，尽管小武还没意识到，那种艳丽，是靠化妆和出格的打扮挥发出来的。这个夜晚的小琴，却透出一种让小武舒服的暖意。在小琴这边是一种稍微夹杂着母性柔情的暖意，到了小武的意识里，却是一种来自女性的亲近感，跟母性没关系，完全是一种来自异性的吸引力。

到了地里，月色果然更加完美。小武甚至能够清晰地看到玉米丛中的地垄，还有那道由小石板砌成的细长的水渠。小琴柔美的背影在小渠上舞蹈着。小武恍然如在梦境。接下来的很多天，他的脑海里反复出现那一幕，他真的希望这首美妙的曲子永远弹奏下去。

走出玉米地，来到小武家地头。小琴俯下身子，狠狠地吸一口，同时，感叹一声："玉米的味儿真是香啊！"小武似乎也高兴起来："是啊，是香的。"小琴转了身，竟然走到那道叫作天堂口的沟里去了。她回身向小武招招手。

小武看着小琴，略带踌躇："这里可是真正的天堂口。"

"天堂口又怎么了？"小琴反问，"你真的相信那些鬼啊神的？"

于是，小武也踩到天堂口松软的泥土了。他扶着一棵柳树，抬头去看月亮。在那一瞬，小武也稍稍发呆，似乎他平生第一次拿欣赏的目光，去审视如此皎洁的一轮月亮。

"你还想知道我老家的事儿吗？"小琴说。

小武说："当然，你说说。"他转过脸去，眼睛里散着的光芒，小琴没有注意到。

小琴仰了脸，看着半空："我们老家那地方，比你们这里要穷。但是有大山，很高很高的山，密密麻麻，一座挨着一座。也有很密很密的树林，怎么走都走不到尽头。"

小武赞叹一声："那太漂亮了！我还从没见过那样的山呢。"

"是啊，是很漂亮。在山里头，可以打猎，野猪，獾，狐狸，狼，可多了。"

小武惊喜万分："你见过野猪啊？你真见过？"

"我倒是没亲眼见过，可村里有人见过，有个人还让野猪给咬伤，幸亏他被路过的猎人救了。我还很小的时候，他的腿就一瘸一拐的。"

小武问："那你见过狼吗？狼真的有那么凶吗？"

小琴说："当然啦，小时候，我们在放学的路上，就遇见过狼，在另一座山头上站着。不过，看上去也没有传说中的那么凶。它在远远的地方，蹲在那里，一动不动。我们村里的人都说，狼从来不袭击村里人，它们只是偶尔到村子里抓一只鸡，或者羊什么的。"

小武再次感慨道："那么好的地方，你干吗还要来我们这里？"

小琴沉默一会儿，叹了口气："命，一切都是命！"

小武又问："那你离开老家有多久了？"

小琴掰着指头算："天哪，整整十五年啦。"

"十五年?"小武很惊讶,这才注意起小琴的年龄,"你才有多大年龄啊?"

小琴扭过头去看小武:"我啊,我的年龄差不多是你两倍!"

"不可能!"小武说,"这根本不可能!"他算了算,自己的两倍,都快四十岁。小武想象一下村里人四十岁的样子。三叔还不到这年龄,就像一个小老头的样子。三婶差不多这个年龄,可三婶看上去已经像个老太太,而小琴却像个小姑娘。但同时,小武内心里生出一股异样的感觉。四十岁呀,这个女人,居然四十岁了?

小琴笑笑:"是不是对我这么大年龄,感到很失望啊?"

小武摇摇头:"你肯定骗我。"

在这样的夜晚,小琴不想烦恼的事儿。再说,年龄对小琴构成的烦恼,也早已无关紧要。换句话说,小琴对自己的年龄,已经不抱任何希望和幻想。老了就是老了嘛,这是自然规律。容颜老了,身体老了,心态也老了。这份苍凉,一个小娃娃哪里能理解呢?小琴站起来,伸开双手在原地转了一圈儿:"真美啊!我喜欢这儿,我喜欢天堂口!"后面这句话,居然是喊出来的。

小武吃了一惊,又慢慢被小琴的情绪所感染。心想,连我那些女同学,都没这么疯的。一个四十岁女人,哪能是这个样子?

"小武啊,我一直觉得很奇怪,你这么小小的一个孩子,怎么看上去老气横秋的。这个年龄的男孩子,应该是把头发染成五颜六色,在迪厅里疯狂地扭动屁股。这样,嗷嗷嗷!"小琴说着,果然扭动起屁股。

"我不是孩子!谁说我是孩子?"小武嘟囔一句,站在那里不动。

小琴在月色里跳动一阵子,慢慢走近了小武:"跟我说说你的故事吧,小弟弟,为什么你这么忧郁,这么孤独?"

这两个词儿,从小琴嘴里吐出来,一点儿都不让小武感到意外,反倒是顺理成章,似乎是他所期盼的,是兴高采烈从这个女孩儿嘴里跳出来的，带有某种音律节奏感，直接触碰到他的内心。是啊，小武的确忧郁，的确孤独。只不过，现在的小武离这样文雅的字眼儿越来越远，或者说，意识里存在，生活中却越来越远。他已经被沉甸甸的现实生活打磨得死气沉沉，未老先衰。不过，兴奋的情绪是流动的，会感染到其他人的。尤其在这样的夜晚。

小武忍不住也打开话匣子，开始讲述许多年前发生的一件事情。

"那时候，我还很小，有一天，正在一个水塘里和一帮小孩儿玩水……"

小武说的那个水塘，位于贾镇的西北角。为了印证这个细节，我还到那里寻找过，从周边能找出一些水塘的痕迹。据村里人讲，早些年那座水塘的四周绿树环绕，水面上鸭子在欢快地叫，水下清澈见底，鱼儿在摇头摆尾。也不知从什么时候起，里面的水越来越少，越来越脏。后来村里人开始往里面倒垃圾，甚至往里面扔死猪、死鸡、死鸭子、死狗、死猫。有一年，人们还发现那里面有一个死婴。

有一年的夏季，一场蚊灾突然降临到贾镇。好多年过去，贾镇人提起那年的蚊子，似乎还心有余悸。不但数量多得惊人，而且种类繁多。有黑颜色的，灰颜色的，花色斑纹的，据说还有红颜色的。老秀才说得比较夸张。他说："有的蚊子跟苍蝇一般大。"闹蚊灾的那些日子，村口那棵老槐树下一片安静，大街上也一片静。每家每户的屋子里倒是不静，传出来的却多是大人的咒骂，孩子们被蚊子叮咬后嗷嗷的哭喊声。那个夏天，村人把对付蚊子的各种招数都搬出来，但无济于事。有户人家用了剧毒农药，结果，药下得过猛，把个一岁多的孩子给毒死了。蚊香、杀蚊剂，这些东西一点用也没有。至于蚊帐，也根本不起作用，因为，厚度不够。那些日子，每家每户床的四周都扯上老粗布的布帘。在大街上，偶尔可见到一两个行人，那样子很滑稽，身上的长衣服拖到地面，头上戴着巨大的斗笠，网状面纱撑得很大，像是牧师，或者修女。

即便那样，贾镇的每个人身上，都在那一年留下蚊子造成的伤疤，好多年后，还像烙印一样存在着。

小武的后背上，就有碗口大的一片疤痕。那是小武自己抓的。当然不是用手，自己的手根本够不到那地方。可见世界上最残忍的折磨，是奇痒无比，而不是疼痛。小武的背上痒，却抓不到，急得哭天号地。一开始，她母亲用针给他挑破那几个脓疮，给他敷药，还是不管用，还是痒得难受。有一天晚上，小武只穿着一条裤衩，呼呼地跑进院子，连摔带砸地发泄怨恨，最后，他居然抓起墙上一个铁钩子，在后背一通乱钩，直到脊背上鲜血淋漓。

贾镇的蚊灾持续半年有余，终于有人发现，根源就在那个臭水塘。于是，男人女人一起出动，挖来泥土，将那水塘填平了。

当然，小武在里面玩水的时候，水塘还是真正的水塘，一到夏天那里就是孩子们的乐园。那天，五岁的小武跟另几个光屁股的孩子，正在水塘里钻来钻去，突然有个孩子的脑袋露在水面上，面色怪异，张大嘴巴看着池塘边的那条土路。小武甩甩脸上的水珠，也扭头去看，却见好几个男子匆匆忙忙往村子方向跑。看得出来，是出大事儿了！

几个孩子从塘边慢慢爬到岸上，一个个都像傻子一样，看着那群人越走越近。小武先是看到了他三叔。三叔赤着上身，步子凌乱。好几个男子都赤着上身，也走得很匆忙。他们抬着一块门板，门板上躺着一个人！只听三叔远远地喊："小武，你们到一边去玩儿，你躲远一点，不要看！"但小武他们不听，并没有孩子走开。

"小武你聋了吗？你滚一边去！"三叔又喊。

小武见他三叔抬着门板，腾不出手来，肯定不会跑过来揍他，也就大着胆子站在那里，并没躲远。于是那群人慢慢走近，小武看到了门板上的那个人，他一动不动。再走近一点儿，小武的眼睛顿时瞪大，瞪圆，嘴巴也空空地张开。小武的双手捂在光光的屁股上，呆愣愣地站在那里。他看到了血！血沿着门板往下滴！那人的头顶全都是血！浑身上下也全是血！门板在小武的面前缓缓经过，小武的视线被门板上的那个人牵拽着！

四周一片寂静。

"那是你爹啊！"有个孩子用手捅捅小武。

小武的两只脚不由自主跟了上去。他一直盯看爹的那张脸。左边有个血窟窿，冒着血。右边有很小一部分是干净的，是白的，苍白。

三叔拨拉他一下，回过头来大吼一声："来个人行不行？把这孩子抱走！给我抱远远的！"不一会儿，小武果然觉得有人伸手揽起他的腰。于是，他离开了地面，却依然傻乎乎地看着那群人往前移动。很奇怪，那些人寂静无声。过了好久，小武开始哭叫。那人不肯撒手，小武就拿脚踢他。那人说："小武，你不要怕，不要怕啊。"

从那以后，小武就再也看不到爹了。

小武爹是死在建筑工地上的。脚手架突然坍塌。只是，事情让人迷离难辨的是，砸在底下的有两个人，另一个却是女人，那不是小武的母亲，却是一个叫王菊花的女人。女人在那次事故中断了一条腿，命却没丢掉。后来，她嫁给在天堂口开汽修厂的吴瘸子。她一辈子都不能生孩子，说是那次事故把她给伤了。再后来，小武渐渐长大，渐渐懂了些事，就有一系列疑问纠缠着他。比如，那时候，应该是中午歇晌的时刻，大人们应该躺在自己家里睡午觉，爹怎么会出现在那个脚手架下呢？为什么被压在脚手架下的，是爹跟另一个女人呢？当时，他们俩在干什么？许多年以后，小武无意中听到老秀才说，事情发生的时候，小武爹和那个叫王菊花的女人，下身竟都没穿衣服。

3

"原来，那个老魏真不是你爹啊。"听完小武的讲述，小琴沉默半天才说。

小武看着远处："我娘后来又跟了那个狗日的。他老是打我娘。我从小就生活在恐惧之中。好多次，我看到他抓着我娘的头发，用鞋底打她的脸。"小武突然呼吸沉重起来："今天下午，那个狗日的，还把我娘打得嘴角都肿起来。我跟你说，我都恨不得杀了他！"

小琴慢慢靠近小武，抓起他的手："别说了小武。"

同时，小琴感到小武的手一哆嗦，一开始，他似乎要摆脱小琴的手，慢慢地却反把小琴的手握住。好半天，小武长长地叹口气："真是奇怪，我一见到你，就想说话。"

小琴突然意识到了什么，急急忙忙地把手抽出来，说："看来，咱姐弟俩的命呀，都好不到哪里去。"她想让小武快活起来，于是说："我给你唱首歌听吧。反正，在这里也没人听到。这是属于咱俩的秘密。"

还没等小武说话，小琴就开口唱起来："吹木叶的阿哥，你卖什么乖，丢给你个眼神，你发什么呆，妹妹的花彩裙已经翻过坡，你还站在原地傻傻地猜。"

小武这一次可真的陷入梦境里去了！皎洁的月光下，天堂口一派宁静。只有小琴的外乡口音的山歌在飘来荡去。

对小琴来说，那样子的一个夜晚，确实是非常完美。

很久以来，甚至好多年以来，小琴都没有想到她还能拥有这样的一个夜晚。而这一切，就发生在这个叫天堂口的地方，这个在周围的人们眼里恐怖无比的地方。有那么一段时间，小琴坐在那棵柳树下，双手托着腮，看着清静的远方。恍然觉得，时光在往回哗哗流淌。恍惚间，她甚至感觉有身边的小武陪伴，她又回到很久很久以前的青春时代。

想到这一点，小琴顿了一顿，似乎自己把自己吓了一跳。怎么可能回得去呢？这让人绝望的时间一丝一丝挥霍掉以后，怎么可能再重演一遍呢？而且，身边这个孩子，也绝对不可能是一个产生爱情的对象。

想到爱情这个字眼，小琴浑身一耸，这个词儿距离自己是如此遥远，如此陌生！哪怕此刻偶尔地想到，依然是那样遥不可及。

真可笑！你这样子的女人，还奢想爱情。

那时候的小武，却完完全全陷到让人眩晕的幸福感里。他似乎已经触摸到一些美好的东西，尽管，那还不明晰。但他知道那是一种让人兴奋的情绪，他曾经非常渴盼，没想到在这样一个夜晚，就如此完美地到来。因此，当小琴意识到已经很晚，催促他赶紧回家的时候，小武觉得意犹未尽。

"我们明天晚上再来，好不好？"

小琴呵的一声笑了："瞧瞧，一开始，你不是还不愿来吗？"

小武又说："那你就是答应了，是不是？"

"好啊，反正这阵子我也没什么事儿。"小琴答应下来的时候，并没觉得，这有什么不妥。因为当她冷静下来，或回到眼前现实的时候，小武在她眼里就完全是一个小弟弟。跟一个孩子，怎么可能发生什么事情呢？何况，在那个时候，小琴对小武也由同情渐渐地变为喜欢。

"那就还是来这个地方，你不用到我住的房子那里去。"

小武骑车回到家，蹑手蹑脚回到自己的房间，躺到床上，仍然没从一种兴奋的状态跳出来。甚至，在那个时候他就开始设想第二天晚上跟小琴见面后的场景。

就这样，在接下来一些日子里，小琴和小武在天堂口又见过三次面。他们互相之间都感觉越来越了解对方。小武觉得从来没有像那段日子一样那么开心，说了那么多的话。而小琴也觉得，在这远离家乡的地方，能够认识一个小弟弟，真是非常开心的一件事情。

小琴甚至跟小武开玩笑："等你家的玉米收了，你来帮我种小麦吧。"

"好啊!"小武很愉快地答应了。

小武的开心,很快就被他母亲发觉。小武脸上的表情,小武开始主动跟她沟通,甚至小武有一天傍晚一边哗啦啦洗头,一边竟然哼起歌儿来。这一切变化让女人感觉不可思议。"小武,你这几天怎么啦?"她试探着问。

小武抬起头,看看母亲,觉着不好意思了。"什么怎么啦?"

女人又小心翼翼问:"你,是不是交女朋友啦?"

"怎么可能啊?"小武嘴上否认,脸上却是很兴奋的样子,躲开他母亲的视线,扭身走了。小武母亲微微一笑,觉得这是好事儿。孩子大了嘛!也该谈恋爱了。

那个夜晚,小琴和小武在天堂口见面前,谁也没意识到接下来会发生一些事情。他们都很兴奋,而且,彼此都有个建议想要告诉对方。碰面之后,小武就忍不住说:"我想跟你说一件事情。"

小琴哈的一声:"我也正好想跟你说个事儿。"

"那你先说吧。"

小琴却说:"你先说。"

"好,那我先说了。我想和你一起到城里去。"

小琴一愣:"和我一起?到城里去?到城里干吗?"

"我是这么想的。我家这片地,要是种的话,也花不了多少时间。你不可能除了种地,就什么也不做了吧?咱们一起去城里找份工作,好不好?你知道吗?我做梦都想离开贾镇,离开农村,到城里去生活。最好到市里去,实在不行,县城也行。"

小琴顺口说:"城里有什么好?我就是从城里来的。"

"在城市里生活多好啊!反正我能挣钱,我做什么都行,你要是不找工作,就在家休息。"小武越说越兴奋。

小琴突然有了警惕:"你的意思是,咱俩在一起?"

小武摸摸后脑勺，不再说话。

小琴心里顿时沉重起来！天哪！难道，这孩子真的是有那种打算？这孩子，他真的喜欢上我啦？这算怎么回事儿？我都这个年龄，女儿都快要赶上他大了，怎么可能啊？小琴开始反思自己跟小武认识后的言行举止，是不是她让这个孩子产生了误会。

"小武，我想，你可能对我有误会。"小琴反复斟酌自己的措辞，居然不知道该说什么，才能把这个疙瘩解开，"反正，我是不想去城里的。我已经老了，在城里待不下去了。"

"你哪里老了？你一点儿都不老。"

"小武啊，我的女儿都跟你差不多年龄啦。"

"你，你女儿？"小武似乎吃了一惊，"你还有女儿？"

很好，这是个好话题。小琴心想，是呀，我不仅有女儿，而且女儿也十多岁了。这是个很好的挡箭牌，把这个摆出来，你就应该退避了吧？

"你结婚啦？你有男人？"小武问。

这个问题，小琴却很难回答。她说："我没有男人，也没结过婚，但是，我有女儿。"

小武站在月光下，一动不动。小琴能够感觉到他脸上的失望，但小琴觉得不在乎。此前，她就隐隐约约有种预感，觉得这孩子对自己有些心思，既然今晚把话挑明，那就一步到位，直接拒绝。小武好半天不说话。两人沉默良久，小琴想进一步解释，刚要开口，小武突然说："要是我不在乎，你会跟我一起去城里吗？你要是怕出什么事儿，咱们悄悄地走！离开这里，离开贾镇，离开天堂口，哪怕是到你的老家去，我也愿意！好不好？"

没想到小武居然说出了这样的话，小琴一下子被逼到绝境。

"这不可能的！我没法再走了。我母亲就住在路边的那间屋子里。因为，我在老家待不下去，在城里也待不下去，我才到这里来。我怎么可能再回去?"

小武又没话了,似乎一下子又回到没认识小琴的那个状态。

"还有,"小琴继续说,"你知道我本来想跟你说什么事儿吗?我想,在这么好的月光下面,咱们俩干脆结拜为姐弟,以后,你就是我亲弟弟了,你说好不好?"

"不好!"小武说,"我不想做你弟弟。"

小琴咬了咬嘴唇,下了狠心:"既然姐弟做不成,那以后咱们就不见面了。你的心思我明白,但我告诉你,那根本不可能,我可不能害了你!等你再长大一点儿,你就会知道,我是为你好。"说完这番话,小琴意识到,不能再跟小武继续说下去,应该马上离开,依照小琴的经验,有些事情应该快刀斩乱麻。

可就在那时候,小武家的地里突然传来唰唰唰的声音。

两人一起扭头去看,却见玉米棵子在晃动!小琴下意识地去抓住小武的胳膊。小武的呼吸也顿时急促起来。这么晚,谁会在玉米地里?难道,真的会有狐仙?可从玉米地里冒出来的,显然不是狐仙,而是一个人影,是个女人,正站在小武家的地头!

那个黑影也顿住了!

三个人呆呆地立在月光下。

好半天,小武叫一声:"娘!你怎么来啦?"

小武的母亲一句话也没说,却慢慢地沿着小坡走下来,慢慢地靠近小琴和小武。小琴低声问小武:"她真的是你娘?"小武没说话,轻轻地把抓着他胳膊的手挪开。小琴站在小武身边,突然一下子浑身冰凉。小武的母亲慢慢走近,在月光下盯了小琴的脸看了半天。

小琴惴惴不安地叫一声:"大姐。"

小武的母亲仍不作声,似乎身子哆嗦一下,嘴里急促地呼出的气息都喷到小琴脸上。

"娘，你这是咋了？你怎么找到这里来的？"小武的问话还没落音，突然看到母亲的手划了一道弧线，准确地落在小琴脸上！

寂静的月夜里，啪的一声脆响！

响声过后，天地间一片寂静。

小武母亲转回身，一把拉起小武的胳膊，扭头就走。小武一边挣着一边说："你干吗打她啊？娘你干吗打人啊？"

"我就是打这个不要脸的臭婊子！"小武母亲吼叫一声，喊完后，她嘤嘤地哭起来。她一边拖着小武走，一边泣不成声："小武啊小武，你不是个小孩子啦！你该懂点事儿啦！"

小武母子走出好远好远。

整片玉米地里都没了声响。

小琴站在原地，一动不动。她的牙齿紧紧地咬着下嘴唇。好半天，才感觉到脸上的疼。几天来的兴奋，几天来的好心情，所有的美好蓝图，被小武母亲的一巴掌，一句话，击得七零八碎。

"不要脸的臭婊子！"

小琴胸口一起一伏。这话，简直就是重重的一拳啊！比打在脸上的那一巴掌，疼痛百倍！小琴起初像是被打蒙了！被打得喘不过气来。那股气经历了漫长的时间，才涌到喉咙，涌到嘴唇。小琴张开嘴巴，呼哧呼哧喘了几口，这才抬起头，冲着那轮皎洁的月亮发出一声呻吟！顿时，眼前一派朦胧，一切都模糊起来。这一巴掌，似乎又把小琴打回了现实。是啊，你就是个臭婊子！你这样子的人，还想过正常日子？简直是可笑！小琴感觉到两股泪水顺着脸庞往下流淌，流到下巴那儿，才开始向地面坠落。

那天晚上，小琴写了一篇长长的日记，记录下那晚发生的事情。

虽然那几张纸稍稍变了颜色。但我还是能够看到，在一页上有被泪水洇透的痕迹。

第九章　丁　一

1

我开始逐渐疏远小城里的那些朋友们，包括丁一。

事实是，我真的对以往的生活有了反思，或者说有了警惕。还或许是应了那句老话，四十不惑。一点儿都不错，人过四十，真的突然一下子把这个世界看仔细了，当然，也包括把自己的将来看仔细了。何况，我已经说过，我自己已经作为一个主人公，出现在一部非常现实的小说里面。我跟小琴，这个风尘女子，有过一段不堪回首的往事。我不知道，我的寻找或者说把事件的还原，是否真的带有某种自我救赎的成分。一开始兴许不是，但后来，这种倾向似乎越来越明显。

不管怎么说，我在还原这个事件的过程中，人的的确确发生着变化。最大的一个变化是，我开始躲避喧嚣，我开始习惯并接纳孤独。对以往那种朋友们的聚会，我一点也不渴望了。

当然，原因之一也是，我有一种担心，我怕自己一不小心会把这件事情说出去。

在丁一发生那件不可思议的事情之前，他对我，倒还一如既往。一有酒局，他就会给我打电话："子曰同志，我们大家都对你很有意见。

你怎么回事儿呀？远离群众是一件很不好的事情。是不是老树要发新芽，要金屋藏娇？领着美女过来给我们看看，好不好？"

我则往往会说："我没有时间，我忙，忙死了。"我说的，也是事实，那段时间我的确在忙，可真话有时候别人根本不会信。

一天，丁一再次打来电话，说："你这人没劲，我们这圈人都在嘀咕，是不是谁把你得罪了？这么久，你都不主动跟我们联系，大伙儿都觉得疏远了。这样不好，很不好。今晚我设酒局，你就说来还是不来！"

"我已经彻底与酒绝缘，去了也没意思。"我说。

丁一顿时声音高了起来："看来，非得把你逼到绝处才行。今晚我们还是去你家。我还真不信这个邪！"

那晚的酒局，果然设在我家。照例是一帮子旧日狐朋狗友。照例是我坐在沙发上，奉茶，敬客。客人是两男，两女，他们大包小袋提着酒肉，一进屋，两位女士，一个雯雯，另一个是位女诗人，直接去厨房忙活。每次在我家里聚，下厨的都是这两位。既然这样，我觉得不解释一下我的近况，似乎也说不过去。于是，在席间，我跟他们说到小琴，说到小琴的女儿，说到小武，说到老黑。我估计，说到紧要处我的眼角都有些湿润，我的确带着一股陷得很深的情绪在讲述这些。

那个由一个私营企业老总出资，刚印过一本诗集的女诗人尖叫一声："听上去，好令人感动哦！"

雯雯却酸酸地说："第一次见你这么投入，看来真有激情了。"

我立刻有了警惕。

这不是我想要的效果。

雯雯冷冷一笑："你跟这个小琴，或者，跟小琴的女儿，不会有什么猫腻吧？这世界上，有一个道理是颠扑不破的，那就是狗改不了吃屎。"她一边说，一边冲着我眨巴一下眼睛。

"你想象力比较丰富。"我说，顺手举起杯子单独去敬丁一，"我敬你一杯吧。要不是你方向盘打得有水平，就不会轧死一只鹦鹉，不轧死一只鹦鹉，我就不会认识老黑，也就不会遇到那些日记，也就不会让我如此投入一个故事里去。"

丁一一脸正经："咱提前说好。书出来在市场上打开销路，收入咱们要平分的。"

我轻笑一声："你还在乎这几个钱？"

丁一却说："说实话，我觉得咱们应该替子曰觉得高兴。他找到一个好题材，而且，他刚才讲的这些，让我一下子想到很多。"

女诗人咦了一声："风流画家，你说说看，你想到什么？"

"有很多事情，咱们只了解表象，而无法深入到本质。子曰讲的这个故事，本身很简单，一个孩子，杀死一个三陪女，如果是官方发新闻，也无非就那么几句话，就是一桩普通杀人案。也许，更多篇幅会表扬那些警察如何有如神助，迅速抓住凶手。问题是，我们应该不应该反思，这样的事情，为什么发生？普通人也有自己跌宕起伏的命运，对不对？其实，我最近也在反思，我不是反思这个案件，此前子曰根本没跟我说过，我反思我的画。你们看，我画了这么多年，为什么总是这样子？有时候吧，我觉得，我所有的画都是垃圾！为什么打不开更高一层的境界？因为我缺少一种境界，缺少一种大情怀，缺少对这个世界的把握和了解。"

"哦？"那女诗人抿着嘴笑，"听起来，画家也被一个小姐触动了。"

我皱皱眉头，看着女诗人说："她也是个女人。"

诗人说："我没否认她是女人。我是不是借用你的语法，女人也是人。她应该有自己的活法，可她为什么去做妓女？别人逼她这么做的吗？即便是一开始有人逼她，难道，年老色衰了还会有人逼她？我的意思是，她有选择生活的余地，或者，选择生活的权利，为什么她不选择别的？她有让人可怜处，可这有意义吗？"

我嘟囔说:"我还以为,女人会对女人更容易产生同情感。"说这句话的时候,我已经意识到,我跟她们之间的交流,已经出现障碍。

雯雯这时候说:"你错了。同性相斥,异性相吸。这是人性物理学原理。"

"有意义啊。"丁一关键时刻出来和稀泥,他接的是女诗人的话,"很有意义。问题在于,我们如何去看待这个社会,那是故事背后的东西。"

女诗人说:"这个世界上,还是你们男人掌握着话语权,女人自由呼吸都难。"丁一嘿地一笑,顿时一脸猥亵,露出本来面貌:"小妹,你都在什么时候呼吸困难过?"

女诗人有点儿不高兴:"我在说那个妓女,你扯上我干什么?"

那个一直没作声的男作家突然问:"我想知道,子曰你寻找这些故事的目的是什么?就为了写一部小说?你想阐释和表达什么东西呢?"

我盯了他看:"或许是,反思,救赎。"

他紧跟着问:"反思什么?救赎什么?谁需要反思?又是谁需要救赎?"

"你不认为,我们所处的这个时代,每个人都应该反思,都应该被救赎吗?我认为,我们最缺乏的就是反思,就是忏悔和救赎。"

他一笑:"你还是老生常谈,还是想说,我们所处的这个世界缺乏信仰,缺少人性善,等等等等。这个我不否认。但是,从你的目光里流露出来的,似乎还有别的东西,是不是这里面真的还有其他的内容?"他闻到了别的味道,他把我好不容易绕道而过的话题又转回来。

"当然,小说就是要写故事。"我不打算跟他说下去,我环视大家,"既然话说到这里,我想拜托大家一件事情,你们能不能帮我寻找一下那个女孩子,小琴的女儿。"

"开什么玩笑?"丁一说,"什么线索都没有,怎么找啊?"

我想了想，说："线索？那小女孩儿现在大概有十七八岁了吧。"他们在等待别的线索，我却想不起别的来。

"这叫什么线索？"女诗人说，"十七八岁的女孩子，满大街到处是。你总不能扳过她们肩膀问，喂，小妹，你妈妈是一个小姐吗？"她的这句话让几个人笑起来。我却在考虑另外一条线索，犹豫该不该说出来。

雯雯盯着我："你肯定还有话要说。"

"是有一个线索，但未必可靠。"我看着那个男作家，"你还记得吗？好多年前，咱们在一个酒吧里喝酒，突然遇见一个女人。"

"在酒吧遇到的女人太多了，好多年前的事儿谁还能记得？你说详细一点儿。"

"当时，我们正在喝酒，正在谈论死亡，她突然走过来，伸出胳膊让我们看。"

女诗人兴趣顿时高涨："她让你们几个老爷们看胳膊干吗？看皮肤白不白？"

"她让我们看她手腕上的一道伤疤，是用刮胡刀片割出来的。"

那男作家终于记起来："是她啊？你这一说，我想起来了。那女人真是性感，有一股子野性美。把我们整个一桌子男人，折腾得神魂颠倒。"

我问："还记得她长什么样子吗？"

他遗憾地摇摇头："记不得了。"

我没注意到，丁一一直盯着我看。此时，他才开口问："你说的这个小琴，就是那女人吧？"我猛地扭过头来，却说不出话。丁一继续说："你手里的这些日记本，就是那个女人写的吧？"

我看着丁一，说："我看你这阵子真是研究过周易了。你现在很像个算命先生你知道吗？你说对了，那些日记里面，就有那天晚上的一段描写，很详细。所以，我已经确定，我见过小琴，我们真的见过她。"

男作家也一拍脑袋："难怪，你这阵子变化这么大。我现在又想起一件事情，那晚上我记得就是你！是你，把那女人送回家去的。是不是？"

女诗人看看这个，看看那个："你们说的，是天书吗？"

男作家说："我们今晚的男主人，陷进一个故事里去了。"

聪明的丁一再次转移话题："你的意思是，你让我们寻找的那个女孩儿，应该跟酒吧里的那个女人长相差不多？"

我点点头："不过，也不好确定。女儿不一定长相随妈。"

不知道为什么，接下来的酒局比较沉闷，完全没了感觉。尤其雯雯，她打量我的眼神完全变了。我有点儿后悔告诉这帮家伙这么多。尤其是那个自诩为知名小说家的男人。不管怎么说，他肯定隐隐约约知道了这样一个事实，我跟那个小姐，的确存在着某种关系。晚宴结束，并没有跟往常一样，大家都醉眼迷离。很显然，雯雯的心事很重。她在跟大家一起离开的时候，意味深长地看我一眼。我知道，她会很快把电话打进来的。

果然，半个小时后，手机响了。"我还在楼下。"她说，"我坐在车里，都快半个小时了。我还可以上去吗？"我没有回答。她扣掉电话。不一会儿，有了敲门声。

一切已表明，我们之间没有了往日的那种默契。

那时候，彼此一个眼神，就会知道对方心里想要什么。那种眼神，现在没有了。雯雯的眼睛里，有了忧郁，悲伤，或者，某种沉重的东西。我泡一杯速溶咖啡给她。

"谢谢。"她说。

但谈话总会有一个开始，她根本不打算绕弯子："子曰，是不是现在你把我俩之间以前的一切，都看得一文不值？"我稍稍一愣。我从来没有听到这个女人，用这种语气跟我说话。她向前俯一俯身子，说："你知道吗？我和你在一起，是很快乐的。是的，我们以前从来没这么正经过，对不对？可我的内心深处，从来没把咱俩的交往，看作一场游戏。我觉着，这是我这一生唯一一次正儿八经的爱情。"

我张张嘴巴，不知该说些什么。

"我们生活在同一座城市，可我义无反顾！我跟你之间的关系，甚至在圈子里面都不算什么秘密。如果那个男人稍稍在乎我，他不可能不知道咱们俩的事儿。为什么他不想知道呢？因为他不爱我，我也不爱他。我们在一起，就是一种金钱关系，我还在花他的钱，就这么简单。而且，我还知道，还有好几个女人，在花他更多的钱。你应该明白我是什么意思吧？可你知道吗？有一天，你的一句问话，把我的心都伤碎了。你轻飘飘地问我，你是不是想要嫁给我？说实话，一开始我的心怦怦直跳，我以为你在试探我，如果那时候你很坚决地提出这个问题，子曰，我那天就绝对不会去机场，我会不顾一切，扔掉一切，来跟你在一起。可是你说，离婚那件事儿很麻烦。"

我没想到雯雯会跟我说这些话。当她那次在电话里骂我的时候，我说，她那个样子才是真实的。其实，在这个夜晚，雯雯不但真实，而且真实到让我感到震惊。她几乎是在质问我，她的话让我再一次感到，我原本就是一个混蛋。

她继续说："我不知道，我为什么会跟你说这些。如果我不说，或许在你的意识里，咱们俩的关系就仅仅是逢场作戏。但那不是事实。我这一阵子反复考虑，我们之间，为什么感觉说没就没了。你为什么这么无视我的存在，你心里想什么，我都不知道，你突然一下子就到了遥远的地方去，和我保持着几乎看不到的一个距离，这是为什么？"

就在那时，丁一的电话打进来，总算稍稍缓和了一下局面。

"子曰，你不应该在酒场上说那件事儿。"

我走到阳台上，说："我现在也已经后悔。我脑子有病啊，跟你们说这些。"

"我不是小看你们作家，但我很清楚每个人的为人。"丁一说，"子曰，不知你有没有这种感觉，反正，现在我是越来越害怕别人在背后对我的评价。说白了，我居然这么在乎起名声来。"

我悄声骂他一句："我说过不要聚的，是你硬要来的。"

丁一嘿地一笑："我哪里知道你这段时间在忙什么啊？"

我回头看一眼雯雯，她已经点上一支烟。

丁一看来打算长谈："我说的那番话是真的，子曰，你不要以为我大大咧咧，根本就没有焦虑感。"他准备跟我深入探讨一下艺术问题。我却考虑如何尽快结束谈话。他突然意识到："你怎么不说话？你情绪不对，是不是屋子里还有人？"

我嗯了一声。

丁一立刻说："好的，改天去我画廊那边儿，咱们好好聊聊。"

雯雯用一个优雅的姿势弹了一下烟灰，评价丁一一句："这小子算个好人，算是你兄弟。"接下来的一句话，却让我顿时感觉压抑。"不像你的作家朋友们，明明知道咱俩的关系，干的事儿，却叫人恶心。"

我问她："谁？"

她稍稍沉默："算了吧，说那些干吗？你对我曾有一个评价，也狠狠地伤了我一下，你完全是信口开河。你说，我写的小说，是赤裸裸地照搬了我的现实。子曰，你怎么能这样轻易对一个女人做出评价？"雯雯声音哽咽起来："我告诉你方子曰，我不是你说的那样的女人。我那样写，只是一种发泄而已，我心里压抑。我可以摸着《圣经》，对你发誓，除了你，除了我丈夫，我没跟任何一个其他的男人上过床！"

我想跟她解释，那一天我的情绪的确是有点失控。因为，那一天我了解了一件事情的真相，那一天，我把自己胸前的一颗肉瘤子剪掉了。

可是，我怎么解释呢？事实是，我无法解释。

我也无法把我跟小琴之间的事情说出来。

在那个夜晚，我们俩对坐良久，沉默良久，没有一丝欲望。我突然意识到，我或许会永远失去雯雯。临走的时候，她对我说："去完成你的故事吧。说不定，你会重生一次。"

这句话顿时让我意识到，这个女人，她已经洞悉一切！

2

就从那天晚上过后，我有好久没见到丁一，直到发生了那件事情。

一天上午我路过丁一的画廊，想起那晚他约我去画廊聊天的话，我就转身进去了。帮着照看门面的那个小姑娘，我当然很熟悉。她跟我打过招呼后说："丁老师不在店里，需要我给他电话吗？"我示意不必："我就是来看看，看中的，拿着就走，你可千万不要告诉他。"

小姑娘哈哈大笑："好，咱俩把他的画都倒出去卖掉，五五分成。"

在画店里转来转去的时候，我的目光却突然被一幅油画牵引过去。那是一个裸着上身的小姑娘，目光直直地看着我。

不知为何，我盯看几秒钟后，突然怦然心动！

"丁一这家伙，藏了一幅好东西啊！我以前怎么没见过这幅画？"

小姑娘说："这幅画是丁老师刚拿过来的，作者是谁，丁老师没说。但我能看出来，不管是画家，还是这个模特，当时都很投入。从画的风格来说，底子似乎是现代的，骨子里流淌出来的却是当代的东西。你瞧，小姑娘的眼睛里有迷茫，有忧郁，还有一种渴盼被救赎的东西。"我扭头看着那小姑娘，连连点着头。她继续说："关键还有一点儿，方老师你有没有发现，这丫头的眼神里，有一股子颇具挑逗意味的野性。"

我立刻打电话给丁一："我看中一个少女，怎么办呢？"

丁一哈地一笑："这对你来说，是很容易的事情，直接拿下！"

　　我问："你的意思是，我直接拿走？"

　　这家伙居然立即反应过来："等等，什么意思？请通报一下你现在的位置。"我说："你耳朵比鼻子还管用。"丁一的话里已经透着踯躅不定的成分："告诉我你在哪儿？"我暗暗兴奋，又打起马虎眼："你真的同意我拿下？"丁一说："我同意你拿下任何一个可爱的姑娘。"

　　我扣掉电话，说："你瞧，丁一他同意了。他让我把这画拿走。"小姑娘抿着嘴直乐。正说着，聪明的丁一却把电话直接打进店里。小姑娘接了，一边接，一边瞧着我微笑。随后，她向我走来："丁老师说，你如果真喜欢，就把它拿走。"

　　我扛起那幅画来，向外就走，我怕他后悔。

　　果然，丁一在第二天就给我电话了："子曰啊，这样子好不好？我店里的那些国画，你任选一幅，我换回那幅油画。"

　　我冷笑一声："糊弄谁啊？你店里有好东西吗？"

　　丁一居然换上哀求的语气："咱俩亲兄弟是不是？"

　　"是啊，亲兄弟，也要明算账。"

　　"我跟你讲，这可是近几年来我画出的第一幅自己满意的作品。"

　　我略感惊讶，丁一并不擅长于此，他的长处在国画。

　　"你的作品？"紧接着，我恍然大悟！　"这姑娘，是你的人体模特吧？"

　　丁一承认："是啊，问题是，人家现在要这幅画，就要这幅。"

　　我拐弯抹角："你怎么还不接受教训呢？我是孤家寡人。可你是有老婆孩子的。"丁一老婆在一所中学，已是教导处副主任。女儿现正就读北京一所大学。

　　他倒是老老实实，毫不隐瞒："这一次感觉不一样。我好像又活了一次。"

"狗屁！每次你都说不一样。"

丁一说："艺术家需要把握瞬间激情，尤其画家。我觉得，你能从那幅画上看得出来。"

我说："这个我不懂。"

丁一说："我不管你懂不懂，反正，这幅画我不给你，现在我就去拿！"

我一口否决："不行！我在外地。"

"不要紧的，反正我有你家钥匙。"

"为了这幅画，我换锁了。"

如此一来，我反倒对那个女孩子充满探究欲望。究竟是怎样一个丫头，竟让我们的浪荡公子丁一，都变成这样子？我跟丁一之所以处这么多年朋友，也在于我认为他心胸豁达，大大咧咧，不计较小得小失。尤其对自己的画，他从来没这么在乎过。当然，这也很好解释，此人的确被一个小丫头给迷住了！

"那好吧，我不要你的破玩意儿。不过，我得再欣赏几天，等我看够了，你过来拿。"

丁一欣喜万分："咱说好了啊。"

可没想到，半个多月过去，丁一没来拿走那幅画。而且，连续三天，丁一都不接我的电话。莫非，丁一又对那女孩子失去兴趣？艺术家的激情，来得快，跑得速度也不慢。

我看着那幅画，忍不住想笑。

丁一身边走马灯一样换女孩子，以他老婆教导处副主任的洞察力，未必就不清楚。我想，恐怕是拿他没辙儿。女儿大了，又老夫老妻的，不能说离就离。我打电话给副主任，她一声冷笑："你跟那个王八蛋，好得就差合伙穿一条裤子。他跟你在一起的时间，比跟我还多，你找我要人？我跟谁要人去？"她这话倒是没说错，但我隐隐约约感觉有些不安。我问："你也不知道他去哪里了？我都给他打了好几天电话。他到底干吗去了？电话也不接。"

女人语气冷冰冰地说："写生啊，画家嘛，不拿写生做幌子，还有什么借口？"

我换上苦口婆心的语气："嫂子啊，你得理解丁一，现如今，一个对艺术有执着追求的人，活得很不容易啊。"

教导处主任把话果断截住："是啊，很不容易。我哪里敢不理解？我要不理解，人家高兴吗？他会说我不理解艺术家的献身精神。谁献身不累？"我顿时无语，稀稀拉拉没话找话，却被女人一下止住："方子曰，你什么都别说！鞋子合不合适，脚知道，穿鞋人心里清楚。丁一是我老公，他是什么货色，我比你还清楚。只不过，我这阵子没闲工夫修理他！"

再拨打丁一电话，被一个甜腻的声音反复告知："您拨打的电话已关机。"

不知为何，我忽然有了一种不祥的预感。

那个上午，整整两三个小时内，我隔段时间就打一次电话，听到的总是那句冰冷的话。后来，找另外几个朋友询问，也都说，好一阵子没跟他联系。打进他店里，小姑娘却正在着急，说："我还有急事儿想找他呢。这几天我家里有事情，想跟他请个假，电话一直不接。"

其实，此前我一直被一个问题困扰，就是在端详着那幅油画的时候，内心会有一股子说不出来的感觉。我肯定没见过画上的女孩子，但其神态却似曾相识。一开始，我理解为一种艺术感觉间的融会贯通。可有那么一瞬，我坐在书房，背对那幅画，突然觉得背后有一双眼睛冷冷地盯着我。我迅速扭回头，准确地与那女孩子的眼睛对接。那瞬时的感觉，让我对此前的理解有了怀疑。很奇怪，似乎是有一个谜，等我去解开它。

而能够解开谜的丁一，竟连续三四天不接我电话。这种情况在以往几乎没有。

莫非，丁一出了什么事儿？

这念头一出，我就更加坐立不安。丁一老婆说我俩合伙穿一条裤子，有些夸张，但有那么几年，我的确比她跟丁一待一起的时间更久。那几年里，丁一跟老婆闹离婚。问题当然出在他身上，他搭上一个有夫之妇。两人合计好要双双离婚，然后喜结连理。当时，丁一的老婆却死活不肯。事情的结果是，有一天，丁一发现那有夫之妇不但搭着他，还搭着市里的一个大肚子领导，遂偃旗息鼓，老老实实了。

丁一在海边的一座小城里买了套小房子，每年夏天我们都要去住一阵子。那地方距我们这座城市不到三个小时车程。除了丁一自己，这事情恐怕只有我一个人知道。那套房子，实际上是丁一的金屋藏娇之处。偶尔，我自己一个人去过一两次。大约上午十点左右，我再也忍不住，起身下楼，驾车直奔海边那个度假村而去。

所谓度假村，不过是在海边上的一个楼区。那片区域，原本是不毛之地。开发商看中那片海滩，建起楼盘。购买者却多是外地人，一为夏季来此消遣方便，二为等着升值。因此，入住率并不高，平日里，小区内都几乎见不到个人影子。

刚推开门，我就听到丁一呜呜咽咽的声音！

我跑进客厅，寻找声音所在，最后在卧室里找到。只见丁一扭动着身体，嘴上粘了胶带，讲不出话来，呜呜呀呀的。而且他也起不了身，因为他赤身裸体，被胶带纸一圈一圈捆住，牢牢地固定在那张单人床上。那样子，就像一个扭曲的豆虫，或者，蚕蛹。

丁一一看到我，眼泪就沿了脸颊往下淌。

我先扯开他嘴上的胶带。他喘息老半天，才有气无力说出一个字："水。"

我急忙去找来一瓶矿泉水，扶起丁一递到他嘴边。丁一的神态让我忍不住想笑，我说："慢点儿，你慢点儿，会噎死你的！"

丁一喝下整整一瓶，又喘息半天，居然骂我："你个王八蛋，不知道慢点儿揭？嘴唇上的皮，都让你给揭掉了。"他的嘴巴不太好使，说起话来咕咕哝哝的。

我一挪身，把他放倒在床上。"有本事，你自己揭开身上的胶带。"

丁一嘴一撇，孩子一样抽泣起来。我还从来没见过丁一哭得这么伤心过。我说："好啦好啦，这就给你剪开。有剪刀吗？"

"想死啊你，用剪刀？剪着老子的肉咋办？咦，你怎么知道我会在这里？"

我说："普天之下，谁最了解你这个花花公子啊？"

整整半个多小时，我才把丁一彻底解放出来。胶带粘在肉上，不好处理。稍稍一动，丁一就鬼哭狼嚎。好不容易大功告成，丁一仰躺在那里一动不动。终于，两条腿稍微蜷一蜷，又骂上了："这个小婊子，她要害死我啊！子曰，这次我真的差一点儿就与世长辞了！"

我俯下身子，盯着丁一的脸："是不是，有些事也不好玩儿？"

我之所以没问丁一为什么被弄成这样，被谁弄的，也没有马上报警，是因为我太清楚眼前这个人了。好几年前，他就跟我谈起一些稀奇古怪的床上事情，两眼熠熠发光，连说："子曰，真的好！感觉真的好！"不用猜我也知道，这一次，他玩过头了，被一个女人放了鸽子。这种事情，怎么好报警？

"去给我泡面，赶紧去啊，我饿！"丁一说。

当方便面的味道弥漫在屋子里的时候，我看到丁一的眼睛里冒着绿光，舌头一个劲儿舔嘴唇。丁一的那副吃相已经完全不像一个艺术家。他光溜溜地坐在床上，一手捧着面碗，一手拿着叉子。一碗面，不几口就全进了肚子！

我抱着胳膊，强忍着笑问："还要一碗吗？"

"你看看我饿成这样子，一碗能够吗？"丁一气急败坏。

两碗面下肚，丁一打了一个响亮的饱嗝，抬手向我一指，半天才说："这是我这辈子吃的最香的一顿饭。烟！上烟。"一口气抽掉两支烟，他才吸一吸鼻子，平稳下来。

我坐在一边，笑眯眯地瞧着他，等他解释。

他看我一眼："你这家伙还算有良心，知道来找我。"

我却问："那个美丽的绑架者呢？"

丁一很文雅地骂一句："她母亲的，走啦。我这次可被骗惨了。"

"真被套进去了？多少？"

丁一沮丧地说："三十万！"

我呼的一下子站起身来："三十万！三十万不是小数，你得报警呀！"

丁一却沉默好半天，唉声叹气道："报个屁呀！算啦。"

我很惊讶："你可真大方啊！三十万，就这么打个水漂玩儿？"

丁一皱着眉头，一摆手："这事儿你什么都不要再问！我还警告你，对谁，也不要说！"

"你差点死在这里啊！就这样子，你还不报警？"

丁一慢慢坐起身来："方子曰啊，整个过程她都录了像，拍了照片。我问你个问题，三十万重要，还是男人这张脸重要？你仔细想想，她在网上把照片啦录像啦那么一挂，我丁一还能活吗以后？钱可以再挣，脸丢了你上哪儿找去？"

我无话可说。过了好一会儿，我才问："是油画上那丫头片子？"丁一沮丧地点点头，不说话。我说："你挺精明的一个人啊，怎么弄成这样？"

丁一双手一拱："求求你老方，别问了好不好？"

我点上一支烟，站在屋子中央，不说话。

丁一瑟缩着身子，倒是自己说起来："很可怕！你不知道，那小丫头，很可怕！"

我有点纳闷儿："这么可怕一个女人，你是怎么招惹上的？"

"亲爱的，哪里是我招惹她啊？我回想了一下，从头到尾，我发现都是这个小丫头设计好的。不是我招惹她，她自己找上门来的。她说，她是省艺术学院的一个学生，唱歌的，很喜欢绘画，想跟我学习。这些都不重要，关键是，她心甘情愿给我当免费模特。那么诱人一个女人身体，摆在你的面前，子曰，你动不动心？"

"我不动心，我没你那么大的瘾。"

"那你纯粹有病！"丁一说着，开始下床去找衣服，居然没找到！他又恨得咬牙切齿："她竟然连条内裤也没给我留下！"我哈哈大笑。丁一光着身子在客厅里转圈儿："你有点良心好不好？你还能笑得出来？"

我驾车去买了T恤、牛仔裤、内裤、腰带、鞋子、袜子，回来时丁一已经洗过澡，将这些东西一件件披挂整齐，这人马上换了样子，光鲜如故。

"人靠衣服马靠鞍，这话可真对啊。"我说。

我和丁一在海边住了四天，他身上的勒痕虽说没完全消失，却也所剩无几。这次劫难中丁一的损失除了那三十万，还有一部高档手机，一幅当代不算知名的画家的画。

他的坐骑，倒还仍旧懒洋洋地停在院子里。

"多亏那孩子不会开车。"丁一说。

落日余晖下，我和丁一坐在海边，一罐接一罐喝着啤酒。

突然，丁一站起身来，脱光衣服，跑向大海，扑通一声，钻进海水里。我急忙喊："丁一，干什么啊？水这么凉。"可丁一没有回应我的问话。我远远地看着他。只见丁一游远了一点儿后，仰面向天，将整个身子平平地摆放在海面上。

上岸后，丁一哆嗦着穿上衣服，坐下来才说："刚才，我躺在水里，一抬头，就看见底下这玩意儿，居然想到了很多。"

"艺术家想到的东西，肯定很特别吧？"

"你说，我们这些男人，怎么就管不住这么一点东西呢？男人的所有烦恼，所有焦虑、苦闷，都在于此。"

我悄声一笑："这不是你的原创，弗洛伊德那老头早就发现了。"

我看着大海深处，在大海边儿上容易让人头脑清醒。

我跟丁一说："上次在我家聚会的时候，你说的那番话，听起来已经大彻大悟了，怎么还吃这种亏呢？我跟你说丁一，年龄不小啦！别这么游戏人生了，该想想老婆孩子了！人家也不容易。"

"咦？我发现老方你真的变了。"丁一看我一眼，"你以为，我就容易，我就不苦闷不压抑啊？说实话，你别看我平时大大咧咧什么都说的，内心实际上空虚极了，脆弱极了。我随时随地，每时每刻，都会陷入一种非常糟糕的情绪里。你还记得我把那老头的鹦鹉给轧死那事儿吗？你知道我当时处于什么状态？完全走神了，脑子里头一片混乱，突然一下子，就想哭！真的，就想他妈的大哭一场！大白天的啊，我看着前面大街上纷纷攘攘的人，我想，你们，或者说我们，整天都忙活些什么啊？你为了什么在奔波？有意义吗？你活在这个世界上，到底为了什么？你得到了什么，又失去了什么？"

我无语。丁一以前没这样子过。

3

那个下午，小女孩儿主动找上门来没多久，丁一巨大的工作室里面就出现如下画面：站在阳光斜照的窗子前的小女孩，把浅褐色的长发挽起来，在脑后形成一个俏皮的髻。她的脖颈显得既白又长。光线打在她的左前方，身体的右后侧陷在阴影里。光影对比下，身体比例无可挑剔，胸脯稍耸，臀部微翘，背部的曲线完美无缺。

"还有多久能画完？"她问，声音甜腻。

我绝对相信丁一有这个本领。即便不是小女孩子主动，他也能很快让一个女孩子心甘情愿做他的模特，这个不是没有先例。丁一不作声，他手里的画笔一动不动。从那个女孩儿的纱裙悄然滑落到地板上那刻起，他就有点儿心神不定。这种感觉，是以往的人体模特没有给他带来的。按说，中年男人的情感，该是如醇厚的老酒一般，即便门没上锁，也会是半掩半开。可丁一呢，面对这个女孩的时候，把门完全打开，或者说，一个支撑完全破碎。他仿佛回到二十几岁的时候，开始追一个小女孩儿。

"丁老师，我想吃汉堡。"

"丁老师，今天陪我逛街去吧？"

"丁老师，在我的眼里，你就是最优秀的画家。"

从那以后，小女孩儿就用这么甜腻的声音，把四十多岁的丁一整得晕头转向。有时，也会有一些出其不意的小花招，比如，她突然出现在丁一面前，手里提着自己煲好的鸡汤。

"丁老师，你尝尝我的手艺。"

丁一注视着我："这一秒钟，和下一秒钟，主意完全不同。可你却觉得很有吸引力，很奇妙，你忍不住就会认同。她的任何建议任何想法，都让你惊奇不已，而且，没办法拒绝。"

我夹着烟头的两根手指摆着，心底悄然浮起一丝厌恶。

"丁一，你都多大年纪了？居然打一个小孩子的主意。"

丁一摇摇头，说："子曰我跟你说，我跟这个女孩儿可从来没上过床。不一样，跟以往绝对不一样。我是说，这一次我真的陷进去了。我真的捕捉到了，爱情的滋味。"

我感觉惊讶："你跟一个孩子，产生了爱情？"

"是呀，是呀！这一点，连我自己都感觉不可思议。"丁一压低声音，"知道吗？这是我这辈子遇到的最强大的对手。而她，不过是个小丫头片子。"

在这座城市的青少年宫，丁一还兼有一份职务，儿童书画院的院长。在那里，他有一间带卧室的工作间。就在那工作间，丁一与可可相识。女孩子的英文名字叫 Coco。丁一总是发不准那两个音。可小女孩儿叫自己的名字时，却很有节奏感，似乎是打击乐器发出的声音。

后来的一天，可可嘟着小嘴唇，提出那个建议："丁老师，带我去海边玩儿吧？"

"当她提出那个建议的时候，我毫不犹豫就把仅仅是咱俩知道的秘密，扩大到第三个人。恋爱中的男女，不需要智商。"

我反驳他："狗屁！是你单恋，或者自恋。人家可是来钓鱼的。"

丁一沉默半晌，说："是啊，可当时，我还以为好机会来了呢。"

丁一果然遇到一个挑战自己的好机会。

结果是，他像蚕蛹一样被绑在一张床上。

我对丁一非常肯定的那句回答充满了怀疑。"千真万确，整个过程，就她自己一个人干的。当时，我完全醉了。"

我突然想起一部电影。

"你没看过一部电影叫《本能》？"我问他。

丁一摇头："你知道，我看电影不多。"

"那里面，一个女人谋杀别人的手段，就是把男人双手捆在床头，然后，在男人亢奋的时候，举起铁锥，注意，尖尖的铁锥，把男人捅得遍体鳞伤！"

"有这种事儿?"丁一瞪大眼睛,"真有这种事儿吗?"

我哼了一声。

丁一说:"我说过,我喝了很多酒,却很兴奋。你不知道,那小女孩儿也很能喝的。后来,我俩躺在床上,她贴着我的耳朵说,你想来点儿新鲜的吗?我很激动,我说好啊。没想到,她顺手就抓过一圈胶带。我只听到刺啦刺啦几声响,我的两只脚已经分不开了。我由着她在那里折腾,还觉得很好玩儿。她推着我的身体在床上滚,我的身体上一圈一圈缠上胶带的时候,我才稍稍有点儿害怕。她说,好了。那时候,我才发现,已经根本没办法动弹了。她穿着拖鞋,踢踢踏踏到另一个房间去,等再回来,手上就多了两样东西。一把水果刀,一卷卫生纸。"

"有部电影叫《水果硬糖》,你肯定没看过。"

"求求你啊大作家,别跟我说你的狗屁电影,听我说完这一段好不好?"

"下面有什么情节,我都能猜到。"我说,"那个小女孩儿肯定是看过这部电影。好的,你清醒过来的那一瞬,你俩的角色已经发生改变。也可以说,你们的力量对比,已经彻底翻了个儿。你虽说身体强壮,但那时候满头大汗,而且像个婴儿那样,毫无反抗之力。那时候,弱不禁风的小丫头完全变成强者,她会面带微笑对你说,来,咱们做个手术好不好?哎呀,这里条件很差,抱歉,将就一下吧。"

丁一目瞪口呆:"你继续说。"

"她拍着双手,嘟囔着说,差点忘了一样东西。然后,踢踢踏踏跑到客厅里,打开冰箱,拿来一块早就冻好的冰块,说,很遗憾,这里没有麻醉剂,只好用冰敷一下。"

丁一嘴角抽搐:"原来,都是电影里面的情节?不过,她没拿冰块,冰箱里还有两支雪糕。"

我哈哈一笑:"两支雪糕足够。她把两支雪糕放在你下身。你嘴里咝的一声，因为，那冰凉的感觉，一下子袭击到你全身每一根神经。她说，亲爱的，稍等片刻，冷敷一会儿，你就不会觉得疼了。她的所有举动，都向你证明，这个小丫头准备在如此简陋的条件下，做一个大手术，她要切去你下身的某件东西。甚至她还会气定神闲地嘟囔，老天爷，我敢发誓，我可是一点儿医学常识都没有。"

丁一尖叫："你怎么不早给我看这部电影？"

还没等小女孩儿把电影里的所有情节模仿完毕，丁一就已经开始求饶。他下身冷冰冰的，麻酥酥的。是的，冰糕的作用，跟局部麻醉效果一样。即便那样，脑门上却大汗淋漓。

"丫头，你到底要干什么啊？"

可可微笑着问："回答我一个问题，好不好？"

丁一声音颤抖："你问。"

可可像顺手递给丁一一杯水那么轻松："亲爱的，银行卡密码是多少？"

丁一张大嘴巴，好半天不说话。可可俯下身子，嘴巴贴着丁一的耳朵："我跟你说，我从来就没进过什么狗屁医学院、卫校之类的地方，我的学历，是小学四年级，这辈子，我连护士给病人打针用的针管儿都没摸过。等一会儿可能会疼一点儿，你要坚持住。好不好啊？"

丁一吓得魂飞魄散。

他呼吸急促。下体有点儿麻木，但还是能感觉两支雪糕在慢慢融化。可可撕下一团卫生纸，轻轻擦一擦，征求他的意见："你说吧，想留下底下这部分呢，还是留下上面的这一部分？对了，忘了跟你签署一个协议。"说着，她转身走开，再回来的时候，手里就捏着一张纸、一支笔。

"要是出了医疗事故，我一概不负责。"

丁一嘴唇哆嗦，浑身也哆嗦："你，干吗要这样？你这样做，是犯法的，会被判刑。"

"你要去告我吗?"可可开心极了，她指了指墙边的橱子，"你要是报警，哪怕是我被抓进去，你的光辉形象也会立刻挂到网上，送到你老婆那里，送到你的作家朋友方子曰那里，送到每一个认识的人那里。那样，你的名气就更大啦。"

我感到奇怪："这女孩子，她真的提到了我?"

"当然，这很好解释嘛!因为她知道你拿走了关于她的那幅画呀。"

丁一开始哀求，小丫头却不为所动，轻飘飘地说："你真可爱。对了，我忘记戴上手套了。"她满屋子乱转，再回来，手上已经戴了副洁白的手套，问："准备好了吗?"丁一不语。可可慢慢地走过来，右手抓起那把水果刀："说话啊，到底要留哪一样啊?要不都切掉?"

丁一大喊一声："别!我跟你说密码。"

小丫头嘿的一声笑了："你最好别给我假的哦。"

就这样，小丫头拿着丁一的银行卡，走出小区，很潇洒地一伸手摆下一辆出租车，扬长而去。

在丁一给我讲述这一切的时候，我还没意识到，这个叫可可的女孩子，跟我会有什么关系。许多天过去后，我才突然明白了一个问题：这孩子接近丁一的目的，其实，并不是为了骗取他的钱财，她的目标是我!她接近我，不过是为了揭开一个谜底。

这个小女孩，就是小琴的女儿。

第十章　小　琴

1

　　小琴果然买来了一张竹躺椅。那是从附近的集市上淘来的旧货，不过，品相还算好，也还结实。平日里，多数是母亲躺在上面。老女人躺在那架凉棚下，嘴唇瘪着，一躺就是好半天。母亲躺着假寐的样子，总让小琴恍然感觉到一丝贵妇式的雍容华贵。有时候，小琴以为她睡着了，等她悄悄走到跟前，却发现，母亲浑浊的眼睛是微眯的。母亲看到小琴的时候，眼里似乎有了一点儿精气神儿。小琴心里却被猛地一揪，她从母亲眼睛里，却看到了一丝别的东西。

　　那是一种生命力枯竭的信号，或者说，死神的影子。

　　母亲躺在屋里的时候，小琴没事情干，也会躺在那躺椅上。

　　那段时间，小琴往往是抱着胳膊，心焦地看着眼前的那片田地。眯眼看去，那儿越来越空旷，越来越寂冷。或许，小琴并不喜欢这种裸露。田地里有了庄稼，好比一个女人穿着衣服。庄稼成熟的时候，衣服简直就是时尚的，灿烂的，辉煌的。现在，田野开始脱去衣服，裸露在日光下，让小琴想起自己以往的很多个片段。

　　这真是一种让人压抑让人沮丧的情绪啊！

小琴皱皱眉头，一声长叹。

农忙季节，天堂口一下子变得热闹起来。每天经过这座房子的人，有好多好多，但是，从来没有人肯主动和小琴母女说说话。小琴看他们的眼神，就知道他们心里想什么了。男人们的目光照例不会那么清澈可亲，照例是如饥似渴的，夹杂着暧昧与淫亵。女人们呢，截然相反，目光里简直可以说是愤恨，是憎恶，是鄙夷。她们愤恨小琴的到来牵走自己男人的心思吗？憎恶小琴的这种养家糊口的方式吗？鄙夷小琴被无数个男人沾染过的污浊不堪的身子吗？

小琴知道她们就是这么想的。多少年前，她就知道了。

四周的玉米秸都壮烈地倒下去，房子于是就更像房子，只是愈加孤独了些。小院子也不成样子了，三面都是敞开的，跟那片地连在了一起。尤其那间破败的厕所，就像一个被剥光衣服的女人，立于众目睽睽下，简直丑陋不堪。

小武家的地，是小琴主动找老魏退还的。

她站在村口大槐树底下的时候，有好多人经过，小琴身上就缀满哗啦啦的各色目光。那是小琴跟贾镇的距离最近的一次，即便那样，她实际上也没有到村子里去，只是在村口喊住一个小孩子，请他去把老魏叫出来。

没过多久，老魏出现在村口，目光迷离，一副没有睡饱的样子。小琴迎上去，直截了当："魏大哥，你家的地，我不租了。"

老魏眯了眼睛，似乎没想到她来是说这个的，却说："这样子不好吧？派出所所长和村长都做过保人的。"

小琴说："可是，我实在种不了地。"

老魏思忖片刻，却问："那我家的损失咋计算呢？"

"损失？你家有什么损失啊？"小琴一愣，没想到还有这么一说，"刚掰了玉米棒子，你接着种麦子不就行了？"

老魏蹲下身去，伸手折一根草棒去剔牙，慢悠悠地说："算盘是不能这么打的。你看，你要是没答应这事儿呢，我早就开始去买种子，买化肥。现在呢，近处的好种子全都卖完了，我得四处去找。找到找不到是一说，找到了，是不是假种子，还不敢保证。路费怎么办呢？何况，现在去买种子，也要贵不少。"

小琴抱起胳膊，呵了一声："挺会算的啊。我告诉你，这些我都不管。咱当时也没说好这个。"

老魏站起身来，说："你这态度不好。说不租就不租，办事也太不靠谱了吧？"

小琴两手一摊："我跟你实话实说吧，不是我不愿租，是你老婆和儿子不让。"

"哦？"老魏斜了斜眼睛问，"我老婆和小武？"

小琴点头："我不想因为租你家的地，惹来一屁股麻烦。我就是再租地，也不会租你家的。"

老魏脸上的皱纹一蹙，笑了："你别理他们，家里的事儿，向来我说了算。"

"你家小武还说，他说了算呢。谁说了算，我不管。但这地，我是无论如何都不租了。"

老魏说："那不行，你不租，就得把一年的租金给我。这叫违约金。"

小琴扭头就走，扔下几句话："我反正告诉你了。违约金？狗屁！我一分也不给你。"

老魏哼一声："你信不信，急了眼，我一把火把你房子烧了？老魏是什么人，你去村里打听打听。"

小琴猛的一下子回了身："你什么人，我心里很清楚，以为我怕死啊？"

老魏眨巴着眼睛，站在路中间，笑了。

小琴觉得，很有必要赶紧去趟城里，见见老黑，跟人家解释一下，顺便也真的把暂住证办理了。老黑说是给免掉费用，但小琴知道，无非是老黑自己掏腰包给她垫付，办证也花不了几个钱，还是自己出比较合适，省得又要欠老黑一份情。一开始，小琴想骑自行车去的，又一琢磨，如果碰到老黑的兵们，认出了那辆自行车，恐怕对老黑名声不好。于是，她站到路边去等车。

过了好半天，那辆熟悉的中巴车才开过来。上车后，小琴既没去看那张麻脸，也没看前面开车的胖子，兀自躲到后面。车上很空，农忙季节去城里的人少。麻脸并没走到小琴身边，只远远地喊一声："先买票！"

小琴强忍着恶心，堆上微笑，问："多少钱啊？"

麻脸的眼睛盯着胸前的包："你到哪里下？"

"到派出所门口。"

"派出所门口，五块！"

小琴继续笑着："大姐，不一直是两块吗？"

麻脸抬起头："今天五块！"

小琴脸上仍挂着笑："那我还是下去吧。"说着，她站起身来，要往前面走。

麻脸冷着一张脸说："现在下不去了。"

小琴皱皱眉头，双手摁着两边的座椅扶手，冷笑一声："什么意思？这车只能上不能下啊？"

麻脸轻飘飘地说："你糊弄我玩儿呢？说上就上，说下就下，以为这车是婊子啊？"

小琴觉得浑身的血液哗啦一下子涌向脑门儿。她说："今天，你这车我还就坐定了！就给你两块！多一分我也不给。"说着，掏出两张一元纸币递过去。

麻脸不接，说："不够，再加三块！"

小琴扭头冲前面的胖子喊："喂，前面那位大哥，你说几块？"

胖子回了头，看看小琴，又看看麻脸，一脸不耐烦："两，两块，就收她，她，两块！"

"你个死货！你疯啦？"麻脸像是被踩到尾巴，尖叫一声。胖子不说话，看着前方，镇定地开着车。小琴把钱塞到麻脸手上，扭身回去坐下。麻脸站在胖子身后，连喊带叫："你个王八蛋，今天咋心疼起这小骚货来啦？"

小琴坐在后面，咬着嘴唇，扭头去看窗外的景色，故意带一副胜利者的姿态。但她的心里是痛的，压抑着不让自己的泪水流出来。车上还坐着两个男人，乐得在一边儿瞧热闹。

麻脸女人面色酱紫，仍然嘟嘟囔囔骂个不止。司机突然一下子刹住车，车上人没防备，都呼一下来个前趴。胖子在座位上猛地扭回身来，伸手就给麻脸一巴掌！"你，你，你——"他脸憋得通红，却说不出来。连小琴都有点儿替他着急了。

"我什么我？你跟这狐媚狐眼的骚货都干什么了？跟她一起对付你老婆是不是？"麻脸女人说着，伸手就去扯那胖子。

胖子终于把话说出来："你找死啊！"

麻脸说："我就找死！怎么啦？"

小琴眼前开始模糊起来。她擦擦眼睛，突然站起来，笑着说："打，你们使劲儿打！最好往死里打！"说着，她拉开车门就跳下车。

小琴沿着公路往前走，一边走，一边眼泪终于簌簌地落下来。走了好一段路，那车才从后面赶上来。司机却摁摁喇叭，像是故意跟老婆作对。小琴扭头看着一边儿，置之不理。车于是飞快地驶远。小琴站到路中间去，双手抃腰，用尽全身力气喊出来："你以为，你他娘的就不是婊子啊！"

小琴抬头看天，想，我这是要去干吗呢？还有必要再去找老黑吗？麻脸说得对，你就是个婊子。这是事实，改变不了的，走到哪里，也改变不了。婊子和警察向来是冤家对头的。多少年来，你一直想洗脱掉这个称呼，可每一次，不都是偃旗息鼓了吗？那好，干脆别想去尝试。地的事儿，你自己解决掉好了。租什么地呢？一个妓女，租一块地来种，度过余生？你就是站在地里，面朝黄土，背向苍天，跟贾镇人一样劳作，这里的人们会认为你是干干净净的吗？不会的，永远不会！耻辱不是用汗水洗掉的。所有贾镇人，都不会把你看作良家妇女。他们只会防备你，只会敌视你。

小琴跺一下脚，对着已经空旷了的玉米地喊了一句："婊子就不能和正常人一样过日子啊？"

她扭头就往回走，一边走，一边泪眼迷离。

没想到，小琴下定决心不见的那个孩子，这时候却等在自己家院子里。小武看上去心神不定，手里握一把镰刀，转过来，转过去。一看到小琴，似乎更加不安。小琴慢慢走进院子，对他视而不见。小武跟在小琴后面，问："你怎么了？"

小琴回了身，反问："你是谁啊？你要干吗？"

小武看着小琴，不但吃惊，简直是恐惧。倒不是因为小琴那句话而恐惧，而是为小琴的面容。这还是那个小琴吗？那个在一天傍晚幽幽地坐在门前灯光下的小琴？那个在天堂口舞动身子唱歌的小琴？她怎么会如此苍老！她的脸上皱纹密布，眼角由于憔悴而略显灰黑，眼睛里暗淡无光。这是小武第一次在阳光下端详小琴。

"你要干什么？洗头，还是泡脚？"小琴冷冷地问。

小武没听明白，傻傻地问："你，是你吗？"

小琴不耐烦地挥挥手："你说什么啊小嫩鸡儿，老娘我听不懂。你要不洗头不泡脚，就赶紧走人，我没空陪你玩儿。"她转身就往屋子里走。

小武嗫嚅着说："我娘，我娘她不该打你。"

小琴头也不回，又是一挥手："我听不懂你说什么。"

"难道，那个真的不是你？"

小琴哼了一声："神经病呀你！"

她把身子靠在门后，闭上眼睛，静静地呆了半天。

小武站在院子里，像一根木桩子。过了好久，他才挪动脚步走开。

突然，小琴抬起头来，顿时呼吸急促！不知何时，母亲竟然颤巍巍地站在面前。母亲的眼睛直直地看着小琴，却伸出枯枝一般的手向前摸索着。母亲的一句话让小琴顿时惊恐得张大了嘴巴："你是小琴吗？小琴，你在哪儿？"

小琴的心一下子提起来！她静静地站着，胸口一起一伏，悄悄地伸出一只手，在母亲面前划来划去，可母亲像是毫无感觉！

小琴哆嗦着叫了一声："娘！"

母亲却毫无反应，又颤巍巍地转回身去，伸出双手向前探着路。终于扶到墙上，才一路走到里屋去。小琴的身子一下子就软掉。她瘫坐在地上，双手揪着头发，发出绝望的一声喊叫。"你听不见，也看不见，你让我咋办啊娘！"

好了，天堂口的小琴现在可以完全放心母亲了。再也不用躲避她，不必担心她听到声音，也不怕她看到不该看到的事情。

她想，老黑啊老黑，你这次，还是没办法救我！好多年前，你救不了我，恐怕现在也是如此。不是因为你，这完全怨我自己。我干不了其他的，我变不成一个正常人。

在又一次面临人生选择时，小琴仍然选了错的那一项。

2

"昨天晚上，三个老光棍儿一起来了。一个身上有股子臭味，他是收垃圾的，他们管他叫老滚。另外两个，一个是老六，一个是老八。管他呢，对我来说都一样，有名字跟没名字都一样。老娘我绝不做赔本的买卖，我指挥老滚，赶紧滚出去买酒买菜，又安排老六去给我收拾后院儿，安排老八给我收拾前院儿。我要在葡萄架下大摆宴席。我的口气，就像是一个女王，他们都很听话。喝酒之前，我跟他们订了规矩。如果喝完酒想玩儿的话，就先把钱掏出来。我怕喝多了酒，他们合起伙来算计我。他们三个人凑了一百块钱，我拿起来，转身就走进屋子。我不能让他们知道我的钱在哪儿。这场酒喝得很痛快。我知道，只有进入醉酒的状态，我才不会痛苦。我差不多快要失去记忆了。那样的状态对我来说，是家常便饭。这三个老男人以前都来过，只不过是分别来的。他们心不在焉，我很清楚他们想要什么。可我就是吊他们的胃口。我故意惹他们。我脱掉外衣，天已经很凉了，但是我没有感觉，我浑身躁热。我跟他们划拳，目的是把他们都灌醉。看起来老滚的鬼心眼更多，他居然出了一个馊主意。他说，要不这样，反正我们的钱都交了。我们轮流划拳，剪子包袱锤头，决出胜负，谁先赢了，谁就做第一个。我借着酒劲儿说，好，谁怕谁呀？老娘我闯荡江湖这么多年，还没有怕过的男人呢。"

看得出来，在那段时间，小琴已经彻底违背老黑的意愿。

她度过了一段极其混乱的日子。

在另一篇日记里，我甚至还看到老魏的影子。

那天傍晚，小琴像往常一样走进后院儿，站在那里向远处看，一看就是老半天。看似一望无际的一片田地里已经连一棵站立的玉米也没有了。遥远的地方，有一排黝黑的杨树，树梢缥缈着一抹烟云。小琴叹息一声，慢慢地向孤零零地立在院子一角的小厕所走去，她去那儿寻找那个广告牌子。干什么的，就吆喝什么，还是挂出去吧。那牌子已经被冷落许久，看上去像小琴一样沧桑。小琴伸手抓起那牌子，俯下身子看了看。有两个字的贴膜翘起来，小琴伸手把翘起的地方揭了去。她举着那个牌子，斜着身子，穿过小后院儿，穿过母亲所在的房间，穿过客厅，走出门口。

小琴身子一扭一拐，把牌子放到路边，又低头端详好半天。然后，转回身来，一挥手，说："老娘这辈子，就只会做这生意！"

小琴摇摇晃晃往回走。

那个下午，她自己一个人在后院里喝掉半瓶白酒。现在，酒精彻底成为小琴最亲密的朋友。只有喝过酒，她才能处在一种莫名其妙的满足感里。在醉意朦胧中，她才能找到舒畅的心情。

进了屋子，小琴坐在一张马扎上，伸手抓起面前的酒瓶，嘟囔说："死丫头，你的酒量，倒还是不减当年。"后来，她躺到床上，翻过来，翻过去，像是在烙一张饼。她一会儿哭，一会儿笑，一会儿站到地上，冲天冲地，指手画脚。忽然，她一转身，却发现面前站了一个人影。小琴甚至根本没感到吃惊。她摇晃着身子，努力地把眼前几个影子重叠到一起，但是白费力气。

"你，是谁？你他妈的怎么进来的？"

那人却说："我敲门了，可没人理我。小琴，你不认识我了吗？"

小琴狡黠地一笑："你就是死了，烧成灰，我也认识你。"

那人嘿嘿一笑："就是嘛，你是个聪明女人。"

小琴哧哧地捂着嘴笑："什么眼神啊？我不是聪明女人，我就是个婊子。"

"这我知道啊。要不，我来你这里干什么？"

小琴说："我需要钱给我母亲治病。她耳朵听不见，眼睛看不见，现在她完全是个废人。我是她闺女，我不给她治，就没人给她治。"

男人说："是啊，是啊，可咱是说好的，你要赔我的违约金啊。"

小琴骂了一句："放你娘的屁！小武家的地，我说不种，就不种了。他娘恨我，还打了我一巴掌呢。"

男人歪头点上了一支烟，说："农村的娘们嘛，头发长，见识短。你别跟她一般见识。"

小琴说："我也是娘们，我也见识短吗？咦，你到底来干什么的？洗头，还是泡脚？"

男人的脸摇晃着，扭曲着，小声说："我洗头。"

小琴嘟囔："哦，洗头啊。"摇晃着身体走了两步，突然扭回身，换上笑眯眯的神色："你想洗哪个头？"

男人压低了声音："你知道我想洗哪个。"

小琴晃一下身子，仰着头，一伸手："先交费。"

男人一愣："还没洗，就先收费？"

"在老娘我这里就这个规矩。"小琴伸出一根指头点着男人。

"多少钱？"

小琴说："我刚来的时候，贾老四来洗过一次，他给我顶了两百块钱房租。"

男人摸摸后脑勺："贵了。"

"那好吧，老魏，我给你打五折。"小琴的大脑居然越来越清醒，"老魏，一百块不算多。咱们一出算一出。"

"一百还是有点儿多啊。我听说，他们还有给你二十块钱的。"

小琴嘿地一笑："放你娘的狗屁！此一时，彼一时也。几年前，在城里，我还收过一千呢。"

老魏嘿嘿笑着："对呀对呀，可你现在是在天堂口啊。"

小琴张开右手的巴掌："那好，老魏你是第一次来，咱们算是熟人。我收你五十。不过，话说好了。那地我不租!"

老魏笑着说："好，小琴你是女中豪杰。"

小琴哧的一声笑了："去你的吧，哪来那么多废话？来吧。"

另一篇日记里，小琴还记录下邻居吴瘸子跟她发生的一段故事。

那是一个停电的夜晚，小琴跟母亲正在吃饭，灯却突然熄了。母亲对此根本没有反应，小琴却一下子感到恐惧。

她没想到，被黑夜包围的感觉，竟然如此让人恐惧，真正是伸手不见五指。屋子里，只有母亲咀嚼食物的声音，以及自己发出的呼吸声。过了好久，她的眼睛才慢慢适应过来，才能够看到门口的朦胧亮色。小琴知道，在这样的黑暗里，肯定找不到蜡烛。尽管，她知道屋子里是有的，可好久都不用，根本不知在何处。小琴以为很快就会送电来，没想到坐了很久，灯没有再次亮起。倒是听到母亲的手指将碗筷扫到地下的声音。

小琴的恐惧，多半是来自母亲的角度。对于母亲生活现状，在那一刻，才有了切身的理解。哎呀，原来失明的母亲就是生活在这样一个氛围里啊！现在，母亲连话也很少说，她的世界，真正是一片黑暗了。小琴想，如果我永远身处这种氛围里，我肯定会彻底崩溃。一个人这样活着，还有什么意义啊？

小琴摸索着走出门口，站在院子里，往两边儿看了看。

整个天堂口一带，一片漆黑，是真正的天堂口了。

小琴觉得身上一凉，却是忘记披一件厚衣服出来，她浑身上下只穿了短袖 T 恤，短牛仔裤。就在那天夜里，小琴意识到，自己虽说不害怕作为刑场的天堂口，但是害怕真正的黑暗。可她心里清楚，这间房子离最近的小商店也有三四里路。她犹豫好久，不知该不该去买蜡烛。

后来，她想起吴瘸子。

这两口子，算是离她最近的邻居，沿着公路左拐，不到两百米就到。尽管这么近，小琴却从来没有去过吴瘸子家，倒是有几次从他家大门口经过。吴瘸子坐在院子里，看不出是否真瘸。可吴瘸子的眼神，让小琴一下子牢牢记住。他盯着小琴看，眼睛里面的内容很复杂。

　　谢天谢地，那屋子的窗口投射出一丝亮光！

　　小琴慢慢进了院子，走到门口，正要敲门时，突然听到一个女人诡异的声音！那个声音嘶哑、苍老、压抑、怨恨。小琴浑身一哆嗦，整个身子一下子变成雕塑。她的第一个意识，是赶紧逃走！逃出这个更可怕的院子！不知为何，两只脚却被牢牢钉在地上，动弹不得。那声音过去后，四周又是一片寂静。小琴四下打量一阵子，不知道周围的某个地方，或者屋子里面发生了什么恐怖的事儿。她又竖起耳朵，又听到一串奇异的声音，从其中一间房子里发出来。

　　小琴终于恢复镇定，转身就往回走。快要走出院子了，身后却传来开门的声音，她一下子回头，看身形，知道是吴瘸子站在了门口。

　　"有事儿吗？"他冷冷地问。

　　小琴抱着胳膊，说："我，我是过来借蜡烛的，你家里有吗？"吴瘸子好半天不说话。小琴摆摆手说："没有就算了。"刚要走，吴瘸子却说："我给你找找看。"小琴踌躇半天，终于走回去。

　　吴瘸子转身进了屋子，像是被那张开的一张嘴吞没，连个背影也看不到。

　　屋子里一片黑。小琴迟疑着迈步进去，突然，觉得脚下一顿，差点摔倒。原来，屋子里的地面，比外面要低一层。小琴先看到一盏灯，是旧式的马灯。接着，有一股浓重的汽油或者柴油味儿扑面而来。

　　小琴四下寻找女主人，却没有看到。

　　这栋房子的结构，跟小琴居住的那边几乎一模一样。吴瘸子在西边一间里屋的门口露了露头，说："你进来吧。"

小琴站在那儿，一动不动，微笑着问："你家嫂子呢？没在家吗？"

吴瘸子在黑暗中的一笑，让小琴又是觉得浑身发冷。

"你嫂子就在这屋里，她先睡下了。"

明明猜到，里面可能是个陷阱，可小琴还是迈动脚步。此刻的小琴慢慢平静下来，心说，你怕什么啊？你一个人待在天堂口都不怕，难道会怕眼前这个瘸子？小琴走到门口，向里看了看，借着外间微弱的灯光，看到里面的确是卧室。刚才，她明明听到女人的声音，以此判断，女人是肯定在屋子里的。小琴竟然觉得好笑，稍稍否认自己刚才的判断。这个男人，未必正在虐待自己的妻子，他们俩说不定正在忙活男人女人在这时候应该忙的事情。墙角靠窗的位置，有一张床，跟自己那张床摆放位置一样。床上果然躺着个女人，看不清脸色，但小琴一下子就认出，正是吴瘸子的老婆。于是，她放心地进了屋子，吴瘸子在墙角一个箱子里慢悠悠地翻找。

小琴冲着女人打声招呼："嫂子，早睡下了？"女人嗯一声，却并不说话。小琴也无话可说，站在那里四下打量。屋子里很暗，到处堆满东西，与外面的味道相比，这里面气味更浑浊。

吴瘸子翻找半天，嘟囔说："明明在这里面的，怎么没有呢？"说着，转回了身，脸上似乎挂着笑容。小琴看着他，顿时又有一丝警觉。吴瘸子轻飘飘地说："要不，你陪我喝一会儿酒？说不定，一会儿就来电了。就是不来电，等会儿，我拿手电筒把你送回去。"

小琴恍然大悟！

她扭头看看床上的女人。女人却悄无声息转过身子，面朝墙壁了。

小琴说："吴大哥，我不能喝酒。"说着，转身往外走。

瘸子说："怎么会？你都陪着三个男人喝过酒，为什么不陪陪我？"

小琴已经做好快跑的准备，可吴瘸子一条腿虽瘸，反应居然不慢，没等小琴把脚步迈出门去，就被吴瘸子拦腰抱住。小琴毕竟是小琴，久经过沙场的，一时反倒静下心来。"你想干什么？"她问。

吴瘸子反问："你说呢？"

小琴冷冷地说："你老婆在床上。"

"没事儿，你不用觉着不方便，我可以让她腾出地方。"

这句话差一点儿让小琴笑出来，世界上真有这么荒唐的事儿吗？小琴冷冷地说："那也不行，做什么都有规矩的。如果你真想，就到我那边儿去。不过，我可是要钱的。"

"我要不给钱呢？"瘸子说。

"那你就碰我一下试试。我保证，会让你的另一条腿也变瘸。"

吴瘸子双手又使些力气，说："这我还真不信。"

小琴一直紧盯着他："不信，你就试一试看。"

两人对话时，吴瘸子一直抱着小琴。小琴则一动不动。她闻到吴瘸子嘴里有浓重的酒味儿，忍不住想吐。吴瘸子突然使出气力，把小琴往床边拖。小琴没想到一个瘸子身上竟然有如此的蛮力，她拼命挣扎，说："你觉得这样好玩儿吗？"

小琴的反抗也让吴瘸子无计可施。他力气虽大，毕竟腿脚不灵活。小琴心里暗乐，心道，就你这样子，我就不信能强奸了我。可她更没想到，接下还有更荒唐的事情发生。

吴瘸子突然冲着床上吼叫："你个臭婊子，还不过来帮帮忙？"

小琴顿时愣住！世上还有这种事情，一个男人，要自己老婆帮着自己强奸另一个女人！小琴恍然顿悟，她知道床上那个女人什么处境了。她不再反抗，却眼看着那个女人真的慢慢起了身。果然她是赤身的！女人的两只脚一落地，在灯影下，就显出两条腿是不一样长的，几乎跟吴瘸子一模一样。但从身形看，女人的身材还是好极了的。小琴一直盯着她看，女人的两条腿像是灌满铅，刚走出一步，身子就摇晃起来。小琴的眼泪突然一下就涌出来。

"嫂子，你不用过来。"她脱口而出。

小琴由着吴瘸子把她拖到床上，由着他解开衣服。她不再反抗，哪里也不瞧，只是盯着漆黑的房顶某个位置。吴瘸子爬上她身子的时候，小琴说："叫你老婆到外面去，我不喜欢她站在这里看。"

吴瘸子一扭头，说："去！你到外面去。"

女人一声不吭，在墙角找一件衣服披在身上，一瘸一拐出了屋子。

接下来，小琴一声都不吭。

"你怎么不叫？你跟他们，不是叫得很欢吗？"

小琴心里一阵恶心，说："瘸子，你每天晚上都在我窗子外边听动静吗？你听得很过瘾，是不是？"

吴瘸子气喘吁吁："你个臭婊子。"

小琴呵呵地笑："这话你倒是说对啦。不过，瘸子我告诉你，我这样做，是为了你那个可怜的女人，不是为了你。你简直就是个畜生！那可是你自己的女人，有你这样子糟蹋的吗？你不把别人当人看，人家也不拿你当个人的。"

吴瘸子制止她："你别说话！"

可小琴偏偏要说。她干脆伸出两只手，搂住吴瘸子，继续说："我为什么不说话？我又不是哑巴。你能管着我说话吗？我看，你活得比我也强不到哪里去。说实话，我现在真有些可怜你。我是婊子，可你老婆不是呀。你不知道，你这样子，真的很像畜生呢。"

吴瘸子恶狠狠地说："我们家的事儿，你不要管！"说完这话，吴瘸子竟然软软地松下去。

小琴在黑暗中盯看吴瘸子的脸。过了好半天，才迷惑不解地问："就这点儿本事？"

吴瘸子哀号一声，身子瑟缩着，慢慢地躺到一边儿。

小琴眨巴一下眼睛，浑身一耸一耸，止不住笑个不停。

"滚！你给我滚出去！"瘸子大吼一声，竟然扭头向里，抽泣起来。

小琴立刻止住笑声，坐起身子来，先瞅瞅他，顿了半晌，才窸窸窣窣去找自己的衣服。穿好衣服，站到床边，小琴才说："没想到，你比你老婆还可怜。"

吴瘸子哭得更加凄楚。他一伸手扯过被子，蒙在头上，呜呜地哭起来。

小琴走出屋子，又愣了。女人坐在堂屋里，目光呆滞，朝外面看着。她的身体躲在一件宽大的衣服下面，看上去是极小极小的一团。小琴无话可说，朝外就走。女人一声不吭，跟在她身后，到了门口，小琴忍不住回头想说点什么，却什么都说不出来。女人也不说话，却伸一只手冲着小琴。

那只手上有两根蜡烛。

后来，小琴从头到尾了解了吴瘸子跟他老婆的故事。那天傍晚，天气已经真正凉下来。地里已经种上小麦。小琴先去的天堂口。她坐在那棵老柳树下面，幽幽地抽着烟。过了好一阵子，王菊花居然也来了。小琴是后来才知道女人叫王菊花的。自从那夜的事情发生以后，小琴和这个女人，似乎有了一种心照不宣的默契。两人很少说话，但见了面，彼此的目光里都有些善意。两个女人一个坐着，一个站着，互相打量一番。

小琴微笑，拍一拍地面："坐下吧，姐。"

女人坐下来。

两人一起望着西边的天空。

小琴先开口："他都那样子对你，怎么还能跟他过下去？"

王菊花叹息一声："谁活得也不容易。"

小琴扭头看着她："总不能，就这样过一辈子吧？"

王菊花一笑："一辈子很短，很快会过去的。瘸子对我是有点儿过分，可我跟你说，这人心眼儿还不算坏，不喝酒的时候还像个人样。"

"都这样了，还不坏？"小琴瞪大眼睛，"女人找个男人是找个依靠的，这样一个男人算什么？"

王菊花一笑："有时候，我还挺羡慕你呢。这世上，做个女人都不容易。"

小琴心里一暖，同时又很吃惊，她还是第一次听人说羡慕她："你羡慕我？你不恨我啊？"

"我干吗要恨你，要恨，我就恨老天爷，恨自己的命。自从有一年发生一件事情之后，我就谁也不恨了。你看，连吴瘸子这样对我，我都无所谓，你说，我还能恨什么？"

王菊花说的那件事儿，就是那年夏天发生的事儿。

当时，王菊花和小武的爹的确正紧紧地搂抱在一起。但两人的下身并不是像传说中的那样，都没穿衣服。尽管，两个人都知道，在那时刻周围是可能有人出现的，但是情不自禁的他们已经失去理智。一男一女搂抱着，手忙脚乱在对方身上找寻什么。一个是有夫之妇，一个是有妇之夫，在乡村里这样的见面机会并不多，而且背负着很多心理压力。这样的事情，注定是遭人唾弃的，人们的眼神和唾沫星子足以把你淹没，把你杀死。果然，老天爷的惩罚措施及时而又残忍。两个人都没有意识到，还有几秒钟，头顶的脚手架会哗啦一声坍塌下来！

"我当时完全成了个傻子。轰的一声，地在摇晃，地面要塌陷下去。我就觉得像是有根棍子朝着我的腰敲一下，晕过去了。要不是那个男人狠命地一把把我推开，我就跟他死在一块啦。你知道吗？他要是拼命跑开，完全有机会能活下去。死的那个，恐怕就是我。他把我推开，死的那一个就是他。后来我一直在想，你推我干什么？还不如那时候咱俩一起死了，就抱在一起死，多好啊！人死了，别人说什么也都无所谓。你留下我一个人在世上，算怎么回事儿？你这是救了我吗？"

女人停下了，捂着脸。

小琴张大嘴巴。原来，世界上真有这样的男人啊！

"你们俩在一起的时候，是很幸福的吧？"

王菊花笑了："是啊，我俩是真的好，从小就一块长大的。可是，他娘是个老迷信，找神婆算过生辰八字，说我命理不好，是要克夫的。现在想想，那神婆说得还真对！所以，那男人就娶了别人。那时候我想，做不成夫妻，我就离这个男人近一点儿，后来就嫁到这村里来了。没想到，我俩抬头不见低头见的，一来二去，就又到一起了。其实我一点也不后悔，尤其是他走了以后，我就想，有过这么个男人，你这辈子就值了。那时候不像现在离个婚这么容易。我俩不敢明目张胆。我醒过来的时候，躺在医院里。先前跟的那个男人，一次也没去看我，这我也没什么好埋怨的。我朝人家头顶上倒一盆屎尿，还能指望他对我好吗？再说，那男人本身就是个窝囊废，整个贾镇谁都拿起他捏一下子。出院以后，我俩就离了婚。那时候我心里有说不出的高兴。可在农村，像我这样的女人，就是一堆臭狗屎。除了不怀好意的男人，谁见了，谁躲着走，就连我爹我娘，这么多年了，到现在，还不让我进家门儿。我还真是不如跟那个男人一起死掉算了。说到死，我还真死过一回，就在这棵柳树上。你看，拿绳子一挂，死了也是挺简单的事儿，是不是？这地方离村子远，又偏僻，连个人影子也没有，很适合一个人悄悄地走。有天下午，我揣着一根绳子来到这里，也是在这个地方坐了半天，后来，我站起身来，拍拍屁股，心里说，大不了就是个死，我死过一回的人怕啥呢？我死了，说不定能到那边去陪陪那个男人。我把绳子搭到那根枝子上，用手拽拽，还行，挺结实。我绾了个死扣，抓在手上，爬到树上去，把头伸进去，往下一跳！"

小琴看着王菊花，心里觉得奇怪。这个女人说起自杀的过程，脸上为什么泛着亮光，似乎那是件很令人陶醉的事情。

"结果，就没死成。可我当时以为，我就这样死了，我喘不过气来。小琴你肯定不知道我当时怎么想的，我很害怕！原来，死是这么难受啊，比活着还难受。就那时候，小武家的麦地里突然蹿出个人来，那就是瘸子。"

　　小琴恍然大悟："原来，瘸子是救过你的。"

　　王菊花呵呵一笑："是啊，不管怎么说，他救过我，是不是？可你知道，他那天为什么跟着我啊。"

　　小琴心里一凉，顿时有一股怪异的感觉浮上来。

　　"你以为瘸子是什么好东西啊？他的腿怎么瘸的，你知道吗？是勾搭村里的一个娘们，被人打瘸的。本来他有媳妇的，还没结婚，出了那事儿，谁还愿意跟他？他跟在我身后，就没安好心。自从我出了那事儿，在贾镇谁都拿我当个牲畜对待。我无家可归，到处瞎逛，睡在柴火垛里，牛棚里，猪圈里。村里的光棍儿，哪个都想占我便宜。我怀里常年揣一把刀子，就那个老秀才，现在头发胡子都白了，看上去像个人，也是个老流氓呢。你知道他跟我说些什么？闺女啊，你看看我多么可怜，老婆走了这么些年，身边连个女人都没有。你跟我回家去吧，我家里暖和呢。说着说着就想动手动脚，我一刀子捅过去，差点把他的狗爪子削下来。"女人叹息一声，看着远处，淡淡地说："可人总得活下去，你说是吧？"

　　小琴忍不住伸出一只手，放在她膝盖上。

　　小琴说："以后，你就是我姐了，好不好？咱俩相互照应着，好好地活下去。"

第十一章 小 武

1

田野里重新绿油油起来。开春不久，麦苗把憋了一冬的劲儿全使出来，拼命蹿骨节，长个子。贾镇的人们开始早起晚归。男人们窝了一冬，身上积了许多肥膘儿，需要出去发汗。包工头的摩托车，开始三天两头钻进贾镇。六指的那辆拖斗车，再次派上用场，一大清早就吭哧吭哧响着，拉一车男子到城里去。

整个贾镇，有条不紊地从冬眠状态下活跃起来。

前一个冬季里，村子里发生过不少怪异的事情。随着天气变暖，人们身上的衣服渐薄，地气开始温吞吞回升后，贾镇又相继发生了几件更加莫名其妙的事情。只是，村里人根本没有对这些事件进行过多关注，也没有发现其中的某些规律，因而，也就不去怀疑任何人。何况，贾镇人对任何一件事情的判断，最终的落脚点，都在一个命上。一户人家有了红火的事，这是祖上积德，人家自己行善，好人好报，是交了好运。如果这户人家有了噩事，比如，小孩子好好的，夭折了。比如，年轻人骑车在路上走着，就撞了车，拉到医院里去，也救不醒。再比如，本来体力强盛的一个男人或是女人，一下子就得了绝症，没过半年被病带走了。这样的时候贾镇人也会感慨，也会给予同情，但最后追究原因，不过就是，这家人的命不好，所以就摊上事儿了。或者，房屋什么的风水不对，需要找先生好好看看。因此，根本没人把那段时间密集发生的稀奇古怪的事儿，归结到同一个人身上。

首一件，几个老光棍家的柴垛，在大年初一晚上居然一起失了火。

每年的这天，三个老光棍儿——老滚，老六和老八——都要凑到一块喝一场大酒，这几乎是雷打不动。贾镇的人们在这一天照例是不出门的。年纪大点儿的，一大早起了身，等着晚辈来给他们磕头拜年。三个老光棍也接待了一些拜年者，毕竟年岁不饶人，他们已混到长者的份儿上。磕头的人聚集在上午，时至中午也就不会再有。那时刻，老滚家的酒席已经摆上。三个人一起喝酒，喝多了也就说到小琴身上。老滚喝得眼睛红红的，低了头，幸福地笑着，说："小琴到天堂口，是好事儿。要不，咱到哪里风流去？村里的女人，哪个是你们俩敢动的？你们要是敢动，早被打成瘸子啦。"老六、老八也表示认同。老八甚至说："要能喊小琴过来喝酒好了。"老滚劈脸就骂："想作死是吧？下午咱们要一起去敬家堂。大过年的你喊那样一个女人陪你喝酒，不怕祖宗先辈骂死你？"

说是去敬家堂的，三个人却喝多了，一个也没有到场。

所谓敬家堂，意思是，每个家族都由长者或主事的张罗，摆设祭品，燃放鞭炮，请本家族列祖列宗直至每一位逝者，在年三十夜到初一这天，都回来聚一聚。到初一这一天，再搞个仪式，把先辈再送回去。

老滚喝得大醉，脑子里想着去送家堂的现场。不料，刚到大门口，就一头栽倒在柴垛里。这一觉，就睡到天黑时分。他是被一阵灼热烤醒的，睁开眼一瞧，老天！身边儿竟然火焰冲天！那一场酒，霎时就醒了。"不好啦！失火啦！"他跌跌撞撞站到院子里，大声呼救。那个时候，村子里到处是鞭炮声，只就近几家邻居赶紧跑来帮他救火，等把火扑灭，老滚家那垛柴火早已烧了个干干净净。

这边喧闹刚止，老六、老八家又见火焰冲天！

这件事情，也曾引起贾镇人　小阵子的议论。不过，谁也没往人为因素去考虑。大年初一嘛，孩子们到处放鞭炮，哪年不燃起几个柴垛的？何况，三个老光棍都是烟鬼，都喝得烂醉，一不小心把自家柴垛点着了，这也不算稀奇事儿。

直到第二年的冬季，小武被抓到，谜底才第一次被揭开。原来，这三把火，都是小武一人放的。

刑警王大头记得非常清楚，小武讲述这件事情的时候，眼睛亮亮的，依然很兴奋。小武说："你们没见过那种情景，真是好看啊，红彤彤的半个村子！"

当然，有一个人，是隐隐约约猜测到这件事情的，那就是小武的母亲。年初一那个傍晚，她正把香纸摆到屋子里院子里的各个角落，要敬天地神灵的。突然，听到外面有人喊救火，她急忙跑出屋子，却看见小武面朝起火的方向，身上只穿一件毛衣，瑟缩着身子站在冷风里。小武母亲刚想喊一声，却听到小武喉咙里发出一个古怪声响。她悄然走近小武，心里咯噔一下，小武的神色，明显是喜不自禁的。人家的柴垛燃了，你兴奋个什么劲儿？小武母亲这样想，也这么问。小武猛地转过脸来，母亲看到小武眼睛里的光芒闪烁一下。

"好玩儿！"小武说，"你不觉得很好玩吗？"

那个时刻，小武母亲还没往小武身上想。等她出了院子，去帮着老滚把火救下，往回走的时候，心里就起了疑问。老滚的家，离小武家仅隔了四五户人家。她知道小武刚才出去过一趟。老滚虽然醉酒，但信誓旦旦地说："我身上绝对没有烟火！不信你们翻翻。我也没听到鞭炮声。"

另外两家离得稍远一点儿，老滚家的火还没熄，那边却已经叫喊连天，证明三场火差不多是同时燃起。而据小武母亲推测，小武点燃这三把火，然后迅速跑回家的话，那时刻也就正在院子里。

救完火回家以后，小武母亲咔嚓一下关闭大门，走进小武的屋子。小武躺在床上，窝在被窝里，什么也没做。母亲进去，他才转过脸来看她。母亲打量他半天，什么都没说。还说什么呢？小武的眼神已证明一切。

女人的担心，实际上在小武踩踏人家的玉米那个夜晚起就已有了。在那个雨夜，小武母亲站在玉米地旁，看着小武发疯的样子，突然感到有点绝望！无端又为自己这些年的付出觉得委屈。老天爷啊！我忍气吞声跟了老魏这个坏种，受着贾镇人的笑话，都为了啥？还不是为了小武你长大成人，本以为，你长大了，娶上媳妇，就算熬出了头。可你这孩子，怎么变得越来越让人担惊受怕呢？那一晚，在地里，在天堂口，当她看到小武和小琴真的在一起，简直彻底绝望！她感到天堂口突然一下子摇晃起来！真是天也要塌下来！你个小畜生，你彻底毁了，你不想走正道啦！你居然被一个下三烂女人给迷住。女人把这一切思来想去，照例还是哀叹一声："我怎么这么命苦啊？"

除了小琴，几乎没人知道，有天晚上这个女人悄悄去过天堂口那栋房子。当时，小琴正半躺在后院里的躺椅上，看着黑黝黝的玉米地。一见到小武母亲，她急忙起了身，怯生生地叫一声："大姐！是你呀。"小武母亲站在那里，却好半天不说话。小琴不知她什么意思，试着没话找话："大姐你坐呀，你坐！"小武母亲不坐，仍然不说话，只拿眼看着小琴。小琴双手抱抱肩膀，满怀警惕，担心这女人会突然一下子像老鹰一样扑过来，撕扯她的身子。没想到，小武母亲做了个让小琴很惊讶的举动。

她慢慢低头，慢慢躬身，突然一下子，整个人跪在地上！

"我是来求你的！你放过我家小武吧，他是个孩子，他不懂事儿。"

小琴张着嘴巴，手忙脚乱，去拉扯小武母亲："大姐你赶紧起来，你这是干吗?"小武母亲推开小琴的双手,继续说:"咱俩都是女人,你得体谅我的苦,你知道我这辈子多么不容易吗?小武是我的命!我这辈子就是为了他活着,这孩子要是毁了我就完了。"女人说着说着,呜呜咽咽哭起来。

小琴突然一下子感觉很委屈。她心说,我怎么你家孩子了?我真没勾引他,是他自己来的。而且,对那孩子我从头到尾也没有坏心眼儿。可这样的话,小琴怎好说出口来,只能说:"我以后再也不理小武。你放心,我跟小武之间,不是你想的那样子。我们一起去天堂口,也就是去玩一玩儿。"

小武母亲又说:"我来,还求你另外一件事。我们家那地,你还是不要租了,好吗?"

小琴呆愣半天,点点头:"行,我不租啦!"

这也是那天小琴毅然决然去找老魏的原因之一。

后来,小武母亲还去找了小武三叔。那是个流云似血的下午,小武三叔正在院子里试一把镰刀是否锋利。他嘴里叼着一支烟卷,歪着脑袋,眯着眼睛,拿右手的拇指在镰刀刃上轻轻擦拭。

见女人进了院子,他扭头问:"嫂子,你有事儿吗?"

小武母亲把自己的担心说了,又说:"你是小武的亲叔,这事儿你可得上心。"

三叔说:"那是,小武也是我家孩子嘛。不过,小武虽说是个孩子,很有自己的主见呢。我估摸,不至于这么严重吧?"

小武母亲低声说:"我的孩子,我有数。这孩子整天心里头想些啥,你能知道啊?我是他娘我都不知道。我最大的担心,是他跟天堂口那个女人……"

"不会吧?小武才多大?"三叔有点诧异。

"怎么不可能啊?"她把小武毁坏人家玉米,有天晚上还跟小琴去天堂口的事儿都说了。

三叔似乎恍然大悟："难怪，我还一直猜是谁踩了人家玉米，原来是小武啊。"

小武母亲说："你千万别说出去。其实，老早我就觉着这孩子要犯毛病，你看，我是不是该找个神婆给他看一看？"

"看什么呀？你们女人家就是迷信。他还是个孩子，还不定性，有事情不跟大人说，也是正常。我哥当年也是这脾气，我看也没出什么事情。"

女人一撇嘴："你哥？他出的那事情还算小？那时候连我都出不了门。你还好意思说。"

小武三叔就不说了。

但是，小武母亲说到小琴的事情，三叔反倒觉得是正常的。男人嘛！都这么大了，不琢磨女人，那还叫个男人呀？

所以，小武的三叔没太拿女人的话当回事儿。

贾镇这一年的春天似乎姗姗来迟。起初，有那么几天有过转暖痕迹，贾镇人已经陆陆续续试着脱下棉衣，却不料，农历二月刚过，半天空硬生生地阴了几天，凛冽的风又呼啸而至。忽悠一下子，整个贾镇又被掩埋进一场雪里。这样的天气，以往的年份并不多见，贾镇人被打个措手不及，感冒病毒像是天兵天将，杀气腾腾进了村子。越是平日里看上去身强力壮的汉子、女人，越是被袭击得厉害。

小武的身子向来结实，似乎浑身每一个毛孔都向外散着火气，不料，这一次脑袋里也像塞进了棉絮，脚底下绵软无力。最厉害的，是村子里的两个老人，竟被这场病毒给杀死了。奇的是，老秀才在这次感冒病毒侵袭过程中，竟岿然不动。老家伙面色红润，嘴里呼着热气，仍然每天一大早就出来满村子乱转。更奇的是，这场寒冷，一直持续到了谷雨。谷雨这一天，竟像是一道分水岭。那天过后，贾镇哗啦一下子进入了春天。街道两边、村子后面小河旁的柳树仿佛一夜之间，就绽出绿芽。

另一桩古怪的事情，就发生在谷雨过后没几天。

老秀才出事儿了。

天气一暖，贾镇的男男女女浑身上下懒洋洋起来，开始有了午睡的习惯。大街上行人并不多，三三两两，都是低头耷拉脸的样子。就在那时，贾镇的街巷里，突然响出一声鬼哭狼嚎，把所有睡着的人都从梦中惊醒，人都机警地竖起耳朵听。那嚎叫声却并没有停歇，似乎还一路绕着走。于是，贾镇的男女老少，差不多都披了衣服站到院子里，走到大门口，挤到街中央，互相询问消息，一条主街顿时热闹起来。

"怎么啦？怎么啦？出什么事儿啦？"

突然，大家齐齐地扭头冲着一个方向，都把眼睛瞪大瞪圆！只见老秀才赤身裸体，从大街上一路跑过来，一边跑，一边大声喊："了不得啦，长虫，长虫啊！"

贾镇人管蛇不叫蛇，叫长虫。

那是老秀才第一次赤身裸体跑在大街上，所有人先是惊奇他的模样，接下来觉得这事情实在好笑，果然就都嘻嘻呵呵笑闹起来。那些大姑娘小媳妇们，早羞得躲进院子里去。有些胆子大的，站在大门口，尚未躲进屋子，也被家里男人骂着，小碎步地回了屋。贾氏一族里几个有些年纪、行事颇稳当的男子，立刻意识到老爷子这番形象，实在是有辱贾氏门风。满街观摩的女人们，大多数是晚辈儿媳孙媳的，这像什么话呢？

几个男子把老秀才当街拦住，围在中间，问是怎么回事儿。

贾老秀才惊悸未定，眼睛红红的，胡须在抖，说："一根长虫，比扁担还长，它，它钻进我被窝里啦！"

老秀才这一辈子狐仙都不怕，最怕的却是蛇。无论长的短的，粗的细的，只要打量一眼，好几天都浑身筛糠一样。村里老老少少，知道他这忌讳事儿的不在少数。贾镇人当然有许多并不怕蛇的，那时都咋咋呼呼问："在哪里？在哪里？"

老秀才啊呀一声："就在我屋子里的床上！我可不敢回去啦！那屋子，我再也不住了！"他似乎慢慢静下心来，这才意识到自己是全身赤裸的，低下头去一瞧，那东西蔫不拉几地挂着，又啊呀一声叫，拿两只手去遮挡。"完啦，完啦，老秀才一生英名，被一条长虫给毁了。我干脆不活啦！"老秀才像个老女人一样哭号着，蹲下身子，蜷在墙角。有个后生忙把身上的衣服脱下来，遮在他瘦骨嶙峋的身子上。

关于那条扁担长短的蛇，贾镇人倒也并不陌生。

据说，早些年有个男子正在地里干活，忽然听到周围有奇怪的声响，仔细听才发现声音来自天堂口那道沟。其时，夕阳斜照，又不是农忙时节，地里人并不多，何况那声音显然不是人发出来的。那人原本胆子颇大，穿过尚且青葱的玉米地，顺着声音找过去，不一会儿，到了天堂口边上，一瞧之下，顿时魂飞魄散！那道沟里的杂草丛，被硬生生分成一条线，线的中心地带，分明就是一条斑驳的长蛇！那个胆子很大的人，居然裤裆里瞬时灌满了屎尿。好半天，身上的血液才流淌顺畅，扭头就蹿！回家后就一下子躺倒，整整月余。

另一次，是贾镇闹蚊灾的那阵子，全村老少一起动手去填那水塘。那一次，是许多人都亲眼见了的，当大家拆开离水塘不远的半截院墙，打算用那些石块的时候，一条长蛇先是盘作一团，窝在一块大石板下，被大家惊扰之后，脑袋唰的一下子挺起，然后，慢悠悠地把身子舒展开，撤离原处，不知去了哪里。

在贾镇，大人孩子见了蛇，一般都躲着走，从不伤害它们。照贾镇人世代传来的说法，蛇是有灵性的，是属于神类的动物。伤害它们，是要遭到报应的。

因此，当一帮人听说老秀才屋子里有一条大蛇，并不觉得十分惊讶。几个不怕蛇的汉子，一齐赶到老秀才家，先是搜了一下院子里，并没有发现那条大蛇。然后，有人悄悄地走到门口，有人站到窗下，探头探脑往里看，仍然没有看到有何异常。其中两个小伙子，大着胆子，蹑手蹑脚钻进屋，一人手上握着一根长棍子，四下观察一番，仍未发现蛇的踪迹。便猜测一定是老秀才看花了眼，不知把什么东西当成蛇影子。要么，就是那蛇在这期间早就不知躲到哪里去了。扁担长的一条蛇，在屋子里，能躲到哪里去呢？

有两人轻轻伸了棍子，去挑开被子。

顿时，一个小伙子哈哈大笑起来！

被窝里，果然是窝着一条蛇的，但远没有老秀才说的夸张，仅仅有钢笔粗细！或许是被窝里暖和的缘故，那蛇居然颇为冷静，见了人，也只懒懒地抬一下脑袋，根本没有离开的意思。不过是田间寻常的小蛇，那两人一个拿棍子撩拨着，另一个俯过身去，伸手一捏，就整条地抓起来。

老秀才正瑟缩着站在大门外，一瞧那蛇，啊呀一声，又要逃。

一圈人哈哈笑着问他："秀才，这就是你说的扁担长短的长虫？"

老秀才嘴硬，说："不是这条，绝对不是！我看到的那条，比这一条要粗，比这一条长！你们看，它连孩子都带来了。它是要在我家里住下去呀！"

抓蛇的那个小伙子嘻嘻呵呵地笑着，将蛇拿到村外，放进草丛里。那蛇摇头晃脑打量一番，这才蜿蜒着离开。

老秀才被窝里钻进一条蛇，这一事件本身，并没有老头赤身裸体跑到大街上更有噱头。村子里的人热闹好长一段时间，都在谈论老爷子的滑稽样子，完全忽略一个问题，那条蛇怎么钻进老秀才被窝里的？不过，按正常规律推测，那个季节，蛇度过了冬眠期，爬出洞到地面上来游走一番，也的确没有什么好奇怪的。村子里哪一户人家没在墙角旮旯里发现过蛇呢？只是，老秀才文绉绉一个人，自吹自擂，上知天文，下知地理，没想到忽地出了这样一桩事，真是精彩无比！

老秀才后来经常赤身裸体往大街上跑，与这一次受刺激不无关系。

接下来，还有一桩蹊跷事儿，与此有异曲同工之妙。那却是发生在小武的干爹老魏身上。

与老秀才的仓皇失措完全不顾仪表裸奔在大街上相比，老魏倒是个不事张扬的，甚至，那件事情发生过好久，贾镇人才慢慢知晓。最初，是几个赌友发现，赌鬼老魏一连数日不出现在秘密的接头地点，这事情透着蹊跷。老魏这人，即便是绝了饭食，也不会戒掉赌瘾。一连几天不见人影子，几个人不免心里都有些着急。不是为老魏着想，却是为他们自己。万一这小子被警察抓了去，他又不是个意志坚定的人，要是把几个人一嘟噜全都供出来，那就完蛋了。一个半大老头儿自告奋勇，前去小武家打探消息。他一走进老魏的屋子，顿时，被一股子臭膜味逼迫得捂住鼻子。

小武的母亲早就跟老魏分房而睡。老魏痴迷于赌场，也觉得这样子很方便。何况，自从老魏跟天堂口的小琴有了一丝瓜葛，越来越对自己女人的身子不感兴趣。

那老头一瞅，老魏正仰躺在床上，看上去倒是醒着的。他咋呼说："大白天的，怎么还躺在床上挺尸？这么多天不去做事儿，你脑子进水了吗？放着有钱也不赚了？"

不料，老魏龇牙咧嘴哼唧一声，竟然是带了哭腔："日他个娘的，真是人走背字儿喝凉水都塞牙缝，放个屁能打掉脚后跟儿。"

老头奇怪，走近过去，才发现老魏胡须头发都像是乱草，面色灰黑，就哎呀一声叫："你这老东西，这是怎么啦？几天不见，成这样子，你病啦？"

老魏摇摇手，一脸痛苦："别提啦，被蝎子蜇了！"

"被什么？蝎子？"老头更加奇怪，"被蝎子蜇了，值当这副样子啊？"

老魏呻吟一声："关键是，蜇的部位不对。"他伸了一个手指头，指指裤裆那儿。老头儿先还困惑，稍过片刻，明白过来，哈哈大笑："把那玩意儿弄坏了？"又恍然顿悟，为什么老魏脸面朝上平躺着，两只脚却分得很开。

老魏仰仰脑袋，破口大骂："你这熊玩意儿，幸灾乐祸是不是？幸亏小畜生没碰我的关键部位，要不我真就断子绝孙了。"

老头子站在屋子中央，笑得弯下了腰，笑得满脸是泪水，好一阵子才说："来，你让我瞧瞧。"

老魏说："滚你个蛋的！有什么好瞧的？你又不是大夫。"

"我看看蜇到哪里了，好给你去请医生呀，你老这样子躺着怎么行？"

老魏说："我不要找医生！你要出去乱说，我就宰了你！"

跟老秀才被窝里钻进蛇如出一辙，老魏的被窝里钻进了蝎子。而且，不止一只。至少，老魏自己发现三只。袭击老魏的，是一只个头颇大的公蝎子。那天晚上，老魏脱掉裤子一钻进去，估计是坐到那只蝎子身上，但没有把它的尾巴压住。那蝎子身体被人坐住，自然奋起反抗。可怜的老魏突然觉得钻心一般疼痛，大叫一声，就爬起身来！但为时已晚，那只蝎子已经把毒针刺到他大腿根位置。老魏一起身，那蝎子被夹在他裆部，估计更加难受，于是，继续挥舞毒针，又戳几下。老魏连蹦带跳，哭喊不止。当时，家里空无一人，老魏的叫声没人听到。等到老魏发现袭击者，拿鞋底予以反击，成功歼灭三只蝎子以后，他感觉自己的身体正在慢慢发生变化，两腿之间火辣辣地疼着，像是塞进一个气球，慢慢地鼓胀起来！

小武母亲从菜园子里摘完菜回到家，发现老魏躺在地上，两腿伸开，双手捂着裆部，就像个大写的"人"字。

小武母亲要去给他抓药，老魏这次却知道羞耻了："你千万不要说我是被蝎子蜇了，就是说，也不要说是这儿。"

不料，蝎子所蜇部位属阴湿之地，颇不通风，一连数日不见好转。老魏连续多天都睡不着觉。那种折磨真是前所未有，比死了都难受。

前来刺探情况的老头并没有信守诺言，回去后跟另几个一说，大家都兴奋无比，比过新年还高兴。又没过半天工夫，老魏被蝎子蜇坏了阳物这条消息，就风一样在贾镇传开来。好多人连呼过瘾："老天爷开眼，作什么孽就得什么报应，这狗日的管不住腰里那根东西，年轻时就胡作非为，瞧瞧，报应来了吧?"

老魏被蝎子蜇的那晚上，小武在饭桌上表现得兴奋无比。但他还是憋着，使劲憋着。

小武母亲端详着他的脸，好半天才问："你怎么啦?"

小武压抑着笑："你不觉得很解恨吗?"

小武母亲又打量儿子半天，脸上的笑容慢慢地消失。她心想，屋子里出现蝎子，而且，一下子三四只，还真是蹊跷事儿呢。小武母亲脱口而出，叫了一声："小武!"小武迅速抬起头，看着母亲："什么事儿?"

小武母亲张张嘴，把到了唇边的问话咽回去："没，没事儿。"

2

这几桩看似稀奇古怪的事情，都是刑警王大头饶有趣味讲给我听的。

另外，王大头觉得很奇怪："所有人都说，小武这孩子是没有话的，但我跟他交谈时他简直口若悬河。当时，小武就这么说的：'你们瞧，谁也没有怀疑过我吧？就是那个老畜生，被蝎子蜇得半个多月躺在床上，都没怀疑是我干的。知道那条长虫怎么来的吗？我从一个小饭店里买来的，花了三十块钱。我跟他们软磨硬泡，人家才答应卖给我，三十块钱，一分钱都不少。那天中午，我悄悄钻到老头家里的时候，一个人影子都没有。奇怪吧？从我出了家门口，一直到我把长虫摆在老秀才被窝里头，没碰到一个人，你说我运气好不好？我知道老家伙害怕那东西。我站在大门口，看着老家伙光溜溜地跑在大街上的样子，真是过瘾啊！那些蝎子，是我到坡里自己抓的，地边上已经有了。幸运的话顺着一道地边儿，能抓到十几只。我花两天工夫，才抓了六只，放到老畜生被窝里四只，全都是个头大的，一看就雄赳赳气昂昂，蜇死这个王八蛋！'"

王大头跟我说，从中可以看出，这孩子精神方面似乎存在某种问题。他做了很多看似让人难以理解的事情。表面上看是恶作剧，实际上心理是阴暗的，或者干脆说是阴毒心理，是一种严重的心理扭曲。

他说起另外一件事，能清晰地看到小武的暴力倾向。"对，就是暴力倾向！"王大头肯定地说，"小武这孩子其实早就有暴力倾向，这一点，他母亲、他三叔多多少少都有所察觉，但是都忽视了。再说，农村人，哪里会注意到一个孩子的心理疾病？"

那一次，小武的袭击对象，是天堂口的吴瘸子。

关于小武报复吴瘸子，似乎有好多原因。其中一条不能略过的，是他仇恨吴瘸子的女人王菊花。小武很小的时候，知道父亲死的时候是跟王菊花在一起之后，他打量那个女人的眼神就完全不一样了。后来，慢慢懂事之后，尤其是听老秀才讲述父亲之死的原因后，小武开始仇视这个女人。每次遇见她，小武会把脚步停住，瞪大眼睛，一句话都不说，只盯着女人看，看得王菊花心里直发毛。整个贾镇最让这个女人害怕的人，还不能算是吴瘸子，而是这个叫小武的小孩儿。

当然，在小武做那件事情之前还发生过一件事情，兴许也与此有关系。那件事情，就牵扯到小琴了。

老黑曾说："由此我们可以梳理出小武做这些事情的共性规律，那就是，他报复的每一个人，都跟天堂口的小琴有关。这在后来也得到印证，小武曾经亲口供述，他接下来还准备算计那个结巴司机，他想在那个胖子的车必经之地，挖一个大坑，让他的车轰隆一声陷进去。这个工程不算小，要考虑到的环节比较多，再说他还没来得及实施，就出事了。"

有一天恰好是老黑带班，突然接到报警电话，竟然是小琴打的。说实话，老黑那时对小琴很生气，不仅仅是他介绍的租地生意没有做成，还因为小琴破罐子破摔，彻底在天堂口大张旗鼓做起皮肉生意。据老黑了解和推测，像小琴这样子的女人，实在并不多见。一般的女子走上这条道，结局会有下述几种，一是远走异地，以此为业，积攒下一些资本后回归原籍。该结婚结婚，该干别的生意干别的生意，彻底与此隔绝。虽然身子自己知道洗是洗不干净的，但只要没人知道那截历史，也就可以逐渐开始新的生活。另一种是浸淫此业久了，熟悉其间门径，一旦有了钱，会尝试自己另起炉灶。这条路的结局往往并不美妙，大多是以被抓被判刑画个句号。还有一条线路，就是姿色出众且脑子也好使唤的，会悄悄遮盖污点，摇身一变，给有钱人做个二奶三奶，运气好或者脑子尤其好使的，说不定会脱离苦海升格变为一奶，那就可以堂堂正正过好日子。可是，小琴这样的，算怎么回事儿呢？明明已经年老，在天堂口做这个能挣到多少钱呢？即便有客人，也多是周边村落里的光棍，以及民工。而且，她还带着自己的母亲。难道，这个女人脑子出了问题，一点都不想想自己的结局？

老黑本来可以不随同出警队员前往，他稍一犹豫，也钻上警车。

原来，小琴那天喝多了酒，到吴瘸子家去串门，一不小心惹到他，两人噼噼啪啪动起手来。自从停电那晚的事情发生后，小琴已经断定，吴瘸子并不可怕，只不过是个虚张声势的废物。而且，她跟王菊花从那以后便成了好姐妹，尽管表面上走动不频繁。毕竟，小琴还要顾及王菊花的心理感受，也就不经常去家里找她。两人却时常在天堂口见面。在骨子里，她俩却真正是同病相怜。没想到，处于醉酒状态的小琴无意中一句话，却惹火吴瘸子。他突然面红耳赤发作起来，揪起小琴的头发，劈头盖脸好一通打，边打边说："整个贾镇的人都笑话我，你一个外乡的小婊子，你也敢这样对我？"王菊花想过来劝架，被吴瘸子一脚踢倒在地。小琴若不喝酒，还能应付。可她已经醉得不成样子，自己一个人走路还摇来晃去。被吴瘸子一顿打，蒙了。好不容易趁隙逃出来，正在往前跑，却不料吴瘸子颠着一根腿，行走却比她迅速，又被抓回去。在厮打过程中，小琴手忙脚乱掏出手机，报警求助。老黑他们赶到现场时，两人已经不再动手。小琴的嘴角肿起来，连话都说不清晰了。吴瘸子也似乎打累了，坐在那里一动不动，脸上也是伤痕累累。王菊花呢，躲在一间屋子里不敢出来。可是，让老黑想不到的是，小琴一见警察，却顿时清醒了，居然马上就变了说法。她说，她跟吴瘸子因为一点小事儿发生争执，现在已经没事儿了，要求警察不要再插手。

"真没事儿？"老黑端详小琴半天，问。

"没事儿，是不是啊吴大哥？"小琴扭头看吴瘸子，后者的口气也软了，说："是一场误会，我们自己会处理的。"

这当然又是小琴的处世之道。

依照她的经验，有许多事情，依靠警察处理，会变得更加复杂。老黑在从警历程中遇到过太多这样的事儿，尤其是中学生打架，是很少依赖警察处理的。因为他们觉得警察不可能随时都来保护他们，所以，有实力的就靠自己去打拼，没有实力的会去寻找靠山，有的甚至找到社会上的闲散人员。

没过多久，小武就结结实实收拾了吴瘸子一顿。

为等待机会，小武在天堂口附近下足了功夫。这个孩子有时候做起事情来，有着与其年龄不符的耐心。他知道这种事情一定要做得天衣无缝，一袭得手，绝不拖泥带水，不能让吴瘸子发现任何破绽。因此，整整一周的每个夜晚，小武像一个便衣警察那样，在天堂口附近蹲点守候。他知道吴瘸子喜欢喝酒，而且，天气暖的时候都是一个人坐在院子里喝。他的行动计划是，趁着吴瘸子喝多了酒，迅速扑上去，就是一顿乱棍！当然，在那个院子里，他很有可能被王菊花发现。这个小武也想到了，但是这孩子基本上完全忽略王菊花的存在。小武早就知道这个女人怕他，跟他碰面之后，她甚至连头都不敢抬。即便是女人知道是他，那又怎样？

机会终于让小武等到。事情发生的那个夜晚，吴瘸子喝得摇摇晃晃的，居然走出院子，顺着东边那条小路，朝村子里走去。小武忍不住一阵惊喜，心想，真是功夫不负有心人啊！那个夜晚没有月亮，瘸子手里握着一个手电筒，跌跌撞撞向前走，嘴里还哼着小戏，根本没意识到，小武像一匹野狼，悄无声息远远地跟在他身后。小武一点都不着急，在那个时间段，那条路上一个人都没有。他要等吴瘸子再往前走一段，两头都摸不到边儿的时候下手。小武手上握着一根镐柄，老槐树做的，在手上显得很有分量。

更让小武激动的是，吴瘸子居然又给了他一次绝佳的袭击机会。他蹲进路边的地里，估计是想解手。

小武远远地看着那手电筒的光一下子熄灭，四周顿时一片漆黑，但吴瘸子蹲在那里窸窸窣窣的声音却传过来。对于那段路，小武简直太熟悉，吴瘸子蹲下去地点他也熟悉极了，正是他家的地头。玉米已经长成半人高，吴瘸子蹲在地里，肯定还会露着半截脑袋在外面。小武迅速启动步伐，在奔跑的过程中他突然冒出一个想法，不能就这么简单地收拾吴瘸子，得捉弄他一番，就像猫逮住一只老鼠后，并不急于吃掉它，而是反复戏弄它。

吴瘸子很快就意识到，有个黑影向自己跑过来！他下意识地问了一句："是谁呀？谁在那里？"小武当然不会出声，吴瘸子一伸手，抓起手电筒，想照一照是谁，可惜，他慢了半拍。那道光柱刚晃起来，小武高高举起的棍子已经敲下去。

吴瘸子一声惨叫！

那道光束猛地一晃，落在地上。小武抡起的镐柄，正好打在瘸子手腕上，他感觉自己的手腕像是咔嚓一下被砸断了，再也不能灵活旋转。还没等吴瘸子反应过来，小武已经一脚踢去，顺势扑下身子，将他死死摁住。吴瘸子的裤子还没提上，就那样子趴在地上，根本反抗不得，压根儿也不敢反抗，他吓傻了！小武用膝盖顶住吴瘸子后背，腾出双手，脱下自己的上衣，呼的一声，就蒙到吴瘸子的脑袋上。

吴瘸子反应过来，开始求饶："兄弟，你想干什么？你要钱吗？我身上不多，我本来是想去村子打酒的，我全都给你。"

小武一声不吭，伸手抽下吴瘸子的腰带，摸索半天，才把吴瘸子双手捆住。吴瘸子任凭他摆布。随后，吴瘸子的鞋子也被脱掉，嗖嗖两声，两只鞋子就被扔进玉米丛深处去了。小武的两只手一用力，吴瘸子的裤子就被撕烂！吴瘸子蜷着身子，趴在地上。地上的杂草木棒划得他身上伤痕累累，但他已经顾不得疼，只连连求饶。可这个强悍的对手，除了嘴里呼哧呼哧直喘，其他声音一丝也无！吴瘸子的酒顿时醒了大半，代之而起的，是深入骨髓的恐惧。他的脑袋被一件衣服包着，双手被捆住，两只鞋子被脱掉，已经毫无反抗之力，即便是有，吴瘸子也绝不敢造次，刚才那一棍子，手腕虽然没断，但也疼痛难忍。如果反抗，被他一棍子敲在脑袋上，连被谁打死的也不知道。

小武拿脚踩住吴瘸子，直起腰，歇息片刻。

一切都顺利！简直太让他兴奋。

那段时间，两个人都很奇怪地保持着沉默。小武已经决定从头到尾不说一句话，吴瘸子却是发现，求饶根本不起作用。他得判断一下，这个人究竟想要对他怎么样？但吴瘸子的这种心态显然对他不利，小武是很想看看吴瘸子的可怜样子。漆黑的夜晚无法看到，但可以听到呀。吴瘸子竟然不说话，这怎么行？小武抓过手电筒，打开来，照着吴瘸子的脑袋。吴瘸子仍然不说话，小武抡起手电筒，照着那脑袋就是一下子，吴瘸子发出一声惨叫！

小武感到惬意，有这样的声音就可以。

他转到一边，左手抓着手电筒，右手高高举起那根镐柄，心里稍稍思索一下，瘸子究竟是哪条腿瘸了呢？如果吴瘸子知道小武此刻的心思，他肯定会为自己没有给小武留下深刻印象而后悔不迭。小武想不起来他哪条腿是瘸的，哪条腿是好的，只好根据自己瞬间判断做出选择。那根棍子落下来，砸在吴瘸子左腿上！吴瘸子的惨叫声似乎证明，那本来就是一根瘸腿。小武猜测是搞错了，下一棍子砸在吴瘸子右腿上。小武就那样倒过来倒过去，反复敲击无数下，吴瘸子先还是哭号，到后来，根本就发不出声音。

小武打累了，拿手电照照吴瘸子，见他浑身抽搐，知道人还没死。小武蹲下身子，揭开自己衣服，把吴瘸子的脑袋放出来。他用手电筒照着吴瘸子的眼睛，让这人看不到自己是谁。吴瘸子眼睛迷离，根本睁不开，嘴里喃喃说道："求求你，饶了我吧。"

小武一伸手，把吴瘸子的脑袋拨拉到一边儿，这才站起身，穿好衣服。想了一会儿，又蹲下身子，给吴瘸子解开了捆在手上的腰带。他提着那根棍子，往回走一段路，才把熄掉的手电筒呼的一声扔到地里。再往前走一段路，连那根棍子也扔掉。他拍拍双手，又扑打了一遍身上，以免上面带着杂草。最后，小武双手插进上衣口袋，吹着口哨回家了。

第十二章　小　琴

1

小琴在天堂口的一年时间，居然很快就过去了。

从中秋节到农历小年，田野里的温度又开始一路走低。小琴和母亲都不到后院儿去了。一年过去，似乎田野里的风景已经不再是风景。问题是，小琴仍然是那个小琴。本就是一张残破不全的网，现在，似乎更加惨不忍睹。

这样一个女人，似乎连欣赏风景的权利都没了。

不用照镜子，小琴也知道，自己已经是人不像人，鬼不像鬼了。

她的身体状况越来越糟，体重已经降到让人害怕的程度，瘦骨嶙峋，脸上的骨架都清晰地显现出来，而且，皮肤是苍白的。小琴担心自己去风口一站，就会像一蓬杂草一样，被扬到半天空。她母亲不去后院儿，是身体不允许，根本去不成。老女人躺在床上，像一张纸那样轻。小琴似乎已经完全没有记忆，她忘记到底是从什么时间起母亲开始不说话的，一句话都不说，甚至不仔细听连咳嗽声都没有了。但是一呼吸起来，胸口像有一个风箱，咝咝作响。小琴明明知道，母亲是看不到她的。但偶尔，小琴端详母亲的那张脸时，感觉她是能看到东西的，而且，对自己像是怀有某种刻骨铭心的仇恨。或许，她在内心深处仍在恨小琴把她带离了故土？即便她不瞎，不聋，也不哑，在天堂口，也完全是一个靠人养活的废物。或许这种无奈感，也让她产生了对小琴的愤恨？

有一次，小琴听到扑通扑通的声音在另一间屋子里响起。她竖起耳朵，将身上的男人推下去，光溜溜地去母亲屋里看。她身子白花花的，哆嗦着站在灯下。反正她认为，灯光对母亲已经没有任何意义，就像她裸着身子站在母亲面前一样没意义。

小琴看到母亲在拿手拍墙，拍床沿。

小琴不说话，走过去抓住母亲的手，那只手像是树枝子，划得小琴手疼。母亲的手攥住小琴的手，攥得很紧，很紧。小琴顿时泪眼模糊。

母亲心里是明白的。

母亲是恨的。

那个夜晚，小琴光溜溜地跪在地上。她不知道，自己的那个举动是否在祈求母亲的原谅。

小武似乎又去过小琴那里好几次。小琴隐隐约约是知道的，大约有一两次，小琴从床沿上支起身子，往屋外一探头，就看到小武站在公路边上。小琴根本弄不懂，贾镇的小武心里到底在想什么。包括小武做的那所有貌似变态的一切，小琴都不知道。当然，她更不知道小武做那一切都是因为她的存在。

小武的目的，直白得既可笑又简单，凡是欺负过小琴的，凡是跟小琴发生过关系，又被他知道了的，他都会找个机会收拾一番。或许，也不完全是因为小琴身上的吸引力，而是小琴恰恰是摆到眼前的一个可供发泄的通道，她只是一个理由。小武长久以来的压抑，根本找不到释放的渠道。实际上他仇视贾镇里的每一个人，仇视这个世界。他要报复，他要发泄。而发泄的途径有很多种，以小琴为坐标，只是可供选择的方式之一。

当然，小琴也隐隐约约感觉到来自小武的危险，或者压力。

她一听到外面有动静，就会想，恐怕那个孩子又来了。可小琴内心深处，也并不是太在意。她早就给自己定了底线，也答应过小武的母亲，绝不能害他。孩子嘛，心性就是飘忽的，没法定性。这个阶段，他对一个女人着迷，或许过去一阵子也就根本没兴趣了。小琴往深里一想，又感觉到好笑，我这样一个女人，都快是你妈的年纪了，有什么可吸引你的？不管如何，小琴是绝不想跟小武见面了。

不过，她慢慢落下一个毛病。每次有男人来，不管灯亮着还是关掉，她似乎都感觉小武是站在窗子外的，好像小武手里随时都会抓着一块石头，冷不丁就会扔到小琴家的玻璃上。于是，小琴在那样一次又一次的过程中，忍不住歪着脑袋，去关注玻璃。偶尔她会想，假如就在这一刻，小武的一块石头正打进来，玻璃四处纷飞；再假如，有两块玻璃恰好就直奔两只眼睛而来，那样我也就变成一个瞎子了。

吴瘸子被小武收拾一番后，再见到小琴时不由自主就浑身哆嗦。他的两条腿，现在都瘸了。原来走路是往一边倒的，现在，简直成了一个大号的不倒翁。他的身体往两边摇晃，眼看着就要歪倒，别人正替他担心着，奇迹一般，他又立回来了，并往相反的方向倒去。

那天晚上，吴瘸子爬回家的时候，天已经快亮了。他伸出一只手，拍打好半天门板，王菊花才开了门。王菊花先抬头看，根本没看到地面上还有个人。等看到之后，吓得差点儿一屁股坐在地上。吴瘸子在镇上的医院住了半个多月，回家后又躺了半个多月，等再出门，就成了个不倒翁。即便是那样子，自始至终，王菊花也没有跟他说哪怕一句话。这么多年来，跟吴瘸子生活在一起的王菊花，完全变成个哑巴。现在，她根本不问，瘸子这样是怎么造成的。吴瘸子也不说。他怕了。怕谁呢？怕小琴。一声不吭的吴瘸子躺在床上，把贾镇所有男人都搜索一遍，也搞不清楚到底是谁向他下了黑手。但这个人，他肯定是认识的，否则，不会从头到尾都不吭一声。可手段如此残忍，简直要把他往死里整的，他想不起贾镇还能有谁。如果有，也不会是他直接结下的仇人。吴瘸子很容易想到小琴。因为这最好解释，这个女人，用来复仇的方式和工具其实很简单，只不过是借力打力，找个男人就行。

至于派出所里的老黑，当然不可能把所有心思都花在天堂口的小琴身上，派出所的工作纷繁复杂，千头万绪。尽管对他而言，小琴已经成了块心病，想起来就觉得发堵。对这样一个女人，你无计可施。你是一个警察，按说，跟这样的女人完全没的商量。说白了，警察要打掉这样一个地方，简直易如反掌。哪怕小琴带着她的母亲，又怎么了？你总不能因为这个，就网开一面，让一个卖淫嫖娼的窝点继续存在。

对天堂口的小琴的一举一动，老黑当然了如指掌。因为，那个叫贾镇的小村子里，有好几个治保积极分子，也可以说是他的线人，都会定期向他汇报村子里的风吹草动。知道好多事情后，老黑经常长吁短叹。此前，天堂口前的那条路，一向是被所里的巡逻民警忽视的。很多年来，那里根本就没有发生过一点儿小案子。说起来，都感觉那里有些凄冷荒凉。这是一种历史积郁下来的氛围，否则，先前那里怎么会用来做刑场？但对是否赶走小琴，老黑还是有点儿犹豫不定。好几次，他虽然安排人晚上到天堂口去蹲守，可内心复杂无比。

老黑莫名其妙想到小琴的母亲。

那个老女人，看着真让人揪心。但又一想，这样子下去不行，总是一块心病放在那里嘛！那一天，老黑走在大街上，突然意识到，再过几天，就是农历小年。又想，小琴和她的母亲，这一老一少，会怎么过年哪？于是，老黑决定再去一趟天堂口。

一走进小琴的屋子，老黑就闻到一股子异样的气味。那股气味混沌，污浊，让老黑紧皱眉头，甚至，无法呼吸。

小琴站在屋子中央，似乎一下子手足无措。

老黑一屁股坐在凳子上，看看门外路边上那个招牌，问："又摆上啦？"

小琴声音低低的："嗯，摆上了。"

老黑额头的青筋跳了几下："生意怎样啊？"

小琴闷了半晌才说："总算没饿死人。"

老黑立起身子，进到里面，看看床上的老太太，说："你母亲身体怎么样？"

"还行，就是看不见，说不出话，也听不到。"

老黑无话可说了。该说的，都已经说过，该做的，似乎也仁至义尽。似乎再多说，也是废话。再做什么，也实在想不出。他在心底叹一口气，伸手掏出钱包，抽出一张钱来，说："快要过年了，给你母亲去买点什么吧。"

小琴先还偎依着门框，那时，竟慢慢地坐下去，双手捂着眼睛抽泣起来。

老黑说："你哭什么呢？"

小琴仍低着头哭，却不说话。

老黑叹息一声。他想，小琴你最好明白我这声叹息的意思。老黑转身走出来，身后仍是小琴悠悠的哭声。

小琴等老黑的摩托车走远了，走得很远了，才站起身。她自言自语："老黑，求求你，以后你还是别来了，你不来，我心里还好受些。"

那个夜晚，警察冲进屋子后，小琴一直都很积极地配合着。她起初一声都不吭，那个年轻的警察，说让她干什么，她就干什么。警察说："穿上衣服！"小琴就乖乖地穿衣服。警察指着她："你到车上去等着！"小琴就悄无声息地上了警车。车上另一个警察说："老老实实蹲在里面！"小琴就蜷缩在那里，一动不动。

可不一会儿，小琴觉得冷。

小琴在警车里哆嗦半天，才小心翼翼地问："我回去穿件棉袄行吗？"

坐在前面的小民警还一脸稚气，扭回头来打量她好半天，问："冷吗？"小琴使劲地点点头。小民警说："你脱了衣服干那个的时候，冷不冷啊？"小琴没了话说，浑身都哆嗦着。她把眼睛看着窗外，看着房门口，看着那个胖子瑟缩着身子被推出屋来，也往警车这边走。胖子以为是到这边车上的，一个警察在他肩膀上拍一下，示意他上了另一辆车。

一个年龄稍大的警察走过来，招呼这边车上的人："走吧，回所里去。"

就在那个时刻，小琴突然探出头，对着那个警察喊叫一声："大哥，我冷！"

那警察站在外面，稍稍犹豫，说："回去穿衣服，赶紧出来！别跟我们耍花招啊！"

小琴哆嗦着钻出车门，一下车就往屋里跑，身后那警察喊一句："你跑什么呢？"

小琴一下停住身子，回头说："你放心，我不跑！我跟你们去，我只是冷。"

她回到屋里，很快找出一件棉袄穿上。一出里间的门，却见母亲拄着一根木棍，坐在中间屋子的灯光下。小琴嘴唇哆嗦着，站在那里，一动没动了半天。没想到，母亲突然说话了！母亲举起棍子指指外面："去吧！你跟他们去吧！"

小琴像是遭了雷击！她急促地呼吸着，眼泪簌簌地流下来。

门口的警察喊了一声，小琴快步跑出屋门，钻进警车。隔着玻璃，她看到母亲坐在凳子上，像一件卑微的树雕。小琴想，难道，难道母亲她能听见，也能看见？老天爷啊！小琴一下子竟几乎不能呼吸。

这太可怕了！

整个夜晚，小琴没看到老黑。

老黑坐在他的办公室里，面前的烟灰缸里已经满了烟头。老黑让一个民警进来，说："你去，跟那个小琴重复我说的这些话，就说，过了小年儿，你跟你老娘收拾一下，赶紧离开天堂口，滚回你们老家去！赶紧走，还能赶回家过大年。否则，我们的警车会每天晚上都出现在那里，抓你一次，罚你一次！这个年你是甭想过踏实。"老黑狠狠地吸一口烟，沉吟半晌又说："告诉那女人，就说，这话是老黑说的。"

差不多到后半夜，小琴才走出派出所大门口。她分辨一下方向，开始往天堂口方向使劲跑。跑了好一阵子，才觉得身上渐渐暖和起来。

自从胖子上了另一辆车，她就再也没看到他。

她当然知道，胖子这次要倒大霉了。但小琴不可能知道，胖子离开派出所的时间，比她还要晚，已经快要凌晨。如果他身上带足了钞票，也就很快完事。可他身上没有，又不敢给老婆打电话。倒是给几个朋友打了，但没有一个赶来的。不过，钱最后还是交上了，是麻脸女人连夜带了钱赶过来的。胖子走投无路，只好给老婆打电话。麻脸女人不会开车，骑了一辆电动车去的。等处理完毕，两口子出了派出所大门口，胖子想解释一下："我，我，我——"话还没说出来，麻脸女人已经抡起粗胳膊，结结实实扇他一个大嘴巴。

麻脸女人扭头就去开电动车，胖子捂着脸，要跟上去。没想到，麻脸女人一扭身跨上车，呼的一声就蹿出去。

胖子在她身后喊："老婆，我，我，我冷！"

2

农历小年那天清晨，母亲居然早早就起来了。小琴还在梦中，母亲却已经站到了小琴床边，叫喊说："小琴，小琴，起来呀，你怎么还不起来？今天不是过年了吗。"

小琴睡得正香，蒙眬着说："啊？过年了啊？"

母亲不管不顾，又兴奋地说："你赶紧起来打扫下屋子，把这一年的晦气扫一扫。我看，你还得买点儿肉来，咱还是包饺子吃。"

小琴心想，扫不扫的有什么用？怎么扫，晦气也去不了。不过，倒是真应该包顿饺子了。小琴揉揉眼睛，看着母亲离去的身影，才突然意识到个问题，母亲又和往常一样，跟她对话了。而且，看她身形利索的样子，像是眼睛也能看见。那么，耳朵呢？能听到吗？

"娘！"小琴喊了一声。

但老女人这次毫无反应。

小琴穿上衣服，踢踢踏踏拖着鞋赶到母亲身前去，伸出手在她眼前比画了几下，母亲依然毫无反应。小琴干脆在母亲行走的路线上，摆上一只凳子，母亲走到跟前，再走一步就要撞上，可还是没有减慢速度。小琴迅速把凳子抽到一边儿。看来，母亲只是能说出来，但还是看不见，听不到。

吃过早饭，小琴骑了自行车，去近处的菜市场买菜买肉，顺便还买了一根擀面杖。说来好笑，在天堂口住了这么久，家里连根擀面杖都没有。她还买了两个红灯笼。不管怎么说，天堂口是她们母女二人的家。小年，大年，都是要好好过的。要带点儿喜气，冲冲晦气。小琴想象着两个灯笼门前一边挂一个，肯定挺喜庆的。

多少年没有回老家过个像样子的年了呢？小琴记起去年这个时候，母亲就已经来了。小年，甚至大年的时候，小琴是去买了一些速冻水饺回来的。速冻的水饺，哪里有过年的氛围呢？

至于老黑的警告，暂时可以不管。就这么一老一小，难道你真的会把我们绑到车上，硬硬地送走？小琴赌老黑是做不出来的。

第一次遇到老黑，是哪一年呢？小琴实在记不清楚。第一次肯定没有留下很深的印象。小琴提到的老黑对她的帮助，应该离第一次见面两三年之后。那一次她倒是记得非常清楚。案子不是老黑办理的，一个小民警正在给小琴记材料，老黑腋下夹着个黑包，推门而入。抬头打量她一眼，嘿地一笑："丫头，还干老本行啊？"

小琴对老黑没印象，这句话证明了黑警察认识她。不过，那时的小琴，并不害怕警察，脸白的，脸黑的，都不怕。她见识过的警察太多，数都数不过来。小琴眨巴着眼睛，不屑一顾："不干这个，怎么活呀？"老黑紧跟着来了一句："干这个你也没法活！你这种人在世界上走一遭，本身就是个错误。"

小琴此前没跟老黑对过招，一个回合，就让她感到了压力。

老黑貌似不发火，话语软绵绵的，但话里面却透着机锋，透着锐利。她开始有所防备，也就此认识了老黑。老黑并没有马上回家，却坐下来，开始对她苦口婆心进行教育。至少，小琴此前没遇到过这样的警察。那一番话，像一只只没有头的箭，根本伤不到身穿层层铠甲的小琴，她不屑一顾。老黑说得口干舌燥，甚至，耽误了回家喝老伴早就炖好的乌鸡汤。可直到最后，他看到小琴的神色就知道，时间是白白浪费了。

说那番话完全没有影响也不准确。至少，小琴牢牢地记住了老黑。

那个上午，小琴一边让擀面杖在她手下欢快地滚动着，一边忍不住悄悄去打量母亲。母亲将面团揉成长条，一块一块扯下来，拿手掌心轻轻一按，推到小琴面前，再让她擀成饺子皮儿。母亲的举止，让小琴又时不时地产生怀疑，她的眼睛和耳朵是能看得到也能听得到的。同时，还疑惑她的体质，说弱的时候，面团一样，根本没法行动，说好起来，腿脚利索得竟能在各个房间钻来钻去。

厨房仍然是在后院儿里的靠墙位置。小琴一边盛水饺，一边哼着一支歌。这种感觉，真是好极了。好多年以前，似乎她还是很小的时候，才有这种感觉的。挂红灯，贴春联，吃水饺，放鞭炮，这些记忆已经如此久远了。是啊，过年嘛，应该高兴，应该有这种气氛。她要把第一碗饺子送到母亲的跟前。她要告诉母亲，小心点儿，慢慢吃，可别烫着。小琴端着碗，小心着脚下，走进屋子，嘴里喊道："饺子来啦！"

话音还没落，就听到屋子里哗啦一声巨响！

小琴眼看着一个男人甩起一根铁棍，把客厅里那台小小的黑白电视机砸了个稀巴烂！小琴尖叫一声，一碗水饺哐啷一声，掉在地上！那时候，小琴首先想到的是客厅里的母亲。他们把母亲怎么了？母亲在哪里？小琴快速跑进客厅，却发现母亲正安详地坐在一张凳子上，脸上漾着喜悦的光芒。

老女人或许正憧憬着水饺的香味儿！

很好！小琴立刻想，幸亏母亲看不到也听不到。

很好！真的很好！

可你们到底要干什么呀？还没等质问，一扭头，她看到了屋子里另外的一些人，为首一个是麻脸女人！小琴顿时就明白了怎么回事儿。麻脸女人的周围，站了一帮子女人和男人。或许，他们也感到困惑，小琴的屋子里看上去怎么如此空旷。这个家里，简直什么都没有啊？

麻脸女人一转脸，看到小琴，大叫一声："揍她！给我往死里揍！"说完，就恶狠狠地扑过来！

小琴呼吸急促，心想，要被这女人抓住，说不定被活活打死吧？她转身就跑，跑过母亲的卧室，可是没能跑得出那个后门！如果她一脚踏出这间屋子，她会死命地向天堂口方向的田野里奔去！反正，母亲看不到也听不见，你们再没有人性，估计也不会对这样一个老太太下手吧？

可她的衣服被麻脸女人一把抓住！

"你往哪里跑？你个骚货，你跑得了吗？"

小琴身子一软，本能地想跪下来求饶。可她根本跪不下去。麻脸女人身后紧跟上来的，还有另外两三个女人，她们的几只手，有的抓住小琴胳膊，有的薅住小琴头发，几乎要把小琴架起来。小琴身子轻得很，提起她来是容易的。仅麻脸女人一个人也能做到。麻脸女人腾出一只手，朝着小琴的两面腮就扇。

　　"臭婊子！骚货！害人精！让你再勾引人家男人。"

　　小琴辩解说："大姐，是大哥他自己来的。"

　　麻脸女人冲她脸上就是一口唾沫："你不在这里，他会自己来？"说着，抬起一脚，狠狠地踢向小琴肚子！

　　小琴觉得腹部一沉，胸口顿时闷得喘不过气。她呻吟一声，很想弯下腰去，依然是做不到的。她的头发被一个女人提着，另一个女人在狠狠地拧她乳房，拧她的屁股。小琴已经感觉不到身上到底哪里疼了。她的叫声很尖锐了！

　　小琴哭喊道："求求你们！饶了我吧！"

　　麻脸女人听不到这些。麻脸女人一挥手："把这小婊子衣服扒了！你们几个男人，到外头去，这里没什么看头！你们只管给我砸，有什么给我砸什么！"几个女人果然七手八脚去脱小琴的衣服。小琴哀叹一声，不再叫喊，知道叫喊没用。也不再挣扎，挣扎更加没用。

　　"你们别动手，我自己脱！"小琴冷冷地说。

　　这话倒是让几个女人吃了一惊，她们一起扭头去看麻脸女人。

　　麻脸女人咬牙切齿："脱！赶紧脱！"

　　小琴哆嗦着开始脱衣服，先是牛仔裤，线裤，然后是羽绒马甲，毛衣，秋衣，最后，身上只剩内衣。小琴浑身抖得更加厉害，她的牙齿在咯咯作响。

　　"继续脱！"麻脸女人吼叫道。

　　小琴闭上眼睛，将胸罩内裤也脱下，就全身赤裸了。麻脸女人扑上来，拧小琴乳房，拧小琴屁股，拧小琴身体任何地方，说："就因为你，我花了五千块钱。"

小琴已经不打算再辩解，但本能地躲闪着。

麻脸女人还不解恨，说："把她拉到公路上去！拉到贾镇去游街！"

小琴一听这话，双腿一软，真跪在地上！

"大姐，咱都是女人啊！你看，我还有个老母亲需要照顾。"

麻脸女人说："谁叫你来天堂口的？谁叫你来的？"一边说，一边拿手打小琴的脸。

一个女人实在看不下去，悄声说："我看，也差不多了。"另几个女人也住了手。麻脸女人却说："我那五千块怎么办？"

小琴说："大姐，你看我们娘俩住的这地方，满屋子东西也值不了几个钱。"先前劝话的女人悄悄转身出去。麻脸女人仍怒气未消，她说："你听着，我不想在天堂口再看到你！"

小琴的脸肿胀起来，嘴角流着血，光着身子趴在地上。过了好久，她才爬起身来，就那么蜷缩着光光的身子站到门口，扶着门框看。她没心思去看那一地狼藉，只想看看母亲怎么样。还好，母亲坐在乱七八糟的物品中间，仍是一动不动，脸上仍挂着微笑，仍漾着喜悦的光芒。

小琴被吓了一跳，她叫喊一声："娘！"

母亲突然嘟囔一句话："琴呀，水饺还没好吗？"

小琴呼吸渐渐平稳。

"马上就好。"小琴悄声说。她转身去穿衣服，那个过程，花去她很多时间。她的双手，双腿，双脚，脑袋，脖子，都不能做出稍稍大一点的动作。她到了后院，看到锅里的开水还在欢快地发出咕噜声。小琴下了另一锅水饺，又盛了一碗，踩着一地声音，到了母亲身边。可是，把碗放在哪里呢？那张小桌子也被他们砸烂了。小琴寻找一圈儿，终于找到了一张三条腿的椅子。她拖过来，摆到母亲面前，将那碗水饺放上。母亲的手被她牵引着，吃下了一个水饺。

"真香啊！"母亲说。

小琴一直不说话，她的嘴唇肿起来，眼睛肿起来，也说不出话。小琴浑身突然一下子就没了力气。她想回到自己的屋子里去，躺到床上去，可是，两条腿如同两个石墩子，她拖不动。

在通往里屋的门口，小琴软软地倒了下去。

3

"我曾在我房屋的窗户内，从我的窗棂之间，往外观看。"

一开始，我从日记本上看到这句话，还以为这是小琴自己的话，不免就暗暗诧异。小琴以往的文字，是丝毫不加修饰，不加编排，甚至，不假思索张口就来的。或许正因如此，她的文字充满一种节奏。可突然出现的这两句完全出乎我的意料。继续往下读，我更加惊讶起来。并不是对文字本身，而是对小琴的举动。

原来，这是《圣经》里的文字。

也就是说，天堂口里的小琴读过《圣经》。

见愚蒙人内，少年人中，分明有一个无知的少年人，从街上经过，走近淫妇（小琴在这两个字下面重重地画了黑线）的巷口，直往通她家的路去，在黄昏，或晚上，或半夜，或黑暗之中。

我不知道小琴读到这里的时候，心里想到什么。

反正，我已经难以呼吸。

此前，我从没读过《圣经》。正是小琴的这篇日记，促使我开始跟很久以前熟悉的一个文友联系。我问她："在哪里能找到《圣经》?"她先是对我跟她联系表示惊讶:"子曰,你可是好多年没有给我电话了。"我说:"是啊。"然后,她对我的语气表示了惊讶:"这么多年,你都发生什么事情?在我的记忆中,你的语气不是这样的。愿主保佑你,过得还好吧?"我实话实说:"无所谓好,也无所谓不好。""你还是一个人过吗?"她问,似乎并不在意我的回答,接着说,"也该安稳下来啦,老大不小了。只是我觉得奇怪,你不像是一个对《圣经》感兴趣的人。"她的声音像缓缓流淌的溪流,"我记得,很久以前就劝过你,可是你没听我的话。好吧,我们在哪里见面,我带一本去给你。"我们见面的地点,就是我的家。女人现在看起来雍容华贵。好多年前她就是一个虔诚的基督教徒。她喝了我给她准备的咖啡。而我,是一直不习惯喝咖啡的。临走的时候,她微笑着对我说:"我猜,主并不希望一个成年男子单身。"

我在朋友带来的《圣经》里,看到小琴日记里记录的那段诗。

淫妇用许多巧言诱他随从,

用谄媚的嘴逼他同行。

少年人立刻跟随她,

好像牛往宰杀之地,

又像愚昧人戴锁链,去受刑罚;

直等箭穿他的肝,

如同雀鸟急入网罗,

却不知是自丧己命。

众子啊,现在要听从我,

留心听我口中的话。

你的心,不可偏向淫妇的道,

不要入她的迷途。

因为被她伤害仆倒的不少，

被她杀戮的而且甚多。

她的家是在阴间之路，

下到死亡之宫。（在死亡这两个字下面，又是一道线。）

当我读第一节，特别是"在黄昏，或晚上，或半夜，或黑暗之中"的时候，我立刻想到，那个少年人，就是小武。这个世界上，真的是冥冥之中有暗暗相合之处。

还有一个没想到，小琴读的那本《圣经》，居然是王菊花给她的！

是的，那个吴瘸子的老婆王菊花。

当时小琴躺在地上，一动不动。实际上，她已经醒过来。只是浑身无力，连起身到床上去，都已经做不到。她一度以为，自己已经死了。母亲吃过水饺，摸到自己的屋子睡下。房间里一片黑暗。在小年的这天晚上，小琴的这座房子里，却连一点灯光都见不到。小琴感觉到冷，但她连紧一紧自己棉衣的动作也无法做到。

小琴慢慢闭上了眼睛，心说，很好，就让我静静地躺在这里，离开这个世界吧。

过了好久，小琴闭着眼睛，还是感觉屋子里突然有了一丝亮光。在这样的夜晚，难道还有夜行的人？小琴慢慢睁开眼睛，却看到亮光是摇晃在自己家的玻璃上的。有一瞬间，那亮光在玻璃上渲染开璀璨的光晕，使小琴恍然若梦，感觉自己正坐在天堂口的边沿上，看着整个西天灿烂的流云。小琴嘴角动了动，微笑了。然后，小琴看到一束更亮的光。那道光逼迫她紧紧闭上眼睛。

"上帝啊。"小琴听到了一个女人的声音。

女人愣了好半天，小琴猜测是自己的样子把她吓坏了。她设想自己站着，盯看自己躺着的样子，肯定也像是看一具尸体。

"你还活着吗？"女人的声音发抖。

"嗯。"小琴只能发出这样的声音。

女人这才俯下身来："怎么给打成这样子了呢？你等着，我去喊医生。"那个女人立刻手忙脚乱，走到门口，又退回来。看来，她想到先把小琴弄到床上去。但这个女人根本做不到，她抱不动小琴。于是，她把床上的被褥整个扯下来，铺在地上。然后，拼着力气把小琴翻滚到那褥子上。好在小琴那时根本就感觉不到疼。女人又将一床被子盖在小琴身上。小琴顿时感觉到暖和些。她张张嘴，说："谢谢！"

那两个字或许是在喉咙里，或许根本就是在小琴的心里。

据说，这么多年来，王菊花第一次跟贾镇的人吵架，就在那一年农历小年的那个夜晚。因为小琴，她跟贾镇的大夫大吼大叫。那大夫说什么也不到天堂口去为小琴出诊。就在那时候，这个叫王菊花的一向软弱的女子，就像一个疯子一样叫喊起来："那也是一条人命！人马上就死啦！你是个医生啊，你就眼看着一个女人死不管？"

那大夫嘿地一笑，说："还真是鱼找鱼，虾找虾，乌龟找个鳖亲家啊。"这句话很伤人了。那天是小年啊！在这样的日子里，说这样的话，是要遭天谴的。

"主是不会饶恕你的。"王菊花终于还是忍不住，她骂那个大夫是畜生，不得好死。

大夫的女人出来助战："啊哟，你以为你是什么好东西？大中午的跟男人在外面干那事儿，你还有脸活在这个世界上啊？"

王菊花扭头就走。快回到小琴屋子的时候，她才想起打医院里的救助电话。可是，电话打了好半天，医院的急救车也没开到天堂口。那时，王菊花已经在小琴屋子里烧了一锅稀饭。她想，医生不来，我就自己想办法。只要让小琴喝下稀饭，至少，她不会被冻死。

小琴躺了整整一周，才能够下床。

前两天，她一直处在迷迷糊糊的过程中。也就是在那个过程中，王菊花一直坐在床边，给她读《圣经》。当小琴的身体日渐恢复过来后，王菊花说："是上帝伸出了一只手。"

毫无疑问，对小琴来说，从王菊花嘴里说出这样的话，给人一种非常怪异的感觉。

不管怎样，在这个过程中，小琴和王菊花之间的距离一下子没了。

期间，小琴有些担心，她问："你整天在我这里，吴大哥高兴吗？他不会为难你吧？"看上去，现在的王菊花精神很好。自从小琴到天堂口，还从没发现王菊花这种样子过。

"你不用担心，瘸子从那件事儿以后，整个人都变了。他现在对我很好。我们俩从开始到现在，他都没这样好过。你知道吧小琴，我觉得自从我信了耶稣后，很多事情都变了。以前，老感觉活在这世上人不像人鬼不像鬼的。现在我才觉得，我活着还有用。你看，我在伺候你的这段时间里，心情就很好。"

小琴那时候才知道女人居然是信教的，那种惊讶又非比寻常。

她问："难道信耶稣真的会有那么大力量？"

王菊花回答得很肯定："有，真的有！人心里有希望，有底气，就有劲儿，就有活下去的勇气。"

小琴把头转向一边："我这样子，说什么都没用。没人能救我。"

王菊花说："怎么没有，上帝能。"

"这个世界上，真的有上帝吗？"

王菊花看上去有些急："真的有！你一定要相信，真的有。"

为了让小琴参加礼拜聚会，王菊花做了很多努力。贾镇以及周围几个村子里信教的男人女人，都对小琴充满敌意。他们根本做不到完全接受小琴。小琴总共参加了两次，就不再去了，她受不了人们投给她的那种目光。

有时候，目光比语言更具有杀伤力。

第二次去的时候，一个一直拿那种眼光看她的女人，私下里悄声跟她说了一句话，让小琴浑身哆嗦了好半天。那个老女人悄声说："我觉着，像你这种女人，就是再努力也没用。上帝是不会拯救你的，上帝对一个脏女人，肯定是不会原谅的。也就是说，你再怎么赎罪，死了以后，也进不了天堂，注定是下地狱的。"

不过，小琴拥有了一本《圣经》。

后来，那本书到了小武的手上。于是，在小武枕头下面，有了两本书。一本《圣经》，一本全庸写的武侠小说。对于前者，小武仅仅翻了几页，就不再有任何想看一眼的欲望。对他来说，这本《圣经》，远没有另一本书有用处。

第十三章　米朵儿

1

一天上午，老黑开着一辆浑身漆皮斑驳的车进了我居住的小区大院儿。我已经知道他要来，早就在楼下等着他。

等他下了车，我笑着问他："你是先去闺女家呢，还是去我家？"

老黑说："去你那儿吧，反正我闺女家里也没人。"

在那个时刻，我还没有料到，老黑第一次到我家里做客，居然发现了一条重要线索。那条线索，使我们寻找小琴女儿的旅程，有了柳暗花明的意味。老黑说要看看作家的屋子，于是我们从客厅开始转着看，前阳台，后阳台，厨房，卧室，最后才到了书房。老黑站在门口，四下打量一番，笑着问："天下所有作家的屋子，都像是猪窝吗？"

我还没有回话，老黑却一下子止住了笑。

他看到了那幅油画，那副丁一一直没取走的油画。

老黑张张嘴巴，似乎呆愣半天。我顺着他的视线，又瞧一眼那个半裸体的少女，开玩笑似的说："老黑，这小女孩儿怎样？"

老黑扭头冲向我："你认识她？"

"你说的那个王八蛋画家认识。"

"她在哪儿？这个小女孩儿，她在哪儿？"老黑急切地问。

我突然反应过来："你也认识她？"

老黑轻轻摇头，脸上一副难以置信的表情。"子曰啊，我曾跟你说起她。"

"那个教母？"我一声惊呼。

老黑看着我，又加重了语气："对！就是她！一点儿都没错。告诉你的画家朋友，一定要小心这个女孩儿。"

"已经晚了。"我摇摇头。

"为什么？哦，我明白啦。"老黑嘿嘿一笑，"那个王八蛋，肯定被骗得很惨很惨！这就是招惹女孩子的下场。不用猜，我也能想到。跟我说说，她是怎么得手的？"

我稍稍沉默，说："我答应过丁一，这件事情不会让任何人知道。"

老黑轻蔑地一笑："你们这些猪脑子，哪怕被骗得倾家荡产，也为了那一点狗屁不算的脸面，不愿意报警。可你们想过没有，这女孩子如果继续在社会上混下去，还会有多少人被她骗？"

"这些我懂，当时，我也是这么跟丁一说的。可这是人家的隐私。"

老黑转身走出屋子："你打电话让他来，我跟他谈。"

我提醒他说："老黑，你已经退休了。"

"退休了，也是警察。"他的两道目光直逼着我，"何况，这孩子非同一般！"

一个小时后，丁一敲响了我家的门。

他们两个并不需要我互相介绍。丁一还不知道我叫他来的目的，以为是我约他跟老黑见见面。毕竟，在碾死鹦鹉那事情上，他还是内心有愧。他许诺的好酒，直到那一天，才真正出现。丁一提着酒，一进屋就先说到这个话题："老黑啊，那事儿，我真应该跟你好好道歉！"

老黑连连摆手："那件事情不要再提。我想见你，是为了你那幅油画。"

丁一一愣，扭头看我。

我双手一张："我什么都没说。你跟老黑谈。"

丁一沉默老半天，才说："这事儿都过去很久啦。"

老黑不动声色，将他掌握的关于女孩儿的故事简单说了一遍。他说："她干的事情，也许还有比刚才我说的这些，还让人恐怖的。"

丁一的额角居然渗出汗来，他声音低沉："你说得很对。的确很恐怖。"

丁一稍做犹豫，也开始叙述他认识可可的经历。在讲述那些故事的时候，他显得有些坐立不安。看得出来，那个女孩儿带给丁一的伤痕，是很深的。

"直到事情发生之后，我才反应过来，原来，我对这个女孩子一无所知。"丁一说，"你们可能认为我很傻，但如果你们见到她现在的模样，以及她的言谈举止，根本不可能认为她是个骗子。"

"我跟她打过交道，这个我相当清楚。"老黑说，"换个角度说，你栽在这个小丫头手上，根本不算什么耻辱。想一下吧，在警察的眼皮子底下她都能够从容逃走，你说她厉害不厉害？别看她年纪不大，闯荡江湖的经验，却已经非常丰富。你能告诉我她更多的细节吗？"

丁一摇摇头："我想不出更多来了。"

老黑扭头看着我："子曰，我隐隐约约有一种感觉。这个女孩儿，也是咱们探索的内容之一。"

我看看老黑，起初不明白他的意思，稍一琢磨，立刻一拍自己的脑袋："哎呀，我怎么就没想到呢？"我盯着这个女孩子看的时候，就老是感觉有哪个地方不对。

丁一看看老黑，看看我，不知道我们说的是什么。

我告诉丁一："老黑的意思是，这个教母，极有可能就是，我跟你说的小琴的女儿。”

“我没见过小琴，我不知道她们哪儿像。”丁一说。

我们三个人站在那幅画像前面，仔细端详，每一个人都没说话。还是老黑先开了口：“是她，一定就是她！”

我问老黑为什么如此肯定。老黑说：“首先一个，是直觉。这个女孩儿不管从面相，还是眼神里，都跟小琴有相像的地方。还有一个，你或许没有近距离地打量过小琴，她的左眼内角附近，也有这样一颗痣。”老黑扭头看着丁一：“这一次我可真得夸奖一下你的画技。你连这一颗痣都没放过。”

我嘟囔说：“我没注意到小琴脸上的这颗痣。”

“你也见过小琴?”老黑马上做出反应。

他和丁一一起看我。

我沉默好半天才说：“老黑，对不起，我一直对你隐瞒这件事情。好多年前，我跟小琴就认识。”

这下子，轮到老黑惊讶。老黑摇晃着脑袋，轻轻一笑。“这件事情，变得越来越有意思。看你的脸色，估计又是一段隐私。不过，你们得相信一个老警察的嘴巴。”

听完我的故事，老黑好半天都没说话。

我说：“这也是我那天为什么摧残自己的缘故，关于这些，我连丁一都没告诉。”

丁一说：“我猜到一些。”

老黑冷笑一声：“你感到后悔，是因为你现在知道小琴是个小姐，而不是一个寻常女人。如果是生活中的正常女子，你会津津乐道的。”

我张张嘴，无话可说。

我承认，老黑说得很有道理。

老黑继续说：“问题是，你扔掉那些日记，有什么用处？该背负的，还是背在身上，还是一种精神压力。现在说这些都没用了，我们应该想办法，尽快找到这个小女孩儿。"

2

事情的转机，出现在我们三个人见面后差不多三个月左右的时候。

老黑跟我说："人生之中很多事情看似巧合，实则冥冥中注定，是一系列故事的积累和铺垫。如果没有另外的一些故事做底，有一些故事，可能会被时间淹没，会永远石沉大海。"

还是那个刑警王大头，他给老黑打电话，说："老黑，有个小丫头，我们拿不下，据说，你在这方面很有经验，过来给我支支招。"

当时，老黑正背着手在公园里散步。自从那只叫小武的鹦鹉被王八蛋丁一碾死之后，老黑果然坚守那句承诺，不再养鸟。但由于我和他一直没有放弃重新整理还原小琴和小武的故事，并一直想方设法寻找小琴的女儿，看上去，这个黑老头在那个阶段心情还算不坏。老黑冷笑一声："别拿一个退休老头子开涮！我现在很忙，我得养花，养草，养鱼。"

"不是开玩笑。你听我说啊老黑。"王大头继续说，"这个女孩子涉嫌色情诈骗以及抢劫。好多起案子的主角我感觉应该是她，可我们拿不下来。"

老黑心里开始丝丝发痒，但嘴上还是委婉拒绝："我现在跳出三界外，不掺和这些破事儿。"

王大头不跟他啰唆："我派个司机去接你，我知道你现在整天都在公园里打发时间。"

不一会儿，刑警队的司机就把车停在公园大门口。

如果王大头没有心血来潮想到退休老警察，如果老黑坚持不去凑这个热闹，他就碰不到米朵儿了。就在老黑从车里弯腰钻出来，正准备往楼里走的时候，门厅里恰好往外走出一个女孩儿。

两人对视一眼，互相都是一愣！

当然，那个叫米朵儿的女孩子反应够迅速，仅仅过了一两秒钟，她就迅速开始奔跑，而且，能看得出来，小丫头对刑警队大楼周围一带的地形很熟悉。因为，她一扭头，就向大门右边的街上跑去，沿着街道再往前跑几十米，就是一片蛛网般的小胡同，一旦拐进去，就极有可能像是钻进迷宫。老黑是干什么的？他的反应也不慢。当米朵儿启动步伐的时候，老黑已经伸出双手，想使用一个小擒拿制服她，没想到，米朵儿的手腕颇为灵活，在逃跑的过程中，居然轻轻一滑，躲过去了。

老黑回头对那司机喊："抓住她！"

老黑一进院子，二楼的王大头就看到了。他站在窗子前，正开心地微笑，一转眼却见一个小女孩儿在前面飞奔，老黑扭过身子就紧跟其后，顿时反应过来，呼的一下子也往楼下跑，一边跑，还一边在楼道里喊人："快！下去抓人！抓住那个小姑娘！"

这次，米朵儿没有能够顺利逃脱。眼看她就要转身钻进一条胡同里，没想到，一个年轻的刑警队员骑着一辆摩托车，唰的一下子堵在她的面前。米朵儿站住身形，不跑了。她慢慢回过头来，笑眯眯地看着呼哧呼哧直喘着跑来的老黑，抱起了胳膊："你这个黑老头啊，你不是已经退休了吗？怎么还管这些闲事儿？"

这事儿，就连王大头都连呼奇遇。他说："你要晚来几秒钟，这丫头就又跑掉了。"

原来，王大头喊老黑去对付的并不是米朵儿，而是关在审讯室里的另一个叫"果粒橙"的小女孩儿，米朵儿是她的搭档。这一次是王大头掌握一条线索，说有个女孩儿通过网络散发信息，表面上吸引嫖客，实际上则是趁机实施抢劫。此前有几起未破的抢劫案，作案特征与此极为相似。因此，王大头极为重视。结果，跟多年前老黑遇到的那个案子一样，警察在一家旅馆堵住"果粒橙"和一个三十岁左右的男子。价格早就谈妥，性交易正处于过程后期。王大同跟老黑一样，依靠他不同寻常的鼻子，同样嗅到，站在大门口外一个浅蜂蜜颜色头发的小女孩儿举止可疑。她躲在一棵法桐树后，捏着手机发短信，几分钟后就被确定，那条短信的接收者，正是旅馆房间里正忙着的"果粒橙"。

尽管如此，王大头也没把这个叫"酸奶"的小女孩儿纳入视线。跟几年前落到老黑手上一样，她浑身发抖，声称自己什么都不知道，只是被"果粒橙"威胁怕了，才答应给她帮忙。接着，又使出许多年前那招，又是下跪，又是哀求，说自己是初三学生，爸爸妈妈要是知道，肯定会打死她。王大头稍稍有点儿忽视她，他以为"果粒橙"味道或许更好，准备把"酸奶"倒掉算了。何况，一个不到刑事责任年龄的小丫头，你拿她有什么办法？小女孩儿脸上带着恐惧，浑身哆嗦，让几个小警察都觉得她可怜。她贴着墙根儿，慢悠悠往大门外走，眼看就要鱼入大海。

没想到，迎头遇到老黑。

等老黑把女孩儿的外号一一道出，所有警察面面相觑。

"酸奶"，"可可"，"教母"，都是这同一个女孩子。也正是她，将一个啤酒瓶一摔两半，冲着一个男孩子后背，唰就是一下子。正是她，在派出所民警看守下，悄悄玩起失踪。也正是她，在海边一所房子内，成功绑架了画家丁一，掳走三十万以及一幅画。那幅画的市场价在人民币十万元左右，而小女孩儿仅仅八千元就将其出手。

"问题是，老黑，你确定你说的这些都是真的？都是这同一个小丫头片子干的？"连久经沙场的王大头，都觉得这似乎有点儿天方夜谭。

老黑说："我确定！百分百确定！这次你赶我走，我都不走了。"

看得出来，老黑急于见那个女孩子。他说："我不参与审讯。我以一个老警察的身份参与一下旁听，行不行？怎么审，是你们的事情。我跟她之间的事儿，我要私下里谈。"

王大头眨巴一下眼睛，又探过身子："你跟这个小丫头片子，有什么刻骨铭心的过节？"

老黑说他现在还不确定，是以，无可奉告。他站起身来，第一件事情是给我打电话，要我跟丁一立刻赶往刑警队。

丁一是作为证人前去审讯室的。我跟老黑坐在屋子里喝茶。没过多久，丁一推门而入，证人笔录已经记完了。据说，当丁一突然出现在小女孩儿面前的时候，她眨巴一下眼睛，嘿的一声笑了："丁画家啊，你还活着？看到你还活蹦乱跳的我就放心啦。不过，你这人太没劲，你好意思去报警吗？"

丁一看上去并不兴奋，反倒略显沮丧。他嘟囔着对我们说："你们说，我这样做是不是太过分？"

"你什么意思？"老黑一皱眉头。

我急忙一摆手，示意丁一放松神经。

我说："丁一我理解你的想法。可我们得挽救她。"

丁一说："没那么简单。你们不觉得，这样对一个女孩子有些残忍？"

老黑又是一拧眉毛："什么叫残忍？当这个小女孩儿拿着一把匕首，要把你变成太监的时候，你想没想到过残忍？"

丁一半天无语，最后嘟囔说："她还只是个孩子。"

老黑幽幽地说："是个可怕的孩子！"

王大头带回小女孩儿另一个名字，米朵儿。她自己承认的，她用得最多的名字，就是米朵儿。很显然，对我们来说，这仍然只是一个符号，只不过，这看上去更像一个小姑娘的名字而已。

"但这一次，你一定要想办法弄清楚她到底叫什么，家是哪里的。"

老黑说，"这对我们来说，非常重要。"

王大头说："我知道很重要，是我在办案。问题是，怎么让她说出更多实情？你有办法吗老黑？"

老黑的脸上堆满了核桃纹："大头，你都是多少年的刑警啦。"

王大头似乎颇感棘手："这个小女孩的嘴巴，比一个黑帮老大差不了多少。要不是这位画家的出现，这起绑架敲诈勒索的案子，她也不会交代。到目前为止，我们掌握的，也就这起。你说的多年前那起伤害案，人家根本就不认。何况，那案子也已经过了时限，没实际意义。我们要想处理她，得让她说出其他我们不知道的。"

我和丁一都觉得，我们坐在那里很不合适。我主动提议，我跟丁一出去转一圈儿。我不知道，接下来他们谈论了什么，想到什么办法。这是警察的办案程序，我们不能过问。通过跟老黑的接触，我了解到，警察，尤其是一线刑警，日常工作办案过程中都有很多不为人知、别人也永远不可能知道的手段。也就是说，我们外人永远也不可能更加实质地去揭开警察的内心世界，或者，工作的世界。可我知道，现在老黑最感兴趣的事情只有一个，就是确认米朵儿跟小琴之间的关系。一旦这个问题明朗，一切会迎刃而解。我们可以找到米朵儿的家乡，也就是小琴的家乡，会揭开小琴身上更多的谜。

我和丁一去了一家茶楼。上午十点左右，茶楼里显得很安静。

没想到，小县城里还有如此优雅的去处。进门的时候，丁一似乎对坐在根雕桌凳后面的那个女子特意关注了几眼。我心里暗笑，这个丁一啊！本性难移。果然，坐在一个幽静的房间里时，丁一连说那女子看上去很有些内容。我哼的一声笑了。

丁一一摊双手："没办法，这是男人的本能。子曰，难道你不想？"

我说："我也想，而且，以前我并不比你差多少。只是现在我真的不想。"

丁一还在解释，说："欲望本身没有错误。"

"或许，你这句话是对的，但一个人控制不住自己的欲望，就是一种错。"

丁一开始说正经的："我到现在，都不认为这女孩子是错的。那种感觉，就好像是，她在跟我玩一种恶作剧。说不定，哪天她会突然出现在我面前，说，丁一，这不好玩儿，哎，这是你的钱，你的画，完璧归赵。"

我又是冷笑："执迷不悟。"

"你不知道，我刚一见她，立马就是这种感觉。她居然一点儿都不惊讶。你知道吗子曰？要么是这孩子演技太高超，要么就是这孩子本身还是清纯的。根本不像电视里报纸上的犯罪分子那样，一见到我后，顿时脸色苍白，张大嘴巴，无话可说，于是乖乖地低头认罪，且对自己的行为供认不讳。她脸色一点儿都没变，你知道她说什么？丁一啊，你还活着啊，这可真是太好了！我立刻感觉，她一直在为我担心。"

茶室里飘着一首古琴曲子，声音高低恰到好处，很适合这种氛围。

我和丁一聊天的时候，接到老黑的电话："子曰，你把那些日记本拿过来。"

3

但是，米朵儿坚持不看那些日记。

老黑又一次强调："这个孩子，彻底颠覆了我对这个年龄孩子的理解和看法。"我也必须得承认，我在这方面更是毫无经验。直到老黑跟我说这番话的时候，我甚至还没见过米朵儿本人，所见的只不过是一幅油画。

老黑把那些日记本摆在米朵儿面前，一声不吭地走开。他的姿态，应该是一个朋友，或者，一个比较亲近的长者。

"黑大爷，你让我看这些破本子，什么意思啊？这是你从旧货市场淘来的古董吗？"米朵儿抿嘴一笑。

老黑慢悠悠地坐回凳子上。那张凳子距离米朵儿坐的沙发，不到一米。老黑俯下身子，觉得这样子更有亲近感。他搓搓双手，拿柔和的眼神看着米朵儿，慢悠悠地说："这些不算是古董，是一些日记。"

米朵儿眨巴着大眼睛："日记哦，听起来很老土啦，现如今谁还在本子上写日记？是你自己写的吗？"

老黑摇摇头："我可没有记日记的习惯。这是一个叫小琴的女人写的。"

老黑自始至终没把视线挪开。他需要捕捉米朵儿的每一个神态举止的变化。

米朵儿点点头，仍然一副没心没肺的样子："我不知道，您把这些日记摆在我面前，是想干什么。"她用了"您"，而不是"你"，老黑顿时感到有些亲切，同时，又有几分警惕。看来，这孩子比小琴还难对付。小琴的心理，他自以为尚能掌控，可对于米朵儿，老黑心里居然一点底气都没有。

他说："我想让你看一看，特别是我折叠起来的那几页。"

"这跟我有关系吗？"小女孩儿仍然非常镇定，"是不是里面写到我怎么犯罪？黑大爷，我觉得您太草木皆兵。是的，我是从你手里侥幸逃脱一次，可那是因为我怕呀。说实话，我一见您就害怕。"

老黑和颜悦色："你干吗怕我呢？论年龄，我都差不多是你爷爷。再说，我这人长得黑了一点儿，但并不是凶神恶煞吧？"

米朵儿说："不，一点儿也不。可是，真奇怪呀，我一看见你，就想跑。"米朵儿带了一种撒娇的语气，简直像是祖孙俩在对话。"或许咱俩就是天敌？您知道吧大爷，我记得一本书里写过，一只老鼠，见到一只完全陌生的猫，也会吓得浑身哆嗦。"

老黑哈哈大笑："我不是猫，你也不是小老鼠。我现在退休了，是个一点用处也没有的老警察。"

米朵儿眼珠子一转："对老鼠来说，退休了的猫，也是猫。"

老黑转守为攻："你的意思是，你的确是犯了罪，遇到警察就害怕，哪怕是退休的警察？"

米朵儿巧妙地予以化解："犯罪没犯罪，我可是真的不知道呀，您是说我跟那画家之间的事儿吧？我只不过想跟他开个玩笑。也就是说，闹着玩的。他要是当真，可就没意思啦！是的，那事情是我做的。我要是真犯了罪，你们就把我抓走，关到监狱里，反正，我无所谓。我没爹也没妈，也没有家，到监狱里面我正好吃现成的。"

老黑说："每个孩子都有家，你不可能没有。"

米朵儿说："或许真的有，可我却真的不知道。你知道我被拐卖的时候有多大吗？才这么大。"她用手比画一个高度："这是我的第三个买主告诉我的。那女人很凶，一脸麻子。后来，我趁她不注意，就逃出来。如果你有本事帮我查到我爸我妈，我会感激你一辈子！"

老黑哭笑不得："米朵儿？你是叫这个名字吧？"米朵儿一脸茫然的样子，连连点头。老黑说："我以前曾经办理过一个案子，接触到一个女人。知道吗？她跟你长得很像，而且，你们俩有一个共同点，就是眼角那儿有颗不算很大的黑痣。"

"哦？"米朵儿的目光移向别处，"真有这么巧啊！"

老黑没有放过这个动作："是啊，是啊，是很巧。更巧的是，这女人也有一个女儿，跟你差不多大。她在外面挣钱，都是为了这个女儿。以前每年她都定期向家里寄钱，写信。可她没有收到女儿的任何一封回信。当然，即便有回信，她也收不到，这女人居无定所。后来，她失去了女儿的消息。从她的日记里看，女儿是从老家离家出走的。"

米朵儿打断老黑的话："你怀疑这个女人跟我有关系？"

老黑看着米朵儿的表情，当时，甚至有一丝动摇。眼前这个小女孩儿真的是小琴的女儿吗？再退一步讲，如果是，或许她真的不知道自己的身世？不过，米朵儿坚持不看那些日记。似乎那一堆陈旧的本子，跟她丝毫关系都没有。这让老黑又产生一丝怀疑，假如她真的毫无所知，那么看一眼日记本又有什么关系？

王大头对稍带沮丧的老黑说："如果你问不出什么，那这个案子，我们就到此为止。仅诈骗丁一的那笔钱，我觉得也足够送她去劳教。"

老黑一阵迟疑："不对，我感觉不对，我感觉还有哪里不对劲儿。"

王大头说："老黑，这真不是你当年的风格。不错，小琴是有个女儿，可她怎么会如此巧合来到这里？"

老黑右手一摆："稍等，你的话里有个问题，来到这里？是啊，这是个地理位置上假设的不可能。因为，她们的家究竟在哪里，是个未知数。不过，我们现在至少能推断出，小琴根本不是本地人，对不对？我们再假设一下，如果米朵儿来这里，是为了找小琴呢？"

王大头说："不排除这个可能性。可老黑你看，米朵儿这孩子像是从农村里出来的吗？从我跟她有限的交流来看，这女孩子不但洞明世事，而且，游刃有余。我敢肯定她知道自己犯了罪，也知道犯了什么性质的罪，但她藐视这一切，为什么呢？"

"因为她经历坎坷，这恰好能证明，她更有可能是小琴的女儿。还有，谁说过小琴就是农村的？有什么可以证明？"

王大头轻轻摇头，半天才说："不管怎样，听起来还是很不靠谱。老黑你说，还有什么办法？"

老黑点着头："我们可以带她去一个地方。"

王大头眼睛一亮："去见小琴的母亲？"

那天下午，我第一次见到传说中的米朵儿。很奇怪，心里竟然有一丝紧张。这个富有传奇色彩的女孩子，带给我异样的心理压力。她的左右两边儿，分别是两位女警官。老黑在前面，王大头在后面。我站在车门旁边。米朵儿一走出门，我就立刻下了这个断定，是她！肯定是她！

看到这女孩子，我立刻很清晰地看到多年前的小琴。

米朵儿抬头看了看下午的阳光，下意识地眯一眯眼。然后，很开心地笑了。我敢保证，我从来没看到过一个小女孩子笑得那么灿烂，那样内容丰富。我认为，这至少证明，米朵儿对于被警察抓到，对于自己犯过的罪丝毫都不以为意。

"这么夸张啊！我感觉自己简直就像一个女王。"

米朵儿的声音磁性十足。

我驾驶一辆车，跟在那辆警车后面，老黑坐在我的旁边。我的心脏跳得很剧烈。我不能否认我的激动。小琴的母亲，可能是小琴女儿的米朵儿，我竟然在同一天把她们找到！

"如果她还是不认她的姥姥，那怎么办呢？"我问老黑。

他轻轻一笑："问得好，是啊，怎么办？"

我俩好半天不说话。

老黑突然问："子曰，你说我们做这一切，有没有意义啊？如果有，是什么呢？这么些年过去了，人都没了，翻出这些来，有意义吗？"老黑的问话，让我有点儿措手不及，我在思索。老黑继续说："我的意思是说，即便我们弄清楚了这些，比如，米朵儿就是小琴的女儿，又怎样？让米朵儿明白她的母亲是一个风尘女子，她已经死了，被一个男孩子杀死了！让米朵儿明白，她姥姥现在就是一个废人，孤苦伶仃一个人，在一家很小很小的福利院里了却残生？刚才我还想，米朵儿不是不想看那些日记，或许，她在拼命躲避。躲避自己的母亲，躲避自己的身世。她已经像一条鱼一样，在这个世界上遨游，已经有了自己的处世本领。或者说她已经摆脱了某种恐惧和压抑。难道，我们非得把这些再加给她吗？"

这些是我没想到的。

老黑又说："我有种预感，米朵儿好像知道这一切。如果这样，那么对她来说，无疑是在被人逼迫下揭开一道又一道伤疤。这会不会像你的画家朋友说的那样，很残忍？可现在怎么办？箭已在弦上啦。"

一个老头儿吱扭吱扭打开那家福利院的大门。两辆车开进去后，那门又紧紧关闭，我们身后哐当一声响。

小琴死后，她母亲成了一个难题。老黑和王大头跑了好几家敬老院，人家都不肯接收。一个看不见、说不出话又听不到的老太太，谁愿意接收呢？一旦接收下，意味着这老太太自己差不多就占一个保洁员。何况，这种老人容易出事儿，一出事故他们担心影响不好。老黑和王大头当然想到钱的问题。这个他们俩可以想办法。问题是，给人家钱，人家也不肯收。费尽千辛万苦，他们才在城郊的这家社会福利院，把老女人安置下来。

米朵儿一下车就四下里打量，然后问老黑："老爷爷，难道你们要把我关在这里？"

老黑忍不住呵呵大笑："一晚上没见面，我又长了一辈呀！你放心，不会把你关在这里。再说，这里的大门哪能关得住你呀？"

米朵儿哎呀一声："您太高看我了。"

一个老女人迎上来，打过招呼，领着一簇人穿过一座三层高的楼房，向后院走去。老女人边走，边开玩笑式地抱怨："王大队长，我求求你啦！以后，你们警察再收到无家可归的孩子，别往我们这里送行吗？我们没那个能力。"

王大头说："好，那我就直接送到您家里去。"

女人这次是大笑了。

后院儿里，一群孩子正在嬉闹，见我们一群人走进去，都傻乎乎地站在那里。我挨个看去，突然心里像被刀子一划而过！那是怎样的一帮孩子呀！一个孩子个子很高，脑袋却小极了。一个男孩子的脸上，猛一看根本看不清五官，仔细瞧，才知道全部朝中心位置靠拢。另一个女孩儿一只眼睛紧闭，另一只眼睛开着。他们都大张着嘴巴，好多孩子的嘴角挂着长长的涎水。此前，我从来没有进过福利院，没想到里面还有这样的一帮孩子。六七个人，竟然没有一个我们世俗眼中的健全的孩子，都是智障儿！

"好孩子，谁家父母舍得丢哟？"女人一路呱啦呱啦不住嘴，"我就奇怪，哪来这么多畸形儿？你说，这当爹妈的也是，既然有本事生下来，怎么就没本事养呢？就把孩子这么一扔，把累赘交给社会。"

米朵儿突然插话："那些父母，都是畜生！"

从米朵儿一下车，我的视线就差不多全放在她的脸上。起初，她还是满不在乎，过了没一会儿，在那看似轻松的表情下面，就显示出警惕来。我看到一丝忧郁的表情，在她脸上一闪而过，这让我感到既惊讶，又心疼。她脸色潮红，眼睛里亮晶晶的，似乎马上就有眼泪流出来，胸脯一起一伏的。

我扭头去看老黑。老黑的眼珠儿一动不动，他在冷眼观察米朵儿。

快要走近后面一排平房时，米朵儿突然回过头，看一眼那些孩子，又大喊一声："这个世界上，到处都是畜生！"

所有人都愣一愣。

米朵儿的脸上已经淌下泪水来。

带路的女人又小声嘀咕："你们是不是也想把这孩子送过来？"

还没等王大头开口，米朵儿却扭头注视着她，居然迅速破涕为笑："阿姨，你应该盼着我来才对。只要我来了，用不了多久，我就会让你这家福利院焕然一新。你需要多少钱，我保证都能给你弄来。"

女人啊哟一声："那可好，我们就缺钱。就这么说定了，你来吧！

只要你能划拉钱来，伺候好这些孩子，我这个院长，就让给你来当！"

小琴母亲住在最西头的一个屋子里。快到那间屋子门口的时候，我的心开始怦怦直跳！女人轻轻推开门，就躲到一边儿去了。老黑走在最前面，紧跟着的是米朵儿，然后，是王大头和两个女警。我随后而入，一进门，就走到一个能够看到米朵儿表情的位置。屋子里有一股子霉臭味儿。一个老女人，头发花白，脸色苍白，嘴唇瘪着，正坐在床上。

我迅速把目光收回来。

我需要捕捉米朵儿的反应。

这个面庞清秀的女孩子，这个双目水灵的女孩子，她此时的内心里究竟在想什么呢？她注视着那个老女人，眼珠儿一动不动。可她刚才在院子里的激动情绪，显然掩盖了某些东西。她的两只眼睛像刚才那样，还是红红的。我无法做出判断这是因为院子里的那群智障孩子，还是眼前这个老女人。

所有人都在看她。

几秒钟之后，米朵儿轻飘飘地把目光移开，她在轻松地打量屋子里的陈设。老女人坐在床上，像一尊根雕，似乎满屋子的人对她构不成任何影响。她的眼睛却是睁开的。米朵儿嘴唇翘了翘，脸上写满了轻蔑和嘲讽："同学们，你们带我到这里来干什么呀？"

如果她真不是小琴的女儿，她的这一抹微笑，的确让我们汗颜。是啊，我们这是干什么？带着一个小丫头，来看福利院的老太太？

然而，我发现老黑的脸上漾出一丝微笑。

老黑说："那我们走吧。"说着，转身就往外走。王大头轻轻一晃大脑袋，跟在他身后。一个女警推一把米朵儿："走吧。"

老黑走在最前面，我紧走几步追上他，问："难道，我们真的弄错了？"老黑轻轻一笑，似乎已经胸有成竹："先别说话，继续往前走。"

那时的老黑，根本不打算观察米朵儿面部表情变化。他背着双手，低着头往前走，貌似很沮丧。经过了那群孩子，穿过了楼门厅，走进了前院子，很快就走到车边。我打开车门，老黑站在我旁边，抬头看天。那辆面包警车的侧门被哗的一声拉开。

我忍不住又一次转身去看米朵儿。

这一次，我看到她眉头紧皱！

我转过头去看老黑。

他面带微笑。

就在一瞬之间，我听到一声哭喊！

我迅速扭回头，瞧见米朵儿疯狂地推开身边的两个女警察，开始往回跑！所有人呆愣片刻，身穿警服的几个人反应相当迅速，拔腿追赶过去！我和老黑没有跑，却也启动步伐往回走。看上去，老黑相当兴奋："这样子就对啦！不用担心，这里只要关闭大门，什么人也跑不出去。再说，这一次，她绝对不会跑啦！"

米朵儿蜂蜜色的头发飘散开来，在斜照的夕阳下，纷飞成一只蝴蝶。她跑进大楼，穿过门厅，进后院儿，沿着门廊，跑进最西边的房间。我们一个又一个走进去。只见米朵儿已经跪在床边，抱着老女人的两只大腿。脑袋上仰着，满脸泪水。

"姥姥，我是米朵，我是米朵，你看看我，我是你的米朵儿！"

老女人的两只手，在米朵儿的脸上一寸一寸移动。老女人脸上的皱纹一忽儿疏散，一忽儿紧皱。所有人都看到，老女人的脸上有两道泪水流了下来。

"你是我的米朵儿？真是我的米朵儿呀！"

4

"米朵儿如果没到刑事责任年龄，是不是可以无罪释放？"我问。

王大头扭头看我一眼，说："我想这么做，也不是不可以。但米朵儿显然不应该属于此列。依照这小丫头犯的事儿，她需要进行强制管教，她应该去那里！由一个专门的社会管教机构，对她进行封闭式管理，很有必要。少管所，或者说，少年监狱。退一步讲，如果释放她，必须责令她的监护人严加管教。问题是，谁是她的监护人？"

"必须是直系亲属吗？"

我无意间问出的这句话，让王大头和老黑一起瞪着眼睛来看我。

老黑轻飘飘地问："作家，你什么意思？"

我说："别人就不能做她的监护人吗？"

那两个人对视一眼。

老黑说："看来，你对这孩子很感兴趣。"

王大头说："作家同志，头脑一热做出的举动，往往会让人后悔。她可是一只刺猬。"

我说："我不是头脑一热，这孩子要是进了监狱，恐怕就彻底废了。"

王大头冷笑："她早就废了。就她干的那些事儿，是个孩子干得出来的？这样的孩子，根本没法挽救，说文雅一点儿，她把整个灵魂都丢了。"

老黑此刻才问："大头，你的意思是，一定要把米朵儿送进去强制管教。"

王大头盯着老黑："不是我的意思，是法律。我们都很清楚，这孩子已经严重触犯法律。"

老黑摆摆手："我不认为，她的行为完全符合抢劫犯罪。"

"难道，真像那小丫头片子所说的，只不过是开个玩笑？这不是玩笑，老黑！三十万！现在她身上一个子儿都没剩，怎么花的？对了，我们打算带她和画家去指认一下现场。"

我和老黑对视一眼，都陷入沉默。好半天，老黑像是自言自语："米朵儿的实际年龄，根本无法确定，现在说什么似乎还是白费。"

王大头连连点头："老黑，你这次算是说对了，那咱们一起努力，怎么样？"

老黑呸了一声："我已经退休。人家子曰跟这案子没有什么关系。"

王大头冲着我说："他怎么没关系？他是第一个到现场的人，很重要的证人。"

两辆车，一前一后，直往海边而去。前面车上是司机、王大头，以及两位女警，她们中间夹着米朵儿。我开着一辆车跟在后面，老黑坐在副驾驶位置，丁一则坐在我后面。丁一一路上沉默不语，一直看着窗外。偶尔，我会从后视镜上瞄他一眼。

"这是必须要走的一道程序吗？"我问老黑。

老黑看上去也心事重重："是啊，这是办案的步骤。何况，现场很重要。"

我必须没话找话，以转移我又一次见到米朵儿时的心情。她从一间屋子里出来了。看上去很开心。我本来以为，警察会给她戴上手铐。一副冰冷的手铐，戴在这样一个女孩子的手腕上，会是什么样子呢？幸好，我没看到那场景。米朵儿看到我，冲我一笑。我的身体深处突然被袭击一下，更加清晰地看到小琴的影子。

"真的必须这么做？"我又问一句。

老黑歪着脑袋看我一眼："你今天怎么啦子曰？好好开你的车。"

我说："我突然一下子，有点儿心慌意乱。"

老黑沉默半天，说："你把车停在路边上，接下来让老头当司机。"

于是，我们换了位置。

自始至终，坐在后面的丁一都一语不发。丁一的老婆已经正式向法院递交了离婚申请。跟很多深陷此境的男人一样，可怜的丁一真的不想离婚，但他已经没法左右局面。他的妻子——曾经的教导处主任，现在已是副校长——已经从头到尾知道他和米朵儿之间的事情。她是怎么知道的呢？丁一觉得那是个谜。有一天，他打电话给我，带着哭腔问："子曰，是谁这么混蛋？"我沉默半天后说："不是我。"丁一说："我知道不是你。可谁还知道这件事情？老黑吗？"我说："没必要去猜是谁了，这没任何意义。在这个世界上，根本就没有秘密。"在车上的某一个瞬间，我突然想到，说不定，是米朵儿！是米朵儿把所有一切告诉了丁一的老婆。

一路上，我们车上的三个人，都没有说话的欲望。快要到的时候，老黑突然有意无意似的问我："子曰，你今年多大？"

我说："四十一岁。你问这个干什么？"

"没什么，就随便问问。"

我稍稍一愣。

在那间屋子里，除了米朵儿仍满不在乎外，其他所有人看上去都不轻松。警察们，包括王大头，心里应该是高兴的，至少是已经可以轻松一下了。指认现场的过程中，只要丝丝吻合，那么案子就基本定局。但是，他们的脸上仍然带着职业性的严肃。

而我、老黑还有丁一，心情当然是沉重的。

老黑的沉重，或许是他又看到另一个小武。老黑曾经跟我说过，他最不愿意接触的案子，就是青少年犯罪。

"一个孩子的心灵应该是干干净净的。"他说，"但我们这个社会，让很多孩子变得比大人还要污浊。"

丁一的沉重更好解释。这样的现场演示，无疑是一次镜头回放，一次赤裸裸的曝光。哪怕屋子里只有少数几个人，其中一名女刑警还是个看上去比米朵儿大不了多少的女孩。将一个伤疤完全暴露在阳光下，无疑是很残忍的。

到现场后，丁一不愿意配合在床上的演示。

王大头瞧他一眼，示意那个司机来。情景再现嘛，不需要演员完全赤身裸体。可当那个司机躺下去的时候，米朵儿睫毛一眨，转头盯着屋角正在吸烟的丁一，果断地说："不！要那个画家自己来。实话说，这个男人一躺在床上，我连说话的激情都没了。"

所有人都愣了。所有人都看着丁一。丁一在看米朵儿，表情复杂无比，像一只掉进猎人陷阱里苦苦挣扎半天依然无法逃脱的獐子。

那个年轻司机慢慢爬起来，一场原本相当有意思相当刺激的体验，跟他擦肩而过。丁一扔掉烟头，缓缓地走过来，慢慢躺了上去。一躺下，他就闭上眼睛。米朵儿看着他，好半天才突然说："丁一，你真的认为，我抢劫了你吗？"

所有人又在盯看丁一。他闭着眼睛，一声不吭。

屋子里出现片刻宁静。

米朵儿慢慢转回身来，冲着我们所有人说："我知道，你们几个人，现在都非常希望我再演示一下当天的场景，最好，我跟这个男人全都赤身裸体，是不是？如果你们都这么想，说明你们所有人的心理都阴暗无比。别看你们一个个道貌岸然的，一个个都摆出一副惩恶扬善、伸张正义的样子。你，你这个黑脸的老警察，就是一匹披着善良外衣的狼。"

老黑本来就眉头紧皱，米朵儿的这句话让他突然双手捂住腹部。

米朵儿清脆如珠的话在继续："还有，躺在床上的这个男人，他还是画家呢，所谓的艺术家，人类灵魂的工程师。可是我亲眼看到，他有多么肮脏。你们要是知道他干的那些事儿，说的那些话，你们就明白他就是一堆臭狗屎！你们怎么不让他先开口说话啊？让他自己说一说，在这张肮脏的床上，他想跟我做什么？"

米朵儿话语迅速，吐字清晰，容不得别人制止或插嘴。丁一的脸扭曲着，突然用两只手捂住脸。老黑把脸别到一边儿。王大头皱着眉心，看着窗外。很奇怪，所有人一下子都沉默不语，似乎面对米朵儿的这一番话，每个人一下子都惶恐不安起来。

米朵儿的声音仍在继续："我要的就是这个效果，我就是要等待这个时刻的来临。我知道，你们一定会带我来指认现场。跟这个黑老头碰面的一瞬间过后，我就想到这个结局。甚至，我跟这个画家到这间屋子里来的时候，我就知道，总会有一天，你们所有人，都会来到这间屋子里。咦，我刚才好像漏掉了一位了不起的作家。"

米朵儿把目光转向我，我惊愕地看着她。忽然，我看到米朵儿眼睛里闪着亮光。我的心被紧紧揪住！

"我做这一切，实际上都是为了你。"米朵儿轻轻地说出这句话。

我顿时呆若木鸡！整个人都傻了。

"因为，"米朵儿一字一顿地说，"因为我做这一切，是为了寻找一个真相。就是我妈妈日记本里说的那句话。她说，日记里藏着一个秘密。我就是为了找到那个秘密。"

我迅速扭过头去看老黑。老黑正在看我。

我猜，我们俩的疑问，或者惊讶，是一致的。那就是，米朵儿居然也看过那些日记？什么时候看的？老黑那儿？我这里？还是在小琴那儿？

米朵儿接下来的一句话，立刻回答了这些疑问："我去过天堂口，在我妈妈那里，我从头到尾看了那些日记，而且我告诉你们，我那里还有一份复印本，所有日记的复印件。所以，那天你把那些日记本摆在我面前，我根本就没任何反应，我知道里面的所有内容。现在，我想终止这次现场演示，这样做毫无意义。这个男人——"她把脸转向丁一，面带微笑说，"他对你们撒了谎。我跟你们说过，我跟他闹着玩儿，你们所有人都不信。"

丁一面如土色，躺在床上的他，浑身在发抖。

米朵儿说："他给我写了纸条，上面写得清清楚楚，三十万是送给我的。换个说法，他想拿那些钱，来购买我的初夜。可是，我没让他得逞。而我拿到银行卡的时候，他还没有被我绑住。他是清醒的，或者，换个说法，他完全有反抗能力。"说着，她把脸转向我们："我之所以那么做，那个玩法儿，完全是因为头一天晚上，我看了一部很有意思的电影。"

"《水果硬糖》？"我脱口而出。

米朵儿冷笑一声："还是作家有文化。是的，我就是看了这部电影。可笑的是，在我和这个家伙到这里来的一路上，我打算跟这个男人谈谈这部电影，结果，我发现，他对电影无知得像个傻瓜。"

王大头脸上带着无意间吃下一只苍蝇的表情："你的意思是，你有证据证明，你根本没犯罪？"

米朵儿说："最近五六年，我花费时间最多做的一件事，就是研究法律。我有一盘录像带，做了全程记录。还有，我说过，我有画家亲笔签名的一张纸条，完全可以证明，他是心甘情愿把钱送给我的，而且，是在很自由很清醒的状态下。你们能够找我麻烦的，仅仅是四年前，貌似是我拿啤酒瓶划开一个小男孩子的后背。但我告诉你们，那天虽然我确实在场，但动手的那个女孩子，绝对不是我！这辈子我说过很多谎话，散布过很多谣言，目的只是为了活下去。而且据我所知，你们也根本不可能找到证据证明，那个女孩子就是我。要不，咱们回去就找来当晚的孩子指认一下看。还有一点儿至关重要。我能够证明，现在，也就是今天，我才刚刚过了十五岁的生日。这个生日，我将会终生难忘。一个十五岁的孩子，做什么事情才能够被你们限制自由，我想你们都很懂，是不是除非我做点杀人、放火、投毒等等的大事儿才行？"

所有人哑口无言。

王大头在屋子里转了一圈儿："我能看看你说的那些证据吗？"

米朵儿说："当然可以。我们现在就回去，到我住的地方。"

王大头突然面带微笑："走吧。"

老黑看上去像是从沉思中猛地醒过来："好啊，走吧。"

当我和老黑走到门口的时候，我才想起来，丁一还躺在床上，一动不动。我喊了他一声，他轻飘飘地说："我想在这里待几天。"我稍稍有些担心，丁一看上去状态很差。他坐起来，叹息一声："走吧，你走吧，别担心我。我不会自杀。"

事实是，从那以后，我就没见过丁一。后来，他倒给我发过一次短信，他向我道歉！说他根本没脸再见到我。至于他身在何处，我不得而知。而接到短信的时候，我的的确确对这个人感到有些恶心。

当然，这种感觉完全因为米朵儿。

返程的路上，依然是老黑开车。沉默好久，我才问："感觉如何？"

老黑吐出四个字："一败涂地！"

我问："有这么惨？"

老黑没有回答，居然哈哈大笑。

我问："你笑什么啊老黑？"

老黑说："我们被一个孩子玩得团团转。子曰，我现在的思路好像越来越清晰。"

我说："如果不影响开车，就说说看。"

"我们，我们所有人，其实都在寻找真相，我，你，还有米朵儿。甚至，我大胆地假设过，小琴离家出走，或许也是在寻找真相。但我们每个人的目的，或者说，寻找的东西都不一样。"老黑扭过头，对我狡黠地一笑，"我现在还拿不准，少说为妙。而且，我现在还在一种恐惧状态里解脱不出来。"

我问他："为什么恐惧，你恐惧什么？"

老黑慢悠悠地说："你不觉得，一个这样的孩子很可怕吗？就在昨天晚上，我估计我和你的心态都是一样，如何去求证这个孩子的年龄，如何采取一些办法，证明这个孩子是无罪的。按说，我作为一名老警察，有这种心理是不太应该的。但是你瞧，人家根本不需要我们，她不需要任何帮助。换句话说，我们跟自己说，要拯救这个孩子！我们挖空心思，去印证她的年龄。事实是，她需要的不是拯救。刚才，在那间屋子里我一直思考，我们每一个人，到底谁需要救赎，需要忏悔？"

"那你认为，这个孩子她需要什么？"

老黑嘴角一动："她需要爱。尤其是，父爱。"

我稍稍沉默，然后说："老黑，你好像话里有话啊？"

老黑沉默片刻，突然反问："米朵儿跟你说的那句话，是什么意思？"

"我不知道。"我没有撒谎，我是真的不知道。但是，我似乎也隐隐约约触摸到了什么东西。尤其是，老黑的反问过后，我顿时又觉得心慌意乱。

米朵儿租住一套小户型房子，在七楼，采光很好，房间里收拾得很干净，到处是漂亮的布娃娃。客厅靠落地窗的位置，有一台笔记本电脑。阳台上却摆着一架望远镜。她说的那些证据，就在卧室的床头橱内，一盘盘带子摆放在那里。米朵儿冷静地向王大头一一进行展示："你看这些足够吗？"

说实话，我看到的一切，跟我想象的差不多，这并不足以让我感到惊讶。但是，对于另外一个发现，我却真真切切体验到老黑所说的恐惧。一进小区院门，老黑和我就都吃惊地发现，米朵儿居然跟我住同一个小区。而当我站到那间屋子的阳台上，抚摸那架望远镜的时候，我发现另一个问题更加让人恐惧：那镜头对准的方向，恰好是我家的客厅！

我和老黑对视良久。

老黑咬咬下嘴唇，悄声跟我说："我曾经在一个贩毒的嫌疑人家里看到过这个玩意儿。这东西真的很棒，在漆黑的夜晚，也能看得清清楚楚。"

我能够感觉到我的心脏怦怦跳动的声音，我能够听到我自己的呼吸声，压抑而急促。

我耳朵边响起米朵儿的那句话："我做这一切，都是为了你。"

5

在那几天里，我的确陷入一种惶恐不安的状态之中。米朵儿在海边那间房子里所说的话，就像一块烙铁一样，灼伤了我。我估计，同样也刺伤老黑。

这个黑老头，这个退休的老警察，当他每次面对那些日记本的时候，已经屡屡陷入无边的疼痛之中。而现在，我很清楚，他对这个世界的阴暗面，比我了解得更多，从某种角度说也伤得比我还要重。

老黑曾皱着眉头跟我说："在这个世界上，有良知的人，比没有良知的人活得累。"

连续几天，我躲在书房里，甚至，晚上都不开灯。

我躺在一张藤椅上，隔着窗户，看着窗外的灯火。我没有给丁一打电话，我不知道他会在那张床上躺多久，也不知道他躺在那张床上，脑子里翻来覆去会想些什么，我已经顾不得这些。有那么一瞬间，我会想，我这样弃他而去，是不是一种不负责任，他会不会在无助的状态下，真就做出极端的事情来？但转念一想，他不是孩子，他应该好好反思一下。我们是好朋友，可他对我隐瞒了很多事情，以至于，我无法做出一些更准确的判断。同样，我也没有给老黑打电话。我们兴致勃勃地寻找和探索，就跟当年小琴伸过来的那只胳膊一样，被米朵儿的一番话，打击得沮丧透顶。

当米朵儿带着她自己的微笑离开刑警队，重新呼吸新鲜空气的时候，老黑是不是也会多多少少有一丝惆怅？

那么，米朵儿算是堕落吗？她不过是学会某种适者生存的手段。老黑说得很对，米朵儿不觉得自己堕落，也不需要别人的关怀。悲悯啦，同情啦，救赎啦，对她来说，通通不需要。不是她不按照规矩出牌，而是这个世界，迫使她做出了这种选择。

适者生存，这是很简单的道理。

第三天晚上，有个陌生电话打进来，声音欢快："我是米朵儿呀。恭喜我吧，我自由啦。"我什么话都说不出。米朵儿继续说："你还在那个房子里？"

"在，一直在。"我说。

"坏蛋！"她就是这么轻巧巧地说出这俩字的，"我怎么看不到你，你怎么不开灯呢？"

我问："你那一架望远镜，不是在不开灯的时候也能看到吗？"

米朵儿呵呵笑："看来你很在行呀，不过，我早不那么干了。说实话，这台望远镜，让我看到很多我不愿意看到的东西，让我一想就觉得怪恶心的。"

我慢慢经过客厅，走到背面，冲着米朵儿阳台的位置，但我仍然没有开灯。我问："现在，你能看到我了吗？"

米朵儿说："看不到。"

但我已经看到她。那个房间里灯火通明，比哪一个窗口都亮。米朵儿举着手机，站在阳台边上。我转身去打开了灯。我感觉到了某种危险，一种说不清楚的危险。于是，有了片刻沉默。

米朵儿突然说："难道，你不打算给我庆祝一下？或者，干脆给我补过一次生日？"我不置可否。米朵儿也稍稍沉默，又说："我不过是想找个人聊聊，突然觉得孤独是这么可怕。算了，不难为你。"说着，她扣掉电话。

她的身影在阳台上消失。

我站在那里思考好久，才打回电话去。语气已经略带兴奋："丫头，你想吃点什么？"

米朵儿似乎正在哭泣。她说："你这个邀请还算绅士。我去你那里，吃的东西我负责。"

一个小时后，米朵儿出现在我家门口。我的房间里，已经到处灯火通明。她双手都是大包小包的，直冲厨房而去。我正要告诉她位置，她说："我很熟。你坐在那里，我来忙。"

我笑了笑，说："这样子，会不会对小寿星很不公平？"

她说："我就是要给你留下这种印象，我要让你感觉到，你欠我的。"

那个夜晚，自从米朵儿打进电话，直到她整出一桌子的菜，甩着手坐在我的对面，我都如同在梦里。我突然感觉到，所有的场景，我都似曾相识，好像那一切曾经在我以前的生活中出现过。我对米朵儿的感觉，除了一种解释不清楚的类似父亲对女儿的那种亲昵之外，丝毫不夹杂任何别的什么。从第一次遇见她，我就有了这种感觉。

"坏了！我忘记买酒。"她咬咬手指头，似乎做错了事。

我问："你喝酒吗？"

她说："在这样的夜晚，应该稍微喝那么一点儿。"

我说："好吧，看来，我得把我的藏品拿出来。"

我走进客厅，取出一瓶香槟酒。一个朋友送的。我自己一个人的时候，喜欢喝一点儿高度白酒。那瓶酒一直摆在我客厅里的博古架上。我倒了两杯，然后，举起面前的杯子对她说："生日快乐！"我忽然想起什么："我应该去买生日蛋糕的。"

她面带微笑，却是一本正经："是啊，你是个很不称职的父亲。"

我被这话吓了一跳，转瞬过后，却温馨无比。我觉得我的眼前一片模糊。

米朵儿紧接着就补了一句："不过呢，我也不太在意。补过生日嘛，有一些复杂的程序，可以免掉。"她举起杯子跟我响亮地碰一下。"我想知道，你把我的画像放在什么地方？"米朵儿双手捧着瓶子给我倒酒的时候，突然漫不经心地问一句。

我回答："书房里。"

她说："跟我想的一样。"

我无话可说。米朵儿没有给我太多难堪的机会。她提议道："我要先看一看。"说着，她轻巧地站起来，直冲书房而去。我端起酒杯，啜饮一口，也慢慢起了身跟随过去。米朵儿站在自己的画像前，背冲向我，却一动不动。

我悄悄地说："这是我见过的丁一画得最好的一幅。"

米朵儿一下子扭回头来！

我惊讶地张开嘴巴。她居然已经满脸泪水，盯看着我的眼睛里，似乎一下子灌满愤怒。我手足无措，知道自己说错了。就在那一瞬，我看到米朵儿头发一甩，扑向那幅画。她双手搬起那幅画，高高地举着向墙上砸去！画框边缘断裂的声音，如同一声爆炸！我惊愕万分，一动都不敢动。米朵儿接下来把那幅画抓起来，摔到地上，狠狠地用脚跟咔嚓咔嚓踏了几下。那时候，小丫头像一只小豹子，在拼命地撕咬猎物。

我冲过去抱住她："米朵儿，你怎么了？"

米朵儿嘴里咝咝作响，最后，发出一声长长的呻吟。我迅速躲开，不敢拉她的胳膊，不敢碰她身体的任何地方。她慢慢地弯下身子，坐在地上，把头低到胸前，双手插进散乱的头发里面。她的面前，摆着那幅自己的画像。

我对这个孩子毫无办法。我不知道她心里究竟想什么，也不知道她为什么这么做。尽管，对于她的孤僻或者怪异，我有着充分的心理准备。我站着，她坐在地上。我们沉默了足足有一个世纪，然后，我慢慢走过去，蹲下身子。

我说："我错了。"

米朵儿抬起头，看着我，说："知道我为什么去画这幅画吗？我的目的之一，就是为了让你看到。我想知道，你看到之后的反应是什么。"

我说："我错了。"

米朵儿满脸的泪水让我非常心疼。我们对视好半天，她嘴角微微一动，露出一丝微笑，说："仅仅说一个错了，还远远不够。"

我说："好吧，我错了，我错了，我错了……"我说了无数次，说着说着，我忍不住微笑起来。米朵儿也破涕为笑。她问我："是不是想起了那部电影，《亲切的金子》？"

我说："是啊，电影里那个小女孩儿对母亲说，仅仅说一次对不起是不够的，我的眼泪唰的一下就出来了。"

米朵儿说："那女人应该忏悔。一个大人，不管是男人还是女人，生下了孩子，就应该尽到抚养责任。"

我垂下头，不敢看米朵儿的眼睛。米朵儿又轻轻地说一句："你瞧，咱们俩连看电影这样的爱好，都是一样的。"我看着她，没有说话。她说："你喜欢这幅画么？"

我回答："喜欢。"

她接着问："喜欢什么？你刚才说是画家最好的作品。你眼中的好，是指什么？"米朵儿似乎在紧追不舍，而我越来越感觉到一种压力，感觉到一种危险又在悄然逼近。

我说："我说不出来。"

米朵儿慢慢地站起身来："你还有一大把的时间来思考。不过，今晚上，应该我说对不起。我好像把一种美好的氛围给搞砸了。"她俯下身子，要去收拾那幅画像。我制止了她。我担心，那幅画会把她再次扎伤。

回到餐桌旁，米朵儿喝了一小口，突然问："我跟我妈妈的样子，真的有很多相像的地方？"这个问题，让我措手不及，里面夹着很多信息，一些我原本以为她根本无法掌握的信息。比如，我知道，她接触过小琴的日记，但我不敢确定，她就知道我曾经认识小琴。

"是的，很像。我能问你几个问题吗？"

米朵儿说："当然可以，但我不敢保证每一件事情都跟你说实话。"

我问："你到底是在哪里看到你妈妈的日记？"

米朵儿把头扭到窗外，思索半天才说："我说过，是在天堂口。"

"这怎么可能？"实话说，对此我一直怀疑。

米朵儿面色凝重，一下子就不像是一个小孩了。她说："我在那里待了不到一个月。你肯定会觉得奇怪，我为什么去那里，怎么找到那里的？这些问题，三句两句也说不清。我只能跟你说，我去了那里，和我苦苦寻找的妈妈在一起待了一段时间。可我们没有相认。"

"为什么？"

米朵儿扭头看着别处，泪眼迷离："她在女儿三岁的时候，就把她送回老家，她是个合格的妈妈吗？当我十二岁出现在她面前时，她居然根本认不出我。因为，你瞧，我个子很高，现在很少有人相信我才十五岁。而且，眼角上的这颗痣，被我巧妙地隐藏起来。或者说，我把自己的面容稍微做了一下改动。我姥姥曾说过，我们俩脸上的这颗痣，就在同一个位置。尽管，她说过好几次，我很像她的女儿，但她还是被欺骗过去。那时候，她还没把我姥姥接到天堂口。本来我到那里，打算远远地看她一眼就走，没想到，我看到她要招聘洗头泡脚的小姑娘。于是，我突发奇想，就去应聘了。"米朵儿突然停住。她抓起面前的酒杯，将半杯子酒一口喝下，然后继续说："我现在觉得很后悔，要是我那时候像现在这样有钱，我就跟她相认。我就会把她接到我的身边来。为什么我不认她？告诉你，我对她的感觉很复杂！她把我扔在家里的时候，我一到黑夜就哭，整整半年。我姥姥曾说过，我跟她很像，小时候都喜欢哭。后来，逐渐懂事儿了，所有的孩子都欺负我。他们都骂我是个没有爸爸妈妈的野种！所以我恨她！更恨我爸爸！"

米朵儿说到这里，抬起头瞪大眼睛看我一眼。

"可那时候，我很清楚，她根本养不活我。她连应付自己的生活都困难。我已经在外面闯荡了好多年，我自己能照顾自己，不需要她照料。既然我没有爸爸，也几乎算是没有妈妈，那好吧，我自己一个人过好了。她相信了我的话，把我留在那里。我一直在等待一个既让我兴奋，又让我害怕的时刻，那就是，她会让我去陪到那间屋子里去的男人。——你怎么了？"

米朵儿突然问我这句话，是因为她看到我的右手拇指使劲摁着自己的胸口。是的，我听到那里时，心脏部位的确是一阵刺痛。

我说："没什么。"

米朵儿说："你是个作家，你应该能想象到，一个母亲，强迫或者诱导自己的女儿去伺候男人，会是什么样子？当然，她完全不知道，那个小女孩儿是自己的女儿。我其实在反复进行着选择。做，还是不做。有时候，我非常想做，目的就是，我要报复这个女人！我要让她难过，让她品尝疼痛的滋味！我还打算，做完之后我马上就告诉她：知道吗？我是你亲女儿。你说，那会怎样？她会是什么反应？难道，她不应该得到这种惩罚吗？当然，最后我选择了不做。我知道，对一个母亲来说，那会很残忍！"

米朵儿的脸上，已经有两行眼泪流下来。她突然笑了，又说："非常幸运，尽管老天爷已经跟我们母女俩开了好大好大的玩笑。但这一次，老天爷放过了我们。我在那里整整半个多月，没有一个男人去过。

显然，天堂口不适合她从事那样的职业。在那半个多月里，我们俩成了好朋友。就是那个时候，我看了她的日记。她主动让我看的。有一天，我问她，你想你的女儿吗？她说，我想，每一天每一刻每一秒都在想。我顿时就满眼泪水。那一瞬，我差一点就脱口喊她一声妈妈。第二天，我就离开了天堂口。走的时候，我心里说，你等着，我会回来接你的。"

米朵儿闭上眼睛，趴在桌子上，呜呜咽咽地哭起来。

我从来没有像那个时刻一样，渴望马上抽烟。

我抽出一支，手哆嗦着，用打火机点燃，深深地吸下一大口。

米朵儿终于抬起头来，看着窗外发呆。我重又坐下，看着她，刚要开口，又把那个问题咽下去。

米朵儿说："我知道你还想问什么。实际上，我也一直想弄明白这个问题。你想知道，我为什么住在你对面，为什么架起望远镜来偷窥或者监视你。我知道你没法开口，如果那是事实，对你来说，或许会是难以接受的。"

我的声音肯定有一丝颤抖："米朵儿，你真的只有十五岁？"

米朵儿眼角还带着泪花，却悄然笑了："不像吗？因为，我对这个世界了解得比你还要深。我还不到八岁，就离家出走。等于我独自一个人，在社会上流浪了七年。你不要问我怎么度过这七个年头的，我也不会告诉任何人。你是个作家，你可以把这当作一种传奇。试想，如果我不是和那个黑老头狭路相逢，我还会像一只大鸟，在这个世界上自由飞翔。你们挖空心思也不会想到，我就住在你家对面。当然，我还没有回答你最想知道的那个疑问，就是为什么那天我会说，我都是为了你，才做这一切。因为，我非常婉转地问过我妈妈，在我出生的那一两年，她都跟什么人交往过。我这么做，是为了继续我的另一个寻找，找我爸爸。而我妈妈告诉我，那段时期，她曾经跟一个作家住在一起。她的日记里也有提到。当然，据我所知，她这辈子能够刻骨铭心记住的男人，恐怕就是这个作家。"

我双手捂着脸，觉得头昏脑涨！

"我索性跟你直说了吧。从那以后，我就开始找你，我把你作为最有可能的目标。不过，有这样一个情人，有这样一个私生女，一定是会让你很难堪的吧？我这几天一直在想，也终于想清楚这个问题。我不会给你添任何麻烦了。我会尽快带着我的姥姥从这里消失。我保证，你再也不会找到我。"

我觉得天旋地转！这一次是真的晕过去了！晕倒前，我还听到米朵儿说了一句话："不过，这一切都还只是推理，没做亲子鉴定，我还不能确定，你就是我爸爸。"

她就是这么说的，"还不能确定"，那语气似乎宣示，这件事情，完全应该由她来掌控。

第十四章　天堂口

1

咚咚锵，咚咚锵，咚咚锵锵咚咚锵！

欢快的锣鼓声，把小琴吵醒了。小琴伸手拉开窗帘，一道阳光滤过窗户照进来。她感觉自己像冬眠的动物一样开始慢慢苏醒。她摁着桌子一角，慢慢探高身子，就看到五颜六色的彩车和花灯从屋子前面那条路上缓缓而过。其中一辆彩车上，立着几个女子，穿着古装，脸上施了彩，像戏台上的人。小琴披散着头发坐起来，披一件大棉袄，就跑出去一下子拉开门！一股阳光哗的一声闯进来，差点把小琴撞倒。

彩车是贾镇的，要到城里去，参加元宵节扮玩。

小琴呀了一声！原来，年已经过去了，是正月十五了呢。母亲正悄无声息站在身后，瞪着空洞洞的眼睛往外看。小琴根本没想到母亲在身后的，所以，母亲那句话，吓得小琴猛一下转回了身。

"闹元宵的吧?"

小琴张大嘴巴看了看母亲。

母亲又说："这个时候，老家也已经开始唱戏了。"

就在那一瞬，小琴又想家了。

是啊，老家的村口大场院里，也已经搭起台子来了吧？亮亮的汽灯悬在四角。台上的一个角落已经流水一般淌出弦子小锣的声音。乌乌压压一场院人，坐着的，站着的，连根针都插不进去。小锣声节奏快了，当当当，当当当，人们的喧闹声慢慢消失。一轮清月悄然滑过树梢，山村的夜晚有了新鲜清幽的静。这些童年的记忆，在那一瞬间，闪在小琴的眼前。

还是回去吧。不管怎样，母亲终归是要回去的吧？她不能真的就死在外面啊。何况，看样子，自己说不准是要死在娘的前面哩。

小年过后，一直到现在，小琴差不多一直让酒精麻醉自己。因为，在酒精的作用下，她浑身才不会那么疼。小琴的头疼病又开始频繁袭击她，间歇周期越来越短，单次疼痛时间却拉长了。小琴知道，要出问题。脑袋里面盛的不是大脑，是一窝棉絮。显然，这个春节过得也不痛快。因了小年那天的一场闹剧，直到大年夜，小琴浑身上下，还是时不时尖锐地疼。

事实证明，王菊花赠的那本《圣经》，也治不了她生理上的病症。

事实还证明，天堂口也不是小琴的落脚之地。

正月十六，小琴烧了一大锅热水。老家的风俗，也是贾镇人的风俗，大年夜一直到元宵节，是不准洗浴的。对于这个习俗，小琴差不多早就忘干净了。多少年来，她已经不遵照任何习俗。她想，对我这样的人来说，风俗算什么呢？有什么用处呢？可是，这一年的开春，准确地说，是这一年的元宵节那天，小琴突然意识到自己浑身上下的邋遢。头发油腻，丝丝发痒，她忍不住伸出手指耙子一样抓来挠去。衣服是脏的，油迹斑斑。身子上也是，怕是水里一泡就能搓下一层灰垢来的吧？

小琴皱着眉头，感到恶心。

那天，小琴是在小后院儿里烧水的。角落里还有些积雪未化，小琴恍惚间竟忘记这雪是什么时候飘下的。小琴俯了身子，伸下手去，拨了拨积雪表层，下面便显出了晶莹透亮的白。小琴双手捧起一捧干净的雪，轻轻撒进烧水的锅里。干净的雪水能够把所有的脏东西洗干净，这同样是老家的习俗。一连三锅，水桶里的热水才满了。另一桶，是凉水。屋子里依然凉，甚至，还算是冰冷。可小琴顾不得了。小琴清洗自己的欲望，已经达到极致。她要洗，哪怕屋子里的冷气逼得她牙齿发抖。把身上的所有衣服都脱掉，光着身子站在屋子正中间的时候，小琴一扭身，又在那面镜子里看到自己的身体。小琴的两只胳膊交叉着，两只手一左一右，放在自己的乳房上。

就在一瞬间，小琴泪流满面。

她没有发出声音，但身子一耸一耸的，摇晃着。

小琴开始洗自己的身子，内心深处对这副身体充满了怜悯。

"你瞧，你瞧瞧，浑身的肉都松了。这对乳房啊，像长在八十岁女人身上。"小琴说着说着，居然破涕为笑。她对着那个身体自言自语："你可千万别跟我说，你这辈子是立下汗马功劳的。"小琴哈哈大笑，最后笑出了眼泪。洗过，换过衣服，人也清爽了。

小琴站到后院儿里，抬着头，心想，春天来了啊。

这个春天，似乎来得比往年早一些呢。

小琴对着母亲说："等到雪全部化了，小草冒出来，这片地里绿油油的了，咱们就回家！"

母亲则睁着空洞的眼睛在看她，什么话都没说。

"回家！"小琴做了个手势，"咱们就要回家啦！"

几天过后，小琴去地里的时候，感觉到身上的棉衣快穿不住了。脚下已经解冻的土地是松软的，踩在上面很舒服。地气在缥缈地回升，田野的远处，时不时有歌儿在缭绕。站到地里，才忽然发现绿油油的小麦开始疯长。似乎是一夜之后，小麦就准备抽穗。就在前一个夜晚，小琴也是惊喜地叫了一声，然后，就钻到麦地里去了。置身青葱及膝的麦田里的感觉，并不比在玉米的青纱帐里差多少。

小琴似乎对天堂口更加着迷。

或许，是要离开这里的缘故吧？

在天堂口，小琴挖了好多苦菜、荠菜。那道沟似乎进入春天的步子还要快，春日阳光下的天堂口是温暖的，边沿上的各类野菜，已经蹿出地面，几蓬迎春花的花骨朵已经十分饱满，似乎轻吹一口气它们就哗的一声绽放。小琴挎着篮子，走在那道沟里时，整个春天哗的一下子把她包围得严严实实。吹在脸上的风是如此温柔绵软。是啊，积雪融化了，小草冒出来了，这片地绿油油的了。

该回家啦。

走出那道沟，小琴站在地头，突然听到一边的地里传来声音。扭头看去，一个女人正站在小武家的地里看她，是小武的母亲。

两个女人距离很近，就那样站着，互相打量。好半天，小琴微笑着叫了一声："大姐！"小武娘没有吭声，弯下腰去挖野菜。小琴慢慢走近她，轻轻地说："我要走了。你以后完全可以放心啦。"小武娘直起腰身，眨巴一下眼睛，问："你要去哪儿？"小琴说："我们回老家去。我娘年纪大了，再不回去，要是老在这里我怎么办啊。"

小武娘轻轻叹息一声，又不说话。

小琴说："我没招惹过你家小武，从我来到现在，一次也没有。"

小武娘不看小琴，看远处，说："这我知道。"

小琴再次说："等我走了，就好了。"说完，她扭回头，走向自己的屋子。小武母亲站在地里，看着小琴的背影，呆愣好半天。

接下来，小琴走进吴瘸子家的院子。

吴瘸子抬头瞧见她，似乎浑身又哆嗦一下。小琴一看他那副样子，那种怜悯的情绪更强烈。小琴想，像我这样的人，世俗或正常的人总会拿瞧不起的眼光来看的吧？怜悯我的人，或许会有，但估计不会很多。

可你们不会想到，我会经常拿怜悯的眼光看别人呢。比如，在贾镇里，我怜悯那几个老光棍儿，怜悯那老魏，怜悯小武和他的母亲，当然，也怜悯住在这个院子里的吴瘸子和王菊花。其实，哪一个活得都不轻松。当然，我活得也不轻松。但至少，我们在无边无际的生活底子上向前走的姿势，是一致的，都是很累的。我们来到这个世界上，不是为了享福，而是受罪。

吴瘸子看着小琴，不说话，人像傻子一样。

小琴笑呵呵地跟他打招呼："大哥，又开始忙?"

吴瘸子唔一声，继续忙他的，不再搭理小琴。

小琴问："嫂子呢?"

吴瘸子指一指屋里。

王菊花恰好走出来。小琴没进屋子，就站在院子里，对王菊花，也是对吴瘸子说："过几天，我就走啦，回老家去。我那边屋子里也没多少值钱的东西，嫂子你愿意要，就过去拿过来。不要，我就扔在那里了。"

王菊花似乎对这个消息感到惊讶："真要走?"

小琴说："是啊，走吧，再怎么说，天堂口也不是我的家。"小琴说着，眼泪流出来了。这泪显然是流给王菊花的，但也是流给自己的。漂泊了大半辈子，两手空空，遍体鳞伤，这就是自己的结局。其实，所谓的老家，对小琴来说，有什么意义吗? 那只是一个虚幻的、没有强烈印记的词语而已。小琴只是在那里度过了自己的童年，而没把自己真正地扎根进那里。

呵，我的老家，小琴想，我的老家究竟是在哪里? 这么多年，小琴你是在寻找什么吗? 是寻找一个叫作家的地方吗? 其实，你寻找了大半辈子，根本就没找到。

"我就是想跟你道个别。"小琴这句话是真心的。

在贾镇，在天堂口，如果说她还有什么可以挂念的话，那就是王菊花了。至少，王菊花脸上流露出来的不舍，是真诚的。

王菊花拉着小琴的手，说："回去吧，回去好好过日子。"

小琴又是浑身一耸。

吴瘸子站在一边，面无表情，身子摇晃着，自始至终一声不吭，站在那里上上下下打量小琴。等小琴要走，吴瘸子才突然说："你等一会儿。"小琴转回身，不解地看着他。吴瘸子看看老婆，又扭头看着小琴，说："反正，你也是要走了，你告诉我个实话，是谁把我打成这样的?"

王菊花脸色一沉："瘸子，这时候你问这个?"

小琴恍然大悟，原来，这个瘸子一直认为这事情是我找人干的啊！"不是我。大哥，真不是我。"

吴瘸子呼吸急促，脸扭曲着，居然慢慢蹲下了身子。他双手捂着脸，呜呜地哭起来："不是你，那会是谁? 我还得罪过什么人哪? 干吗要把人往死里整?"

好了，行李都整理好了。小琴看着那个蛇皮袋，先是忍不住笑，慢慢地泪水又满了脸颊。要回家了，你的全部家当，依然是这样一个袋子。现在，袋子里更空。很多东西没必要带回老家。那些东西，是会勾起许多不堪的回忆的，是该把它们全都丢掉了。当小琴自以为做了很多舍弃，将很多东西都丢掉的时候，她想起了那些日记。

那十几本沉甸甸的日记！

这才意识到，更多的不堪回忆，实际上是在那些日记里。

除非，把那些日记也全部丢掉！

不！这念头刚一起，小琴就恐惧地做了否定。这些日记本，是不能丢的！绝对不能丢！于是，那个袋子里，最沉重的，最有价值的，就是打成一包的日记本。

那个夜晚，小琴还给老黑打了个电话。还没开口，小琴就哭了。小琴说:"老黑啊,你放心吧,我以后再也不给你惹麻烦了。"

老黑跟我说:"当时,小琴就是这么跟我说的。她说,她再也不给我惹麻烦了。她可没想到,她给我添了一个更大的麻烦,我这辈子,都没法放下了。"

2

小琴和母亲站在路边,一直等到中午,那条路上都没有一辆车经过。

这也是让老黑后来越琢磨越觉得不可思议的一件事情。原本,这路上是有三辆中巴车的。据老黑后来了解,那一天,胖子的车被一家举办婚礼的租去拉客人。另一辆,早上起来刚开出村口,就抛了锚,两天后才修好。还有一辆,车主在年前请了神婆算过日子,整个上半年,是不宜动车的。司机把车锁进车棚,整天在屋子里喝酒,老婆连踢带骂,都不能逼迫他出车。

小琴和母亲只好重新回到那间屋子里。

谁也不知道,小琴为何又心血来潮去了天堂口,而且,她手上还带着那本书——那本《圣经》。这也是一个我和老黑百思不得其解的细节。但至少有一点可以确定,小琴去天堂口,完全是她自己决定的。而小武那天去天堂口,也完全就像是梦游,他根本没料到,在那个地方他和小琴还能见最后一面。

"这是无比诡异的细节之一。"老黑说,"好像两人就冲着这么一个结局去的,不需要别人引导,都是自愿的。"

我们来还原一下两人见面时的场景。

小琴起先是坐在沟沿儿上的。后来,在面朝阳光的半坡上躺了下去。小琴或许还心想,这是老天要让我在这里舒舒服服晒个太阳啊。她后来睡着了，醒过来的时候已有落日余晖，西天的彩云五彩斑斓。小琴躺在那里，就像躺在后院里的躺椅上。她把两只手的拇指食指接到一起，形成一个"取景框"，把一块又一块美景取在"取景框"内。

就在那个时候，小武悄悄出现。其实，也不能算是悄悄。小琴或许早就听到了一些动静，而她根本没在意。或许她想，管他是谁呢，谁都无所谓了。甚至，会恶作剧地想，说不定猛一下看到自己，这来的人也会吓一跳的吧？

事实是，小武看到小琴后，也的确被吓了一跳！

小琴没有抬头，所以小武直接站到小琴面前，直接进了小琴四根手指编织成的"取景框"。小武咧开嘴，一嘴的白牙齿。

小琴猛一下子坐起了身："是你呀，小武，你这个孩子，简直吓死我了。"

小琴如果仔细观察，会发现小武那天的神情跟以往有些不同。但当时的她肯定没注意到。

小武说："你不是什么都不怕的吗？"说着，他一屁股就坐到小琴的身边。

小琴问："你怎么到这里来了？"

小武指指背后："你忘啦？那可是我家的地啊。"

小琴站起身，拍拍屁股上身上的杂草，心情依然不错："小武，我就要走啦。"

"嗯，我知道你要走啦！我听我娘跟我三叔说了。他俩在院子嘀嘀咕咕的，我就听到了。我还以为你今天已经走了，没想到，还能在这里见到你。"小武没看小琴，在看远处。"真好！你要回老家，回那个有狼的地方过好日子去了。"

小琴没注意到小武的神情，她呵呵一笑："是啊，我回家看狼去。"

小武沉闷了半天，突然问："有些问题，我一直想不清楚。你为什么不理我啊？你回家，为什么不跟我说一声？还有，我原来说过，我愿意跟着你回老家的，你为什么不让我去？"

"咦？"小琴扭回头，歪着脑袋看了小武好一阵子，才说，"我发现你真是人小鬼大啊。我为什么要带着你回家啊？"小武那些话显然没头没脑的，但从他嘴里问出来，也不会让小琴感到过于惊讶。她说："等你长大了，你就会明白的。"

小武折了一根草棒，放到嘴里嚼着，说："你走了，我怎么办啊？在贾镇我都快闷死了。"

小琴抬起头看看远处。站在沟下，四面的小麦堵了个严严实实，没人能看到他们两个的。小琴重又坐下来，说："等你以后长大了，找到一个喜欢你的女孩子，你就不会闷了。"

"我都快十九岁了。我已经长大啦！"

"在我眼里，十九岁也还是个孩子呢。"

小武扭着头，说："我跟你说过，我不是孩子了，你们怎么都不相信呢？"

小琴说："好，你不是孩子，你是大人，我可真拿你没办法。"

小武摸一下后脑勺，笑了。小武说："我还想听你唱歌。"

小琴说："真的想听？那我就唱给你听。"小琴站起来，此时，太阳已经落到麦地后面去，天堂口内似乎有点儿暗了。小琴唱道："妹妹的花彩裙已经翻过坡，你还站在原地傻傻地猜。红红的太阳掉进山那边的河里，阿哥的山歌哟，牵出了月亮来。"小琴还要继续唱的，突然感觉自己的腰间被人抱住！她吃了一惊："小武，你要干什么？"说着，就去掰小武的双手，却掰不开。

"反正你要走了，你就让我抱你一下吧，就一下。"小武说。

小琴奋力挣扎，说："不行！"

小武说："为什么不行啊，姐。"

小琴说："我不是你姐，我都是你阿姨了。"

小武又问："为什么不行？"

小琴说："我说不行，就是不行。"

两人撕扯着，撕扯着，又一起倒下去，居然翻滚几下，到了那道沟的最下面，恰好，小武把小琴摁在身子底下。两人对视着，都是呆愣了片刻。小武却突然开始手忙脚乱解小琴的衣扣。小琴更加害怕，说："小武，你不要闹！再闹，我可就真恼了。"小武不说话，手上动作并不停下来。

小琴说："我说过不行，就不行！"

小武的手已经撕扯小琴腰带。小琴闭上眼睛，说："小武，大姐不想害你！"小武却继续盲无目的寻找着什么。小琴使出全身力量去推小武，可小武力气是大的，大得出乎小琴预料。小琴伸出手，狠狠地打小武一巴掌。

小武骑在小琴身上，愣住了！

小琴冷冷地说："你赶紧下来！要不，我就喊人。"

小武捂着半边脸，眼睛里突然闪出让小琴害怕的光。小武吼道："你喊啊，喊啊！你以为在这里喊，会有人听到吗？你跟那个贾老四，跟那个肥猪，跟整天欺负我娘的那个畜生，跟村子里那几个老流氓，不都是很能喊的吗？为什么就不能跟我来一次？"

小琴愣住了！

小武继续恶狠狠地说："你不知道，为了你我都干了些什么事情，难道你就一点儿也不感激我吗？那几个老光棍，我烧了他们的柴火垛，差点烧死他们。老魏那个畜生，我塞了几只蝎子在他被窝里，差点蜇死他！还有那个瘸子，他竟然也敢欺负你！我就让他两条腿都瘸！"

"都是你干的？"小琴觉得浑身哆嗦起来。

"是啊，是啊，都是我干的！我就是为了给你报仇！你说，你应该不应该感谢我?"

小琴无话可说了。小武压在小琴身上,两人沉默了半天。小武的手上又开始用力,小琴起初不做反应,任凭小武解她的衣服,后来的一瞬又突然醒悟过来,一边反抗一边说:"我这是为你好!我可是答应过你娘的。"

"我不需要你对我好,我就想和你睡!"小武吼叫一声。

这个字眼终于从小武嘴里吐出来,让小琴感到别扭,感觉愕然。

她半天才说:"哦,原来真是这样!"

小武说:"就是这样!有好几次,我站在你窗户底下,你跟那些男人在屋子里嗷嗷乱叫。现在在天堂口,你为什么不跟我那样叫?"

小琴不再反抗,像是自言自语:"可是小武你还是个孩子呀!"

小武一字一顿地说:"我说过,我不是个孩子。"

那个时候,在小琴眼里,恐怕小武已经变得非常可怕了。他已经跟小琴以前遇到的任何一个男人没什么两样。小琴或许在那短暂的时刻会想,既然如此,那干吗还要拒绝他?在小琴以往的生涯里,也不是没有遇到过年轻的面孔。何况,这个小武跟别的孩子还不太一样,这个孩子看上去还真是喜欢自己。那就索性,就当还个债好了。因此,在小武双手哆嗦着褪下她裤子之前,小琴有过一段安静和温顺。但是,在裤子被脱下的那一刻,小琴又突然清醒过来似的,再次拼出全身力气,把小武掀到一边儿。

她站起来就跑,可她的裤子把她绊倒了。小琴迅速坐起身子,正手忙脚乱整理衣服时,小武却再次扑过来,双手扯着她的两个脚腕,把她拖得仰面躺在地上,小武再次压在她的身上。那时候,小琴已经做好拼死拒绝的打算了。她说:"小武你不要逼我!我今天已经把自己洗得很干净,我不能再让你给我弄脏。还有你听我说,我真的不想害你,因为我不是个好女人,你这样就是毁了你自己!"小琴一边说,一边伸手去推小武的手，去推小武的脸。

可是，那时候的小武根本听不进小琴的话，他目露凶光，嘴里发出野兽一样的粗糙而又急促的喘息。在撕扯过程中，小武的右手五根手指，准确地卡住了小琴的脖子。大病初愈后的小琴，其实浑身没几丝力气的，何况，小武的手就像钳子一样，紧紧地卡在她脖子上。

"你不是想走吗？我对你这样，你还是不领情，你还是要悄悄地走！连招呼也不跟我打一声，你就打算把我一个人扔在这里不管，是不是？是不是啊？"

小琴已经没法回答。她的四肢徒然地挣扎着，她的眼睛瞪得很大，脸扭曲着。

小武手上的劲头一点儿都没松下来！

他的另一只手在忙着做动作。"好吧，那咱俩一起完蛋吧！反正，我也不想活啦！"

小武完全疯了！他在嚎叫，在挣扎，在撕裂自己，直到最后他满脸泪水，发出一声痛苦的呻吟！呻吟过后，小武趴在小琴身上，一动不动，好像两个人真都死去了一般。天色完全黑下来，天堂口一片寂静。小武终于蠕动一下，他感觉到了冷。小武慢慢挪下身子，慢慢坐起来，将裤子扯起，站起来扎好腰带，又坐在小琴旁边，轻轻推她："好啦，该走了。"

小琴一动不动。

小武再次推她："算我错了。我错了，还不行吗？"

小琴仍然没动。

此时的天堂口，竟旋过一阵风，几棵柳树唰唰作响。小武一下子站起来，看着地上的小琴，说："你死了吗？你真是死了吗？你别吓我啊。"

小琴没有任何声音。

小武俯下身子，端详小琴好半天，才颓然地坐在一边儿。他的手碰到小琴的口袋，感觉那里面硬硬的，似乎是一个打火机。于是，小武哆嗦着一只手，伸进那口袋，掏出一枚打火机，还有一包烟。小武打开打火机，照一照小琴的脸。那张脸，已经白得像一张纸。小武傻乎乎地坐在那儿，慢悠悠地抽一支烟点上。

蓦地，他被一股烟气呛得咳嗽了半天。

小武嘟囔说："这么难抽的东西，为什么还有那么多人抽？"他扭回头，又看到小琴脖子上有一丝闪亮。于是，他趴下身子，抓起来瞧瞧，是一条十字架项链。小武说："既然死了，戴这个也没用了是吧？送给我做个纪念吧？"小琴不说话。

"你不说，就证明你愿意送给我。"

小武把那个项链解下来，系在自己脖子上。他立起身来，刚要迈步，却一脚踢在那本书上。小武弯下腰，把那本《圣经》抓在手上，自言自语："这么厚一本书啊。"他刚想扔到一边的地里，又一想，既然小琴看这个，说不定很有意思。于是他把那本书塞到胳膊下面，然后慢悠悠地穿越自己家的地，沿着那条土路向村子里走去。

那个夜晚没有月亮，四周一片漆黑。

小武的影子，像一个幽灵。快要经过那棵老槐树的时候，却突然听到前面的街上传来踢踢踏踏的声音。小武站在当地，目瞪口呆好半天，浑身瑟瑟发抖起来。那个时候，他才真正地体会到恐惧是一种什么感觉。

小武终于反应过来，迅速地躲到大槐树后面去了。却见一个黑影子迅速地闪过去，他甚至到没看清那黑影到底是什么。他的身体紧贴着老槐树的树干，他听到自己的心脏怦怦直跳。

"你干了什么？你刚才到底干了什么呀？你杀了人，你在天堂口把小琴给杀死了！"这些念头，一个又一个开始在小武脑海闪现。小武四肢无力，慢慢地背贴着槐树干，瘫软到地面上。"是的，你杀了人，犯了死罪，你将会被警察带到天堂口，拿枪口指着你的脑袋，砰的一声，枪毙！"

小武把自己的双手插进杂草一样的头发里面，绝望地呻吟一声。

有一瞬间，小武感觉到了自己脖子上挂的那个十字架项链，他伸手扯下来，又悄无声息摸索着，把项链挂在那棵老槐树上。

"这将会是一个罪证的，你这个傻瓜！"他对自己说，"还有这本书，这本书怎么办？"小武尝试着站起来，身子还是摇晃了几下。但把书藏在哪里，他没了主意，最后还是塞到腋下，打算带回去。

他刚准备转身离开，突然听到身后那片地里传来一句歌声："山丹丹那个花开哟，红艳艳，毛主席带领咱们，打江山。"

小武顿时呼吸急促，过了好久才慢慢平稳，他骂道："这个老畜生呀！你到底想干什么呀？你快把我吓死啦！"

刚才那黑影子，原来是老秀才。

这么晚了，这老东西到地里去干什么？小武想，难道他真的上知天文，下知地理？他如果真的算到我和小琴在天堂口，那怎么办？小武站在那里，呆愣了很久。他不知道接下来该去哪里，是不是应该就此离开贾镇，跑得远远的？还是回到家，假装什么都没发生？

就在小武站在那里胡思乱想的时候，却发现，老秀才踢踢踏踏又沿着路跑回来了。小武躲在树后，等他走远了。这才闪出来，又想了想，转身往村子外面走去，走了几步，小武就跑起来，他一口气跑到他家的地头，钻进小麦丛中，快到天堂口的时候，他才蹑手蹑脚，努力不让自己发出声音。

很快，他看到了小琴。

小琴保持那个姿势没变。

小武转回身，就往家里跑。他选择了回家。更为奇怪的是，当他悄无声息钻进自己的房间，站到床边，却发现手上仍然紧紧地抓着那本《圣经》。而此前的好一段时间他根本没意识到这本书的存在。

小武迅速把《圣经》塞到自己枕头下面。

3

第二天，一个早起上学的孩子，第一个发现了老槐树上的那条项链。因为他经过的时候，无意间一扭头，发现树上有一道亮光。他踮着脚，使劲去够，还是够不着，于是捡起一根木棒，小心翼翼把它挑下来。这孩子先是把项链绕在手指上转了几圈儿，然后，挂到自己脖子上。可是，这个孩子不喜欢那项链的样式，或者说，他本来也不习惯戴项链。

于是，在当天上午，他跟一个同学做了笔交易，用那条项链，换了两根棒棒糖。另一个孩子之所以愿意出两根棒棒糖跟他交换，是因为他喜欢一个小女孩儿，老想着送她件礼物。他很早就跟捡到项链的这个小男孩说过这个秘密，小男孩儿记在心里，觉得物有所值，各有所得。

下午放学后，处于暗恋状态的小男孩儿，手拿那条项链在大街上徘徊，一门心思琢磨，怎么才能把项链顺利地送出去。

就在那时候，他遇到一个人——老魏。

老魏当时在想事儿，他想的事儿，无非就是钱。头一天晚上，他跟几个赌友碰面，输得很惨，正想那个夜晚再扳回一盘。一看到那孩子手里的项链，老魏眼睛一亮，问他："你这条链子哪里来的？"他想，万一那是条金项链，岂不赚大了？有些调皮的孩子，会干一些傻事儿的，为了一块橡皮、一张贴画，或者一块泡泡糖，说不定就把大人的耳环戒指项链之类的金首饰偷出来，去做交易。小男孩儿倒是不怕他，一梗脖子说："你管我从哪里来的。"老魏更加确定了自己的推断，说："你要是不跟我说，我就告诉你爹你妈。"男孩并不担心老魏告诉爹妈项链的事儿，他担心的却是老爹老妈知道他追女孩子，会揍他。于是，男孩把得到项链的经历说了。老魏一琢磨，觉得这事儿越来越靠谱。于是他吓唬那孩子说："项链是我丢的。你要不还给我，我就揍你！"男孩子说："你丢的？我第一次听说还有人把项链丢在树上。"老魏看看四周，街上空无一人，一伸手，捏住那孩子的脖子，压低声音说："你要不给我，我把你的小鸡鸡揪下来，你信不信？"小男孩自认倒霉，可还是说："我是拿两根棒棒糖换的。"老魏说："我给你两根棒棒糖好了。不过，这事情你不能对任何人说，你要是跟人说了，你的小鸡鸡我照样还是揪下来。"

就这样，项链转到老魏手上。他如获至宝，一扭身就去了大街另一头的银匠家里。他需要做一下鉴定，如果是真的，当晚的赌资就有了来路。没想到，老银匠拿着那东西，只打量一眼，就哧的一声笑了："还鉴定个鸟？这东西就是铜的。不值钱。在城里头满大街都是，运气好了一块钱就能买一根。"老魏呸呸几声，连说晦气。

回家路上，老魏却生出一个主意，他要把这条项链送给小武。

说实话，小武长这么大，老魏没给他买过什么东西。做个顺水人情，废物利用嘛。再说，老魏现在对小武越来越感到怕，这小子一天一天蹿个子，一天一天肌肉发达，一顿饭吃下四五个馒头，看上去倒是一拳就能打老魏一个趔趄。丝毫不用怀疑，以后在家里你老魏不能继续作威作福了，小武的娘，你连一根指头也不敢动了。老魏回到家，却发现小武一大早就出了门，连早饭都没在家吃。女人说："小武跟着三叔去城里上市。说是要住在那里，干一个星期的活。"于是，老魏把那条项链塞给女人，说："这是我给小武买的，虽说不值多少钱，可也是我的心意。"女人很惊讶："我的个天，今天太阳从北面出来了吧？"

没想到，第二天傍晚小武就回了家。他在外面这两天，真正体会到度日如年的滋味。天堂口的小琴怎么样了？她是真的死了吗？说不定自己第二次离开后，她又自己慢慢地爬起来了呢？哪怕她真的死了，有人发现，肯定会四处传播的吧？不过，这个季节，没事儿的谁会去天堂口呢？两天里，他的眼前、脑子里除了小琴就没有别的，丢了魂一样。

当小武看到母亲手上的项链时，吓得浑身一哆嗦！

"这是你叔买给你的。那老东西不知是犯了什么病。"母亲说。

小武第一反应是目瞪口呆，半天明白过来，刚想破口骂一句，又硬生生咽回去。他一把抓过那条项链，端详半天，心说，看来，这项链真跟我有缘呢。小武又一次将那条项链挂在脖子上，然后出了大门口。

母亲在后面问："你干吗去？"

小武回答："我去转一转。"

据说，老黑曾经对这条项链进行过一路追踪。从小武、小武母亲、老魏、陷入暗恋状态的男孩儿，直到第一个捡到的小男孩儿。还原这个过程，让老黑越来越惊讶，越来越觉得这件事情诡秘无比。

就在小武回家的这个下午，恰好贾镇有一个中年妇女去地边挖苦菜。那时节的苦菜实际上已经见老，不适合凉拌或做汤来喝，实际上贾镇人一般也不把苦菜当作一味菜，受不了那苦味儿。这女人去挖苦菜，却是另有用途，她身体不适，经期一到，就止不住。中药西药都吃过，不甚见效。后来，一个老江湖给她出个偏方，需要很多材料熬汤喝，晒干的苦菜便是其一。于是女人挎着篮子，去了天堂口。她是从另一头开始挖的，一直弯着腰，一边挖，一边往前走，冷不丁一下，她看到了小琴的尸体！女人手里的篮子、镰刀，就齐齐地落到地上，头发都要直竖起来！一开始她叫喊不出来，挪不动腿，眼睛瞪着，嘴巴张着，站在天堂口里面，就像个树桩子，稍过片刻，才连滚带爬逃出天堂口。

又过了半个多小时，老黑和王大头他们几个，就站在那具尸体旁边了。

小武是老黑抓住的。

那几天里，王大头带着一队人马，从天堂口辐射开去，进行地毯式排查。一时间周边几个村子里的小混混、老光棍儿，都心惊胆战。凡是可疑人员，都被提取了身上的一些东西，用来跟现场的痕迹物证做DNA比对。实验室里几名男女刑警在连轴转。外围，王大头他们马不停蹄，询问，带人，做笔录，排查信息。

老黑虽说不在刑警队，但案子发生在他的辖区，何况，死者又是小琴，所以他也不可能闲着。他把重点放在了贾镇。

那一天，他背着手，溜达到村口，见小武三叔他们几个正在老槐树下围坐着。天气还是冷的，不适合光膀子打扑克。何况现在聚一起的话题，本身就既敏感又刺激，一个路边店的女人被杀了，作案者会是谁？他们也在一个一个排查着周围熟悉的人，当然只是在私下里议论。这可是杀人哩，不是小事情，造谣也得靠点儿谱才行，否则话传出去是要出人命的。几个人差不多都认识派出所的老黑，这一次见他过来，却没有一个人跟往常一样，热络地跟他打招呼，好像谁这时候跟老黑说话，谁就有了某种嫌疑。老黑挨个盯过去，嘿的一声笑。

"都怎么啦？不认识老黑了吗？"

就在那个时候，小武肩上背一个包向村口走来。他一瞧树下的人群里头，居然有个警察老黑，顿时就慌了，脚下不由得就一顿！但扭头离开，就更不合适，所以硬着头皮往前走。小武三叔抬头看见他，问："小武，你这是干什么去啊？"小武心里紧张，顺口就撒谎："去给我叔买烟。"

"胡说八道，买烟你往村外走干吗？"三叔说。

老黑这才仔细端详起小武，问那群人："这孩子叫什么？"

小武三叔说："他叫小武。是我大哥家的孩子。"

老黑看着小武走过去，扭头走到个偏僻的地方，就掏出手机。几分钟后，老黑的车从贾镇另一头开过来，停在大槐树下。老黑上了车，一指前方，说："追上那孩子！"

站在槐树底下的时候，老黑就始终盯着小武的背影，看他走上那条田间土路才稍稍放心。自从小武出现，一直到他走过去，这个极短的过程中，老黑捕捉到一系列疑点。首先，小武见到他时，脸上顿时有了慌乱。其次，小武的那句回答，显然有点儿问题，应该是心里一慌，随口扯谎。还有一个疑点，至关重要，老黑有点儿把握不准，他看到小武脖子上隐隐约约发了一下亮光，那是一道链子。链坠在衣服里面，老黑看不到。可老黑在天堂口见过几次小琴，她脖子上都有一条十字架项链。在天堂口现场，小琴的脖子上，不但没有了项链，反而多了一道细微的擦痕，说明极有可能是犯罪嫌疑人取走了那条项链。而且，小武经过老黑他们后，看似轻松地往前走，实际上步伐零乱，节奏感很不一致。

就在那辆警车慢慢靠近小武的时候，老黑看到小武的两个小腿肚子似乎在绷紧。

老黑嘟囔说："这小子要跑！他只要一跑，就说明有问题。"

果然，小武一个扭头，就钻进一边的麦地里。老黑和另外两名便衣迅速跳下车，朝小武追过去！司机则迅速开车，冲到前面，方便进行围堵。小武跑着跑着，这才意识到，自己是冲着天堂口的方向去的，他脚下的那片地，正是自己家的。刚刚跑出那片地，一步跨到天堂口下，正打算迅速越过去，一抬头，却见开警车的司机已经堵在前面！

老黑和另外两个人迅速追上来！一个身强力壮的小伙子扑通一声，就把他摔倒在天堂口。小武的脑袋被摁在地上，那个十字架项链甩出来，落在地面上。小武两只眼睛盯着的地方，正是小琴尸体摆放的地方。

老黑蹲下身子，伸手指一指那个地方，问得直截了当："那事儿是不是你干的？"

小武不说话，但他使劲点了点头。

应该到那年的十二月份，老黑才正式内退。可在八月初，他就打了报告，要求提前撤离。老黑打报告那天，竟恰好赶上法院宣判小武死刑。那天的早些时候，老黑正坐在屋子里喝茶，一个小民警进来，告诉了他这个消息。

老黑哦了一声："这么快呀！"

退休后，老黑赋闲在家，无事可干，打算养鱼，养花，甚至，还想去报一个老年书画班，学学国画。此前，他对这其中的任何一项，都一窍不通。他就到街上去，潜心向一帮子退休老同志们讨教。慢慢地，养鱼、养花居然也能略通一二了。鱼市就成了老黑常去的地方。有时候，遇见个熟人，扶着自行车能聊半天。

那个时候，他还没有对一只鹦鹉感兴趣。

这一天，他买了鱼食，正要往家走，忽然听到另一条街上警笛长鸣。老黑听了半辈子警笛，现在一听到，就不免要皱一皱眉头。路上的行人，却纷纷向一个方向跑去。老黑终究还是没忍住，喊住一个问："什么事情呀，这么着急看热闹？"

那人边跑边说："你不知道呀？是要枪毙犯人啦。"

老黑呆立路边，又是一声哦："这么快呀！"

老黑顿时心烦意乱起来。他知道，小武正是在这批犯人中间的。老黑眼睛里，是漫天卷扬的残叶，心里想的，却是小琴和小武交错而至的影子。他仰面看天，天是阴着的，有一股冷风从脖子里灌进去。老黑缩起脑袋来，骑上车子往家里赶。那个时候却接到所里一个民警的电话，小伙子语气里多少有点儿兴奋："老黑你听说了吗？小武今天要被枪毙啦！"

"我听说了。"老黑淡淡地说。

那人开起玩笑："老黑，你这从警生涯中，多少人死在你手上？"

平日里，有人这样开玩笑，老黑是不会介意的。老黑的好脾气，在因一泡尿而出大事之后，在全局都很有名。这一次，老黑却真的生气了。

"所有人，都不是死在我手上！他们是死在自己手上的！"

扣掉电话，老黑兀自还气鼓鼓的。回到家，将手里的鱼食挂起来，先去阳台上站着抽了一支烟。几分钟后，老黑下了楼，推出摩托车，赶去超市买了些东西，然后，赶到城郊一家福利院。看门老头跟老黑是很熟的，很热情地跟他打着招呼。老黑直接往里走，在楼门口，遇到个穿白衣服的姑娘，冲了他笑。老黑就问："那老太太还好吧？"

"还好，很安静，身体也还行。"

老黑轻轻推开一道门，小琴的母亲正坐在床边发呆。老黑把手里的东西放下，搓搓手，坐在老太太面前。

小琴母亲突然开口说话了，把老黑吓了一跳。

"又来了？"

老黑好半天才回答："是啊。"

老女人说："今天以后，你就别来啦，事情都了结了。"

老黑说："我现在在家也没什么事儿。"说完这话，才回味老太太刚才那句话，不免就吃了一惊，难道，这老女人也知道这一天小武要被枪决吗？又一想，老太太早就看不见，也听不到的，没必要自己吓唬自己的吧？可老太太又一句话，再次把老黑吓坏。

"我知道你是谁，我能闻到你身上的味道。"说完这句话，又突然说，"有些日子闻不见小琴身上的味儿了。"

老黑不说话了。

小琴母亲继续嘟囔说："这孩子，从小就苦，是我对不起她。"接着，她就絮絮叨叨说一些老黑听过无数次的闲话。老黑任凭老太太独自嘟囔着，他居然也开始说起来。

这样两个人对话，看起来甚是怪异。

老黑说的却是："杀死小琴的那孩子，今天就要被枪毙，你也放心吧。说起来我对小琴的死，还是多少有些内疚。有些事儿，我觉得是我没有处理好。要是我早一点下狠心，把小琴赶回老家去，就没这些事儿了。不过，我跟你说啊老太太，按说那孩子判死刑，有点重了。可也没办法，谁让他赶上这一拨严打了呢？即便是严打，如果他不是故意的，也许判不了死刑。可这孩子自己亲口承认了，他当时就是想杀死小琴，用我们一个法律术语叫作主观故意。假如这孩子还不满十八岁，可能也还差点儿，没想到，身份证上的年龄显示，这孩子已经过了十九岁的生日。你说这是不是都赶巧了？说实话，小琴死了，小武被判死刑，我心里都觉得很不好受。按说，一个当警察的，不该这样子，可我就是放不下。唉，你又听不见，我跟你说这些有什么用处啊！"

老太太一动不动，眼睛空洞洞地看着屋子里的某个角落。

老黑走出那间屋子，心里觉得稍稍舒服了一些。他看看半天空，似乎是要下雨的样子。老黑正要拿钥匙打开摩托车，手机又响了，这一次是刑警王大头。

"老黑，你在哪里？"

老黑面带微笑，话却很冲："你管我在哪里干啥？"

"你来，你来，我想跟你喝酒。"王大头说。

"我告诉你，今天我没心情。"

王大头说："没心情正好喝点酒解闷儿嘛！"

老黑突然问："咦，大头，你怎么突然想起来要跟我喝酒啦？"

王大头稍稍沉默，然后说："我去刑场了，刚回来。"

老黑吭吭两声！

王大头悄声说："我跟你说啊老黑，这世界上，还真有邪门的事儿。你知道吧，那小武，你抓的那个……"

老黑皱起眉头："你们刑警队抓的，不关我的事儿。"

王大头说："好，不关你的事儿，管他谁抓的呢！你听我把话说完，我不跟你说说，我要憋死。"

"憋死天下所有人，也憋不死你个废话篓子。"

那边嘿嘿地笑："你说得对，说得对。"

老黑说："有屁你赶紧放，天要下雨了，我还要赶回家。"

王大头说："你说这事儿奇不奇怪？小武在终审判决时，提出一个请求，说枪毙他的时候，能不能在天堂口。"

老黑沉默无语。

"你在听吗？"王大头问。

老黑恶声恶气地说："我当然在听。"

"法官当场就给他驳回去。法官说，现在的天堂口早就不是刑场啦。但小武很坚持，说，我求求你们，我就要去那里死！法官说，这事儿恐怕不能由你来选择。可是，老黑，你猜怎么着？"王大头关键时刻开始卖关子。老黑举着电话等。王大头终于憋不住，说："你知道吗？最近几年枪毙犯人的那个刑场所在的位置，今年恰好有一条新建的高速公路经过那里。现在那里正在竖起几个大桥墩子。没想到，一个月前，批示下来了，天堂口将继续作为刑场使用。所以，今天枪决的所有罪犯，都在天堂口！"

老黑忽然感觉脸上凉一下，似乎有雨点打落下来。

"你怎么了老黑，你怎么不说话？"

"你个狗日的王大头，你让我说什么？"老黑眉头紧皱，内心烦躁无比，他大叫一声，"啊？你说，我还能说什么？"

"老黑你沉住气，你别发火呀！你听我说，马上说完。我站在很远很远的地方，也就是小琴住的那房子西边的马路上。可是，我看得清清楚楚，砰！一声枪响，小武一头栽倒。这次一共枪决了三个，那两个也是杀人犯。小武在最右边，他站的位置恰恰就是那地方！老黑，你明白我说的是哪个地方，对不对？看现场的时候，咱俩都去过。我目测了一下，小武倒下的位置，很可能就是小琴尸体摆放的地方。你说这事儿怪不怪啊？还有，你逮他的那天，不也在那地方摁住的吗？"

过了好半天，老黑说："雨下大了。"

王大头说："下雨了吗？我怎么没注意？"

老黑站在屋檐下，拿左手抹了一把脸，说："大头，我问你个事儿。"

王大头说："什么事儿？"

"天堂口为什么叫天堂口？"老黑问。

"这我真不知道。或许是一个美好愿望吧？按农村人的说法，就是图个想头吧。一个刑场，肯定一到晚上就阴森森的，对吧？叫天堂口，表面上还是好听点儿。罪大恶极的人，死后肯定去不了天堂。是吧？"

"你说的这些，都是胡扯。说实话，我也不明白。有一天，我突然发现，天堂口那道沟，从形状上看像是一个人的嘴巴，说文雅点儿，就是口。而且你猜怎么着？就那张嘴巴，要是站在不同的地方看，心理感觉完全不一样。"

"你这一说，还真有点儿道理。"

老黑继续说："站在东边往西看，也就是说看落日的时候，那张嘴巴两边上翘，是一副快乐的表情。你有没有见过孩子画画？画一个高兴的人，嘴巴两头翘得像弯弯的月亮。可你站在西边往东看，也就是看日出的时候，大头你想一下，那嘴巴是什么意思？"

大头沉默片刻，嘿嘿一笑："老黑，没想到你这人比我还能瞎琢磨。"

"不是瞎琢磨，那是真事儿。那么一来绝对是一张哭丧脸上的嘴巴。"

王大头好半天才说："老黑你别说啦，怎么样，能来陪我喝酒吗？"

老黑说：“好，谁要不往死里喝，谁是王八蛋！”

还有一件事情更加奇怪。

就在骑车去找王大头的半路上，老黑迎头遇到一个卖鹦鹉的。老黑对此不感兴趣，也就不予理睬。谁想，那卖鹦鹉的男人把他喊住，说：“老哥，我这只鹦鹉聪明伶俐，我保证，你教他说英语，他也能学会。”

“我自己还不会英语呢。”老黑继续往前走。

卖鹦鹉的嘟囔了一句：“小五啊，看来今天我没法给你寻个主家啦！”

老黑迅速扭回头去：“你这只鹦鹉叫什么？”

“这是我今天出售的第五只，所以，我按顺序叫它小五。你看看，就只剩这一只了。天又开始下雨，看来今天是卖不掉了。”

老黑眨巴一下眼睛，又顿了好一阵子，才说：“我买了。”

第十五章　日　记

1

米朵儿把租住的房子退掉了。之前，当她提出要跟我住一段时间的时候，我很愉快地答应下来。当时，我甚至想，她跟我在一起住多久都行。

那天晚上，我和米朵儿坐在阳台上，一直谈到次日凌晨。

她把离家出走后的所有经历都告诉了我。我一边听，一边思考一个问题：她的行程，居然跟小琴完全一致。

不同之处在于，米朵儿选择了另一条路。

"其实，我一直在寻找，找妈妈，找爸爸——"说到这里，米朵儿稍停片刻，盯着我看，又笑了笑，继续说，"找爸爸这件事儿，暂时看，好像还未知答案，以后再说好不好？"米朵儿的语气很轻松。

让我感到惊讶的是，她寻找小琴的历程并不算很长。

"差不多是一年后的一天，我站在一家夜总会门口，就看见了她。是一个女人告诉我的，她指着我妈妈说，那就是小琴。小姑娘你等着，我去喊她。可是，我却看到让我很难受的一幕，我妈妈喝醉了，她被一个男人的右胳膊搂抱着。我强调右胳膊，不光是因为那条胳膊上画着一个可怕的图案，还因为这个人的左胳膊上，还搂着个女人。那个女人跟我妈妈一样，穿着很短很短的衣服。他们摇摇晃晃地从大厅往外走。我站在那里，浑身发抖。整个人都吓傻了！我拿不准，那个女人到底是不是我妈，尽管看上去有点像。但当时我很害怕，真的很害怕！我完全是下意识地转身就跑，就像后面有坏人追我一样，一口气跑过了三条街道，才在一棵大树下停下来。

"那天晚上，我在大街上游逛到深夜。那个夜晚，给我留下了太多我这辈子都抹不掉的印记。我是一个才十岁的小女孩儿。尽管那时候我就感觉自己什么都能做，但事实是，我当时什么都干不了。在大街上走的时候，我饿得心慌，站在一个卖馄饨的夜摊儿前，呆了好久。那卖馄饨的，是我遇到的一个好心的阿姨，她问我，小姑娘，你怎么不回家？我不说话，就那么看着她。她说，你是不是饿了？来吧，坐到那里，我给你下一碗馄饨喝。那是我这辈子吃到的最好吃的馄饨。吃完以后，我跟她说，我没钱。那女人笑了，我知道，就一碗馄饨，值不了几个钱，就算我请你客。当时，我差一点儿求她收留我，你猜为什么我没说出那个请求，因为，在夜摊的另一边儿，一个大约四五岁的小男孩，就在地上爬。那个女人太忙，顾不上他，他就在那里撒尿，撒完了，自己坐在上面，看上去，就是个弱智儿童。他妈妈为了不让他乱跑，在他身上绑了根绳子，绳子另一头，就拴在一棵小树上。当时我就想，这个女人养这个孩子，就够辛苦啦！她再也养不起我了。大约过了三年之后，我又一次在那个地方看到她，我一眼就认出是她。可是，短短的三年，她变得那么老，在一个灯泡下面，她的脸上看不到一丝笑容，头发像杂草一样。那时候，我兜里有钱了，我买了一碗馄饨，又在碗下面压上了五十块钱。后来，我站起来对她说，几年前，你的一碗馄饨救了我，我是来谢谢你的。可是，看上去她早把那件事情忘了。

"如果说，我的身体里面有暴力基因的话，那也是在那个我第一次见到妈妈的夜晚，被开启的。吃完馄饨，四处游荡的时候，我遇到一个流浪汉，一个浑身上下肮脏无比的男人。他突然跑向我，吓得我扭头就跑，他在我后面紧追不舍。我不知道跑了多久，反正，实在是跑不动了，只好在路边停下来，路边的台阶上正好有一块石头，我悄悄抓在了手上。那个流浪汉好像根本没注意，哈哈笑着，冲着我扑过来。我站在那里等着，等着，就在他快要抓住我的时候，我狠狠地一下子砸出去！

"你知道吗，那是我第一次看到鲜血。不是红色的，是黑色的。从一张同样是黑色的脸上淌下来。那个男人就站在我面前，眼睛瞪得很大，嘴巴张得很大。他本来比我高出许多，可是，他慢慢地矮下去，矮下去，就像电影里的慢镜头。接着他跪在我面前，两只手张着，摇晃一下，向我趴过来。那时候我已经完全吓傻了！我一直看着他，看着靠在我双腿上的那个家伙。我手里的石头悄无声息地掉在地上。他一动不动！过了好半天，我才反应过来，扭头就跑！我不知道那人后来怎样了，是不是死掉了。我不清楚，后来我再也没敢到那条路上去。"

我的脸上，已经满是泪水。我看着窗外的城市，灯火通明。大街上传来熙熙攘攘的声音。这座城市的夜生活，已经非常丰富，好多人彻夜不眠。

米朵儿伸了一只手过来，手上是一片纸巾。

她却擦了擦我脸上的泪。

米朵儿说："你哭了。这极有可能说明，我身体里流淌的，是你的血。"

我转回头去，看着米朵儿。我说："对不起。"

米朵儿嘴唇动了动，又说了那句话："仅说一次对不起是不够的。"

我们俩对视着，像一对真正的父女。米朵儿突然开心地笑了，那一抹笑如此灿烂，如此惊心动魄！让我差点忍不住，就紧紧地去拥抱她。我知道，她的笑，是因为我们又重复了一次电影对白。我也笑了。我那句对不起是发自内心的。不管米朵儿是不是我的女儿，我的心里，都早已认定这件事情。老黑曾肯定地说过，人的直觉是最可靠的。我相信我的直觉。甚至，我都为米朵儿规划好了未来。

我将会用我的后半生，去修正我的错误。

我和米朵儿的心思似乎真的是相通的。就在我为这个问题浑身战栗的时候，米朵儿幽幽地点上了一支烟，瞧我一眼，又递一支给我。

"我知道，假如那是事实，你恐怕比当年难以接受我妈妈更加难以接受我，是不是？你看，如果那是真的，咱们这三个人的经历，简直可以算得上一个传奇故事。我知道，我身上似乎已经不是血肉，而是层层盔甲，要把这些盔甲，再一次转化成血肉，估计很难，而且几乎已经不可能。你知道吗？我比我妈妈还要叛逆，从很小很小的时候，就这样了，我姥姥根本管不了我。我还在上小学的时候，就打得班上每一个男孩子都躲着我走。因为他们一开始都欺负我，我就得反抗。我为什么离家出走？还有个原因就是，我要找到我爸爸妈妈，我要给他们看看，我不是个野种！有些事情你根本想象不到，尽管你是个作家。"

在这一天晚上，我稍稍了解到为什么小琴要离开家乡，或者说，为什么小琴走上了这条道路。

"我是听村里人说的。"米朵儿说，"我妈妈——小琴，就是一个野种。你说怪不怪？我妈妈没有爸爸。这件事情我曾经问过我姥姥，可她从来没有告诉过我答案。村里有人说，我姥姥是下乡知青，她在乡下的时候，住在城里的父母出了车祸，都死了，城里也没什么亲戚。回城很困难，她也不想回去了。但在农村，她照样举目无亲，跟农村人也融不到一块，成了一个到处受人欺负的女人。据说，当她怀上我妈妈的时候，自己都不知道孩子是谁的。"

我闭上眼睛，心底暗叹一声。

"所以，我很明白我妈妈当年处在一个什么境况。因为，我也经历过那种耻辱。我妈妈是要逃走，离开那里，离开那个肮脏的地方！我离家出走，还算有个目标，去找我的亲人，可我妈妈呢？她都不知道自己要去找什么。一个女人活在世界上，不知道自己活下去，到底要干什么，到底为了什么，你说她还会选择什么道路！所以我现在很理解我妈妈，尤其这几天，我反复看她的日记，我越来越理解她了。"

小琴之所以不肯回到家乡，看来就是这个原因。如此看来，她的确没有家可回。

"我在那个年龄跑出来，比我妈妈还要小，所以，就更危险，说不定一不小心就被人贩子卖了。你瞧瞧我现在，活得还好好的，你也不得不佩服我的聪明，对不对？说实话，我对自己也很佩服。但我得告诉你，这些年，我走过的路，真是一言难尽。有好几次，我也差一点儿就选择了我妈妈走的路。但我比一般的孩子早熟，我知道怎么保护我自己。一开始那几年，我都不敢穿像样的衣服，我把自己打扮成个小要饭的。一个要饭的小孩儿是很少有人想欺负一下的，除非是那些恶棍。我在火车站、汽车站跟人要钱，在饭店里给人洗盘子，烧火，甚至，有好几次被当作流浪儿送到福利院里去。后来，慢慢地，我开始走黑道了。

"这是真的，上次在刑警队，我否认当年曾经用啤酒瓶划过一个男孩子的后背。可现在我告诉你，那是真的！关于教母的称呼，也是真的。我本来也不想要那个称呼，我甚至都不知道那是什么意思，但既然人家那么喊，那就喊好了。有一段时间我的经济来源，就是那个，我的裤兜里随时都有一把刀子，非常锋利。一种用途是防身，你知道，这个世界上有太多太多的畜生；另一种用途，就是敲诈勒索。当然，我做不了江洋大盗，我做的都是小生意。"

米朵儿说到这里，脸上露出让我感到可怕的表情。

"在江湖上混，对付畜生的时候，你只能比他们还要畜生。这个时代不可怜弱者，谁强势谁就是上帝。至少，在那段时间我对这个观念深信不疑。我站在学校门口的路边，追随着一个又一个目标，好多男孩子，比我块头还大，但他们一看到刀子，就乖乖拿钱给我。自从教母那个外号传出去之后，我又多了一项资本，我只要说，你知道吗？我就是传说中的那个教母。他们会更听话。

"那段时间，我认识一个学校里的女孩儿。就是那个网名叫果粒橙的女孩儿。她长得很漂亮，家庭条件很优越，她老爸是个煤老板。我们整天在网吧里混，就渐渐熟了。一开始，我走近那女孩的时候，她以为我在讨好她，巴结她。因为，她手里有钱，围着她转的人很多很多。可她不知道，我心里有多么嫉妒她。我嫉妒她有一个好家庭，嫉妒她有钱。所以，那是我设的一个圈套。

"有天晚上，我故意让我认识的一个大哥在网吧门口等我们。我们上了一辆黑色轿车。包括大哥在内，车上共三个男的。那女孩儿一开始以为是去唱歌的，发现苗头不对就要求下车。后来，她开始尖叫！她的声音可真难听！像铁铲子与锅底来回摩擦。突然一下子，悄无声息！我扭过头一看，她脖子底下出现一把匕首！我微微一笑，但从那时候起，我也感觉到一丝不安。因为我很清楚，跟黑道上的人混你要多加小心，很容易受到伤害。果然，接下来的事情，完全出乎我的意料。我们到了一个偏僻的小区，一间平房。进屋后，那个胳膊上刺着小蛇的男人将我推进里面一个房间。我跟那大哥说过，你们就吓唬吓唬她好了，敲诈她一笔钱，别伤害她。可后来，我也发现不对劲儿。我说，大哥，我不想玩得太大。大哥坐在沙发上，搔着头皮，那张脸像书生一样，可是让我感到很恐怖。他慢悠悠地说，你就这份胆儿啊？妹妹，人家不都喊你教母吗？他看了我半天，突然站起来抓起我的手，说，来吧，小妹，你跟我来！我当时也不敢反抗。他拉着我到了里面一个房间，一进门，就向我慢慢靠过来——"

我忽地一下子站起来。

我说："米朵儿，你不要再说了。"

米朵儿有些不解地看着我，似乎瞬时之间，她已经茫然无助。

"你说的这些，对我来说太残忍！"我说，"我不想听！"

"你总得听我把这个故事说完，好不好？我跟你说过，我比一般的女孩儿可聪明多了。我知道什么时候该干什么。当时，我听到外面那女孩儿的哭泣声、叫喊声，脑子顿时就清醒了，那时候我不能向他求饶，我得表达出我的真诚，我说，哥，你都是把我当小妹妹的，你不能欺负妹妹对不对？你要真喜欢我，从今天起我就一直跟着你，一天都不离开你，等我再长大一点儿，我就嫁给你！其实，这些走黑道的人，有时候是很讲义气的。他捏捏我的下巴，笑了，好，那咱就这么说定了！从那以后，他不但没欺负过我，就连他手下的兄弟们，都对我很尊敬。但是，我跟他们在一起的日子里，发生过很多让人心惊胆战的事儿，我知道这样下去我就完蛋了，迟早被抓住，去蹲监狱。所以，我找了机会就逃走了。我跟你说这些，就是想让你知道，我不是个好孩子，我做过很多坏事儿，尽管我有我的底线。然后，由你来决定，你是否会接受我。"

我慢慢走过去，蹲下身子，慢慢伸出手，捧着米朵儿的脸。

"米朵儿，不管你从前做过什么，我都接受你。"

米朵儿的眼圈红了，她趴在我身上，抽泣起来。我们互相拥抱着，待了好久，米朵儿才平静下来。

2

假如没有老黑一直关注着，小琴可能连骨灰都未必能留下来。

火葬场里的一个小伙子面无表情，嘴里叼着一支烟走出来，对老黑说："好了。"说完转身就走。

老黑问："骨灰呢？"

小伙子似乎觉得很纳闷："骨灰？你们警察还要这个干什么？"

"你什么意思？"老黑说，"为什么不要？按你的说法，一个人就这么烧掉算了，化成一缕烟，什么都不用留下？"

小伙子端详老黑半天："你是她什么人哪？她不是个妓女吗？"

"妓女就不能留下骨灰啊？"老黑火了。

"你大喊大叫什么啊？你以为火葬场是福利院哪？干什么都有规矩的。"

"你们有什么规矩？说出来听听。你这叫什么态度？你领导是谁？我去问他。"

小伙子说："那去问吧。"说完，扭头又要走。跟随老黑一起去的司机，倒是很明白里面的规矩，他喊住那小伙子，悄悄把他扯到一边儿，嘀嘀咕咕几句话，就回来轻描淡写地对老黑说："摆平了。"

"怎么摆平的？"老黑问。

司机说："两包好烟，外加一个骨灰盒。"

老黑扭头骂了一句他妈的。

司机悄声说："论忽悠这种小人物的本事，老黑你还真比不上我。我跟他说，小伙子你别跟警察较劲儿，你知道那是谁吗？那是咱们县公安局李副局长。他没劈脸揍你一顿，算你走运，我们平日里见了他，都不敢大声喘气。"

"你这一招管用吗？"

"管用！这小子一听，说，真是局长啊？我说，你不信？你去打听一下，整个县公安局，就这么一个黑脸的副局长，分管刑警队的。我跟你说，说话好听一点儿没坏处，你就敢保证一辈子不跟公安局的人打交道？人一出生，就得找派出所落户口，到你死了也得去派出所去备个案。中间这个过程，最起码你得有个户口本儿，有张身份证，对吧？不光你，你老爹老妈儿子闺女七大姑八大姨都得有。你想想，哪一个不得跟警察打交道？老黑，你不知道，对付这种人吹得越狠越管用。后来，他主动要求跟我交换电话号码。然后给我们建议，用个最便宜的骨灰盒。他去做工作，免费放在这火葬场里。"

"最便宜的要多少钱？"

司机说："五百！"

老黑又骂了一句。

"这里头的事儿，看来老黑你还真不太懂。前些天，我有个亲戚遇到车祸，全过程我都来走了一遭。明明已经咔嚓一下给撞死了，但你必须送医院。为什么？不到太平间，经医生鉴定为死亡，那不算数，死了也白死。进医院，就得用他们的车来拉，用他们的停尸房存放，还有，必须用他们指派的化妆师，来修整死者那张脸。否则，人家火葬场这边儿不接收。这叫一条龙服务。当然，每个环节都要收费。这就跟人生病进医院做手术一样，就从来没人跟他们要求打个折。到这里来流程很多，你瞧，得排号。火葬场是最不讲情面的地方，除非你官大钱多得能吓死人，否则你就得守人家的规矩。表面上看不管什么人，嘎嘣一下断气，到这里都一样。男人女人，胖人瘦人，反正都进一个炉。实际上，大不一样，有门子的，舍得花钱的，待遇自然就不同。有些人家，一个骨灰盒能花到三五万。火葬场里的这些职工，只要你给他们足够的钱，简直可以提供五星级服务，比死了亲爹亲妈还要伤心，就差披麻戴孝给你送到墓地去。其实，人家给你拉脸子，那很正常。流浪汉，疯子，傻子，小琴这样的小姐，本身很多环节都省掉了，人家赚不到钱，为什么给你赔笑脸？"

那天上午，我和老黑陪同米朵儿先去火葬场补交一笔保管费之后，找到小琴的骨灰盒。米朵儿从包里取出一块红布，将那个盒子仔细地包扎好。那个过程中，老黑已经走到门口，只给我们一个背影，站在那里幽幽地抽烟。米朵儿悄声说："这是我们老家的风俗，走了的人回家时，要用红布包着。"

米朵儿把那一团艳红捧在胸前，泪水已经满了脸颊。

回家的路上，我们没有一个人说话。老黑开车，我坐在老黑身边，米朵儿坐在后排，看着窗外。我时不时扭回头去看她一眼。

米朵儿突然说："我想去那家福利院看看，你们陪我一起去吗？"

老黑说："好。"然后，将方向盘一转。不一会儿，我们的车子停在米朵儿姥姥曾在那里居住的福利院大门口。下了车，米朵儿站在门口，向里看了好一阵子。

大铁门哗哗啦啦打开，像是打开一段历史。我们三个人走进去，米朵儿四下打量着前院儿。让我和老黑惊讶的是，一走进去，我们就明显地感觉到了变化。院子一角，建起一个篮球场，几个孩子正在那里玩球。院子里多了一些花草。花草的空隙间，添置了一些滑梯、秋千、转环、单双杠等健身器材。穿过主楼，进入了后院。上次我们去的时候曾有许多智障儿童玩耍的地方，现在更是变了模样，换了一架综合性的儿童玩具，有滑梯、蹦蹦床、积木等等，几个小一点儿的孩子正在那里笑闹。

我和老黑对视一眼。"看来，院长争取到一笔资金啊。"老黑嘟囔说。

我们走进米朵儿姥姥住过的那间房子，里面已经换成另外一个老人，正在看电视。米朵儿姥姥住进我家里，等我们带着小琴的骨灰盒回去。我，老黑，米朵儿，会陪她一起回她们老家去。

这一次，她们是真正要回老家啦！

向外走的时候，恰好碰到福利院的院长。那个老女人大老远就跟我们打招呼。老黑说："李院长，是不是不缺钱啦？看来，改天我也要来这里住下。"

女人大着嗓门说："我们哪有本事划拉钱来。这是因为收到了一笔善款。"

老黑哦了一声："世界上还是有好心人哪！这捐款的是谁呀？这么有爱心。"

米朵儿面带微笑，不说话。

院长说："说起来，我还觉得奇怪呢！那女人没有留下名字，就问了我们一个帐号，把三十万打过来了。我连表示感谢，都不知道该感谢谁。"

我和老黑对视一眼，又一起去看米朵儿。米朵儿已经走向大门口。

上车后，老黑问米朵儿："你捐的吧？"

"不是我。"米朵儿轻轻回答，"是一个画家捐的。"

就在那时候，我才发觉，我跟丁一已经好久没见面了。据说，丁一跟老婆离婚之后就出国了。到了哪个国家，却没有人知道。

接下来，我们还一起去了一趟天堂口。是米朵儿坚持要去的。

小琴曾经住过的那栋房子，明显空置很久。米朵儿伸手轻轻一推，门居然就被打开了。地面上很潮湿，几天前的一场雨造成的。米朵儿挨个房间去看了一圈儿，又慢慢地走进小后院。后院里杂草丛生，丝毫寻不见任何路径。站在屋子后门口看过去，整片地里的玉米，已经长得蓬蓬勃勃，莽莽苍苍看不到边沿儿。那时刻太阳即将落山，从流云边沿折射的光线落在玉米叶子上，泛着红红亮亮的光。

"我想去一趟天堂口。"米朵儿站在那里，沉思良久，突然说。

我和老黑对视一眼后，小心翼翼地提醒："米朵儿，天都快黑了！"

老黑也说："是啊是啊，刚下了雨，地里面也不好走。"

可米朵儿坚持说："我一定要去看看才能放心。"

"米朵儿，有这个必要吗？"老黑说。

"我看过这一次就再也不会来了。这个地方，贾镇，天堂口，这房子，我都会通通忘掉。"

下车的时候，米朵儿肩上就背着一个包，不知道里面放的什么，但看上去挺沉的。在向天堂口走的时候，我要替她背一会儿，被拒绝了。从小后院，走到天堂口，花了我们不少时间，因为地里太泥泞。日头已经完全落到密密麻麻挺立的玉米穗儿后面去，天堂口那道地沟里，就显得有些昏暗了。米朵儿站在一个角落上，面无表情。好半天，才问："大爷，在哪个位置？"老黑沉思片刻，兴许，他是对米朵儿的这个称呼感到陌生。

他伸手指了指："那儿。"

米朵儿慢慢地走过去。我和老黑紧随其后。

像小武三叔所说的那样，天堂口不长庄稼，但是，杂草倒是可以肆虐爬行。老黑说的"那个位置"，也已经被杂草淹没。等慢慢走近，米朵儿突然一下子停住脚步。我和老黑都非常清楚，米朵儿看到了一样东西。

那是小武的坟！那是一座看上去还算很新的坟。坟尖上石块下面压着的一摞烧纸，颜色还是新鲜的。

"这里面埋的是谁？"米朵儿扭头看着我们问。

我和老黑面面相觑，不知该如何回答。

老黑自然早就知道，而我，为了探寻小琴和小武的足迹，也曾到天堂口好多次。贾镇没有固定的墓地，家里人去世都是葬在自己家地里。我和老黑也都没想到这个结局，小武的坟，就立在他曾经犯过罪的那个位置偏上一点儿，紧挨着那棵扭曲的柳树。

米朵儿突然扭头就走！这孩子的敏感和机灵，那一瞬间，又显示出来。在回去的路上，米朵儿简直像是在奔跑。我们俩在后面紧跟慢跟着，还是落下一大截。

后来，老黑说："让她先走一段吧。我们没法跟她解释这一切。再说，她也未必需要什么解释。"

走到车边儿的时候，却发现米朵儿并没在那里等我们。那时，天色已经暗下来，我和老黑正四下寻找，突然发现小琴居住的那间屋子里闪起亮光。我们俩快速地走向那间房子，推开外门，走进里屋，就都愣住了！

　　米朵儿蹲着身子，在屋子中央，焚烧着什么东西。

　　我顿时恍然大悟！是小琴的日记本！我早就转交给了米朵儿。原来，它们一直就在米朵儿的背包里。米朵儿并没有回身，却悄声说："本来，我想在天堂口把它们烧掉。可没想到，我看到我不愿看到的东西。我不可能在那个人的坟边，烧这些东西。"我和老黑什么话都说不出来。

　　"知道我为什么要把这些都烧掉吗？"米朵儿接着说，"我要我妈妈干干净净跟着我回家。"

图书在版编目（CIP）数据

佳城/宗利华著. —济南:山东文艺出版社,2015.1
ISBN 978 – 7 – 5329 – 4738 – 6

Ⅰ.①佳… Ⅱ.①宗… Ⅲ.①长篇小说—中国—当代
Ⅳ.①I247.5

中国版本图书馆 CIP 数据核字(2014)第 142597 号

佳城

宗利华　著

主管部门	山东出版传媒股份有限公司	
出版发行	山东文艺出版社	
社　　址	山东省济南市英雄山路 189 号	
邮　　编	250002	
网　　址	www. sdwypress. com	

读者服务	0531 – 82098776(总编室)
	0531 – 82098775(市场营销部)
电子邮箱	sdwy@ sdpress. com. cn

印　　刷	山东临沂新华印刷物流集团
开　　本	680 毫米×980 毫米　1/16
印　　张	19.5　插页/2
字　　数	240 千字
版　　次	2015 年 1 月第 1 版
印　　次	2015 年 1 月第 1 次印刷
书　　号	ISBN 978 – 7 – 5329 – 4738 – 6
定　　价	36.00 元